唐宋传奇选

吕玉华 〇 选注

中华书局

图书在版编目(CIP)数据

唐宋传奇选/吕玉华选注. —北京:中华书局,2020.9
ISBN 978-7-101-14711-7

Ⅰ.唐…　Ⅱ.吕…　Ⅲ.传奇小说-小说集-中国-唐宋时期
Ⅳ.I242.1

中国版本图书馆 CIP 数据核字(2020)第 162562 号

书　　名　唐宋传奇选
选 注 者　吕玉华
责任编辑　陈　虎
出版发行　中华书局
　　　　　(北京市丰台区太平桥西里 38 号　100073)
　　　　　http://www.zhbc.com.cn
　　　　　E-mail:zhbc@zhbc.com.cn
印　　刷　北京瑞古冠中印刷厂
版　　次　2020 年 9 月北京第 1 版
　　　　　2020 年 9 月北京第 1 次印刷
规　　格　开本/880×1230 毫米　1/32
　　　　　印张9¼　插页2　字数180千字
印　　数　1-10000 册
国际书号　ISBN 978-7-101-14711-7
定　　价　28.00 元

目　录

导　读

　　与唐宋传奇相关的选本,如鲁迅《唐宋传奇集》、汪辟疆《唐人小说》、张友鹤《唐宋传奇选》等,均流传广远,影响极人。本书所选,在学习前贤的基础上,格外强调文体意识。既看题材,注重搜奇记异;也看文体,情节完整、有核心主题是编选的重要标准。二者不偏废,唯有如此,才能更好地体会传奇文本的独特之处。

　　唐传奇的出现,标志着中国文学史上"小说"文体的独立。那么,小说从哪里独立出来呢? 从史传当中。

　　史传是小说的鼻祖,其描写手法被大量借鉴到小说中。但是,史传强调实录,唐传奇则似实而虚。其写作目的,往往不是为了忠实地传达一桩见闻,而是为了让见闻在传播中变得更有吸引力,在史传的外壳之下,恣意发展文学的趣味。为了达到这个目的,文章的结撰手法必然有变化。由前朝那些片段式猎奇实录的小碎篇章,发展为情节曲折、人物复杂、摇曳多姿的长篇。于是,对于史传无足轻重的元素,比如相貌、衣着,在小说中被刻意地强调与描写;小说对于人物语言和心理活动的呈现,也更加丰富,更加个性化。所以,史传是实的,小说是虚的。而且唐传奇的作者是有意识地编造故事,以虚构为主要创作手法。着意虚构也是一种创作态度,是否持有此态度,成为小说写作与史传写作的分水岭。

同时,在唐传奇文本中,会明显地看出作者在模仿史传,并一本正经地说明自己的材料来源,以证所言不虚。这实际上是为虚构贴一个护身符。在儒经、史传被视为文章最高价值的时候,小说为了获得更多的认可,从而在正统的阅读殿堂中占据一席之地,必然要努力向经、史二者靠拢,哪怕只是做做样子、喊个口号,也得做,也得喊。

唐传奇不仅是艺术手法的进步与完善,还有其活泼挥洒的思致与情感,不拘泥于道德教条,更倾向于自然的人性。这与唐代独特而均衡的社会意识形态有关。唐代儒、佛、道三家并重,文人们以儒家教育为基础,佛、道两家的知识和义理也成为他们的基本素养。所以,在对人事的看法上,体现出一种三教周流的通达,而不是定于一尊的僵化。

唐传奇的发展有其阶段性。初唐时代属于志怪文体向传奇文体的过渡。如《古镜记》就相当于志怪片段的连缀,尽管如此,其核心物品——古镜也发挥了主角的作用。识别精怪、消灾避邪的主题,贯彻于每个小故事中,体现出对粗陈梗概的志怪故事的提升。

唐传奇的辉煌时代是中唐,此时的佳作迭出,明显有文人趣味的推动。诸多传奇文本的结尾,都会谈及故事来源于征奇话异的朋友聚会,来自于亲友之间的交流,好事且文笔好的人,往往充当了记录者的角色。故事流传的圈子是高度文人化的,大家的文化素养一致,文字品格相似,则记录故事就是因为其奇特而有趣,可作为好的谈资,不曾想过把这故事拿去教训谁。由此可知,唐传奇的创作氛围,是轻松的,以趣味当先的。

　　为了故事的效果更逼真,也为了更好地推进情节,不少篇章都以真实的历史人物和真实的历史事件作为故事背景。比如,《莺莺传》中,浑瑊、杜确都是真实的人物,以河中士兵作乱引出张生请救兵。《无双传》中,泾原兵乱,拥朱泚为天子,这是真实的历史事件,在此事件中,无双的父母因附逆被杀,无双被籍没入掖庭,则是依托于历史事件的小说生发。如此虚实相生,使得故事人物更加真实,情节开展更加合理,也使得儿女情长与乱世纷扰连在一起,更有深沉的思虑和喟叹,超脱了个人命运和小小的悲欢。

　　唐人与今人,相距千年,价值观有相合之处,也有悖谬之处。当然,也不可指着唐传奇的故事说:看,唐代人都这样!其实这些人物与情节,对于唐代人来讲,也是奇之又奇,方才被"传奇"。把唐传奇当成理想化的风采呈现,而不是道德教条样本。欣赏其尽情挥洒的一面,如唐人的诗,飞天揽月,入海乘龙,美到极致,爱到极致,恨到极致,在艺术的想象世界里驰骋。唐传奇不等于唐代的社会现实,它是唐人的梦。

　　从另一个方面来说,虽然不能把传奇等同于现实,但是在一个社会里,允许做哪些梦,还是完全可以反映社会现实的。有些事情,唐人以为奇而津津乐道,甚至不无赞美。同样的事,在后代也以为奇,却毁之、斥之、钳之、弃之,不可同日而语。

本书的编选没有按照年代先后,而是依据题材内容,划分为情、侠、变、仙、鬼、妖、物、梦几类主题。通过同主题作品的集中展示,对相关的审美、道德、宗教等观念能体会得更立体、更全面。按主题而不是按年代划分,也是因为唐传奇佳作的产生时间较为集中,勉强分前后,没什么必要。

下面即按照主题类别,一一介绍。

爱情故事构成了唐传奇最耀眼的部分。众佳作无一落窠臼,各有各的姻缘,各有各的发展。唐传奇中的女性形象,堪称是中国古代小说史上最有力量、最独立的女性群像。

《莺莺传》中,崔莺莺确定了对张生的爱悦,即自荐枕席。因为张生种种算计考虑,两人中断恋爱关系后,莺莺即另择良人,并且对婚姻和丈夫负责,坚决拒绝了张生藕断丝连再见面的请求。张生始乱终弃,莺莺则是果断勇敢。因为有情人未能成眷属,经常被视为悲剧。站在现代人的立场来看莺莺,相爱的时候身心双重满足,不爱的时候利索了断,另觅佳偶,这不是最好的感情处理方式吗?《离魂记》《无双传》,则写出了生死不渝的追寻与爱恋。倩娘、王宙彼此思慕,当婚姻受阻时,倩娘竟然魂灵离体去追随王宙。王仙客爱恋无双,即便无双沦为罪人之女、宫廷奴隶,他也要尽所有的力量、抓住一切可能去解救无双。而无双亦坚信仙客,是双方的共同努力,达成了最后的成功。

传奇故事中的男女,并非普通的唐代人的婚恋状态。绝大部分的唐代人都受到礼法的约束,适龄的、门当户对的青年男女们,必须遵循父母之命、媒妁之言。也因此,发生在普通青年男女之间的爱情故事是很少的。莺莺与张生是因为寄居寺庙，倩娘与王宙、无双与王仙客，则是青梅竹马的表兄妹，因此他们才有恋爱的机会与可能。

李娃与荥阳生、霍小玉与李益，他们的故事则反映了唐代另一种社会文化，即进士与妓女。老练如李娃，玩弄荥阳生于股掌间；纯情如霍小玉，为李益赔上了性命。故事传达的不是对错，而是基于个性、基于社会利益的爱恨选择。每个人都有其可爱之处，也有其可怜甚至可恨之处。没有绝对的道德判断，呈现出人性的复杂。

女侠们如聂隐娘、蜀妇人，以婚姻为行事掩护，功成之后，妥善安置好丈夫，即独自潇洒退隐江湖。红线虽生为家奴，也在完成功业之后，飘然远去。力量足够强大的人，才能有选择，这些女侠们都没有为爱情婚姻所束缚。社会的确有规范，她们游戏于规范之内，同时又超越了规范。

唐传奇中的女性，体现出极为可贵的自主性。她们的选择出于本心，并不死守外加的观念和教条，甚至体现出对刻板教条与观念的反叛，跃动着生机活力和自由的精神。唐代作家对女性的描写，能达到这种深刻程度，是因为整个社会对女性的规范没有僵化死板，能够从人性本能方面正常地对待女性，包括女性的情欲和能力，不扭曲，不压制。

侠义是唐传奇中格外鲜明的主题。替天行道、解人危困，唐代的侠客继承了先秦时代游侠、刺客的重然诺、轻生死的精神。《郭代公》中，郭元振一听到陌生的哭诉，即立誓解救，甚至承诺，如解救不成功，自己也同样杀身以殉之。《无双传》中，古押衙为了报答王仙客的知遇，解救无双，制定周密的计划，付出了十几条人命,包括他自己——并非被迫,而是自然而然的计划之中。有武功的可以行侠,没有武功的同样仗义。如吴保安弃家赎友、廖有方卖马安葬陌生书生,都可以称得上是义薄云天。

唐代佛教、道教均发展至鼎盛时期,文人们普遍与僧人、道人交往,习染禅学、道风;民间的佛、道信仰极为兴盛,使得神仙鬼怪之说大行其道。唐传奇的想象力无拘无束地展开在这样的社会背景之上,侠义主题与仙妖主题经常联系在一起,更增添了行文的浪漫色彩。如李靖助龙行雨的故事,就是李靖成为托塔天王和风雨神的助力。

人可以成神成仙成鬼,也可以化兽化物,神仙妖魔鬼怪,都可以看作是人的变形。山中精灵、水中鳞介,无论动物还是植物,也可以化形为人。

变形有的时候是突如其来、莫名其妙,有的时候就要历经试炼,方才可以获得机缘。《杜子春》中的浪子杜子春,就获得了守丹炉的机会。他抵抗住了种种磨难,却最终没能通过"爱"子之念的考验。《太阴夫人》中,卢杞被天仙看中,奉上命运大礼包,竟然还让他自己选择,是做天仙、做地仙,还是做宰相。卢杞舍弃与天地同寿的好机会,宁可做人间宰相。杜子春不能成仙,也没有被人间抛弃。卢杞抛弃了天仙,竟然还能做宰相。这两则并不相干的故事,都反映了唐人观念的通达。神仙并非样样好,不做神仙,做个唐朝人也足够好,似乎隐含着唐朝人对生活的满意。

而裴航、柳毅、崔玄微,这三位人物,在以自己名字命名的传奇故事中,都获得了仙缘。裴航寻得玉杵臼,并捣药百日,终于抱得神仙美人。柳毅一腔义气,为龙女传书,终成龙宫佳婿。崔玄微精心护花,得花仙殷勤回报而容颜永驻。

由于佛教传入，三生、轮回的观念深深影响了中华文化，也为文学拓展了抒情的力度和长度。原本只有一生一世，现在可以轮回不休；原本适用于因果报应的劝善观念，现在于文学中成就了感情的永恒。《圆观》中"三生石"的意象，令人感慨。唐人故事中只是士人李源与僧人圆观的三生情，在后代则发挥成姻缘，直到《红楼梦》中西天灵河畔三生石边长出了绛珠草。

　　人死之后，到底去了哪里？以什么形态存在？唐代对于地府、幽冥，尚没有完全一致的说法。《庐江冯媪》告诉我们，人死之后，就住在自己的坟墓里，依然处在生前的伦理关系中，死去的董江妻子还得听同样死去的公婆的话，她夭折的孩子依然还是她的孩子，跟她一起生活在鬼的世界里。《浮梁张令》则说人死之后，魂灵都得去泰山，有专门的鬼吏来拘捕。如果你不想死，还能找关系、托门路，延长一下寿命。就像在泰山极顶，可祭祀天帝，行"封"礼；泰山脚下，可祭祀地神，行"禅"礼。在唐代的宇宙意识中，天与地原本就是相通的，幽冥与人间、天界也是相通的。在相关主题的故事中，宗教的想象空间是无可替代的重要存在。

　　变形主题，很大程度上是受到了佛教观念的影响。如《薛伟》中，爱吃鲙的薛伟魂灵变成了鱼，经受了鱼的一切快乐、惊恐与痛苦，幡然醒悟，再也不吃鱼。这就是一个很明显的戒杀生的故事。而《李徵》中，失意士人李徵化成老虎，又偶遇故人，其心酸倾诉更多的是寓言味道。表面上是化虎吃人，脱离了人类世界，实则是失意潦倒，脱离了家庭、朋友等主流社会。比起来猎奇趣味强的其他化兽故事，《李徵》的感情基调更加沉重，寄托了仕途不得志的愤懑。

　　人化兽，有道德劝诫意味。兽化人，却是妖异。

猿在中国文化中一直有神秘色彩。《补江总白猿传》中的猿，博学、多能、强大、长寿，近乎于神仙。但是它掠夺人间美女，而且色衰即提去，令人恐惧，故众美女联手欧阳纥，杀死了几乎无弱点的猿妖。

妖兽化成的美女则呈现出另一种面貌，以其美艳忠贞赢得夸奖。如《孙恪》中猿所变的袁氏，《任氏传》中狐狸所变的任氏，对于她们的丈夫专情热心，可惜的是，两人都没有收获圆满的结局。袁氏遭猜忌，最终恢复原形，回归山林。任氏对郑六全身心付出，却扭转不了郑六的出行决定，导致任氏惨死犬口。这两篇传奇，开创了有情有义的妖精类型，也为文人的艳遇白日梦打开了创作的大门。

狐狸在唐代故事中，开始绽放光彩，化成人形，俊美无比，善于魅惑，同时也极其聪明诡诈。如《王生》中狐狸为夺回天书，天衣无缝地设计王生，使其破产亡家。王生的行为体现了人对妖的成见，凡是妖物都要害人，那么看到妖，就去捉弄杀害，是人的正义。循此逻辑，郑六不嫌弃任氏为狐妖，就感动得任氏以终身相报了。

物，在多类主题的故事中，都扮演着重要角色。犹如孙悟空必须要弄金箍棒，谈恋爱必须有信物，传法必须有衣钵，证仙缘也得有法宝。《古镜记》中的古镜，其神异甚至超越了与人的关系，归宿谁家、何时离去，竟然人不能左右分毫。《叶限》是世界上最早的"灰姑娘"故事，叶限受到后母欺凌，连最心爱的大鱼都被杀死，幸运的是鱼骨成为灵物，一次次帮助叶限，使她改换了命运。

唐人传奇中，化形变怪的极致，要数《枕中记》和《南柯太守传》。《枕中记》中的卢生，梦入青瓷枕窍，竟然开启了一段完整的人生,娶妻生子做官,升迁贬谪,历尽人世浮沉冷暖,一觉醒来,店家的黄粱饭都没做熟呢。卢生已经深深领悟了浮生若梦的滋味,一切苦苦的追求不过如此。《南柯太守传》中,淳于梦不但在梦中经历了人生,经历的居然还是蚂蚁国人生。原来那些显赫,那些风光,不过是大槐树下蚂蚁爬来爬去。这两篇文章颇有道家意味,蔑弃名利,视人间之争斗纷扰如蚂蚁觅食、如黄粱一梦。

如此丰富的主题,如此鲜明的人物,如此精采曲折的情节,在文言小说创作史上,唐传奇达到了空前且几乎绝后的艺术高度。还有不可忽视的一点是唐传奇浓郁的诗意,文中的诗歌也往往对情节起到推动作用。流风所及,精灵鬼怪俱能做诗。

唐传奇之后的宋传奇,就是一种模仿品,而且其中的佳作多拟托为唐人。何以如此呢?

《杨太真外传》是五代宋初的乐史搜集轶事,缀缉片段,其中透露的是对盛世的缅怀和追忆。《梅妃传》则展现了十足的宋代审美观,是一篇很有意思的"同人文"。估计是一位宋代人看明皇贵妃故事,十分不满意,牡丹一般丰腴富贵的杨贵妃在他心目中就没什么好的。他干脆按照自己的眼光,塑造出来一位轻盈柔美且有梅花风韵的梅妃,并且将她在杨妃欺压之下的楚楚可怜表现得更有柔弱之美。唐明皇原本为了杨贵妃思念不已,宋代这位作者干脆把明皇心中的白月光直接替换成了梅妃,充分体现了创作自由的八卦精神。《王榭》也是唐人故事。似乎这种漂流海外进入燕子国的奇遇,发生在唐代人身上就是比其他朝代的人更合适。

《谭意歌》《李师师外传》则是地地道道的宋代传奇了,写宋代美人之遭遇,虽然未脱唐代人的窠臼,却因为题材本身的独特性,具有了很强的可读性。如宋徽宗微服去狎妓,通过富贵已极的皇帝眼睛来看娼妓之家的排场,赞叹皇家也比不过的清幽雅致和讲究,可真是令人咋舌了。文末又结合靖康之耻来烘托人物,狭斜游与家国义竟和谐统一。可惜类似的宋传奇故事太少了。那么,是真的宋人经历少吗? 也可能是他们的想法先就被凝固了。唐人可以大胆想、大胆做的事情,宋人则不敢想、更不敢做了。

　　本书所选各篇的版本依据是中华书局出版的《太平广记》(1961)、《文苑英华》(1966)、《全唐五代小说》(2014)、《酉阳杂俎》(2015)、《青琐高议》(1959)、《玄怪录续玄怪录》(2008)、《全唐文》(1983),以及明代顾元庆辑《阳山顾氏文房小说》(明正德、嘉靖顾元庆刻本影印本),明代陶宗仪纂《说郛》(上海涵芬楼重校铅印明抄本[1927]),清代胡珽辑校《琳琅秘室丛书》(清咸丰三年[1853]刊行),并且借助了中华书局开发的"中华经典古籍库"。各版本语句差异较大者在注释中说明。个别标点符号和段落的调整,则不做专门说明。注释采取文后注。

　　本书各篇均有题解,说明版本信息,并作内容简评。注释充分考虑到大、中学生和非专业人士的需求,除释义、注音之外,还穿插介绍了风俗文化等方面的知识,并修订了前贤注本中的若干失误之处。当然,本书中如有错误,概由我本人负责,敬请读者诸君批评指正。

　　下面,请享受五光十色的唐宋传奇之旅吧。

一　情

莺莺传

唐　元稹

【题解】

选自《太平广记》卷488，题为《莺莺传》，署"元稹撰"。据宋代王铚《崔莺莺传奇辨正》、赵令畤《侯鲭录》等考证，《莺莺传》乃元稹依据自己的亲身经历所写。元稹（779—831），字微之，河南洛阳人。中唐诗人，历任校书郎、监察御史、工部侍郎、尚书左丞等，唐穆宗时曾任宰相。《莺莺传》是才子佳人小说的奠基之作，讲述了崔莺莺与张生相恋又分离的故事。张生为求取功名，离开莺莺，后两人各自婚嫁。元代王实甫改编成戏曲《西厢记》，将分离的结局改为终成眷属，符合群众喜好，影响更大。实则《莺莺传》中人物之复杂、深刻，远超过《西厢记》。世人多批评张生始乱终弃，认为他评价莺莺为"尤物""妖孽"的话是文过饰非。这个观点确实很有道理。但是，也要注意到，莺莺的形象并非"可怜的弃妇"。她想爱就敢爱，完全自主、自愿：相爱的时候，虽有深情厚意，却并不表露；分离之后，即了断得干干净净。与她的清醒勇敢相比，张生更多的是"惑"：相爱的时候，惑于对方的心理；分手之后，还要藕断丝连。崔莺莺是一个崭新的女性形象,无论其性格还是其心理,都具备丰富的层次性。元稹并没有太多技法讲究,他只是把记忆中刻骨铭心的初恋一笔一笔描摹出来,却是异样的真实与深刻,令人掩卷之际禁不住再三回味。

唐贞元中①,有张生者,性温茂②,美风容,内秉坚孤③,非礼不可入④。或朋从游宴,扰杂其间,他人皆汹汹拳拳⑤,若将不及;张生容顺而已⑥,终不能乱。以是年二十三,未尝近女色。知者诘之,谢而言曰:"登徒子非好色者⑦,是有凶行⑧。余真好色者,而适不我值⑨。何以言之?大凡物之尤者⑩,未尝不留连于心,是知其非忘情者也。"诘者识之。

无几何,张生游于蒲⑪,蒲之东十余里,有僧舍曰普救寺,张生寓焉。适有崔氏孀妇⑫,将归长安,路出于蒲,亦止兹寺。崔氏妇,郑女也;张出于郑⑬,绪其亲⑭,乃异派之从母⑮。是岁,浑瑊薨于蒲⑯,有中人丁文雅⑰,不善于军,军人因丧而扰,大掠蒲人。崔氏之家,财产甚厚,多奴仆,旅寓惶骇,不知所托。先是,张与蒲将之党有善,请吏护之,遂不及于难。十余日,廉使杜确将天子命以总戎节⑱,令于军,军由是戢⑲。

郑厚张之德甚⑳,因饰馔以命张,中堂宴之。复谓张曰:"姨之孤嫠未亡㉑,提携幼稚,不幸属师徒大溃㉒,实不保其身,弱子幼女,犹君之生,岂可比常恩哉?今俾以仁兄礼奉见㉓,冀所以报恩也。"命其子,曰欢郎,可十余岁,容甚温美。次命女:"出拜尔兄,尔兄活尔。"久之辞疾，郑怒曰："张兄保尔之命，不然，尔且掳矣，能复远嫌乎？"久之乃至，常服晬容^㉔，不加新饰。垂鬟接黛^㉕，双脸销红而已^㉖，颜色艳异，光辉动人。张惊为之礼，因坐郑旁。以郑之抑而见也，凝睇怨绝，若不胜其体者^㉗。问其年纪，郑曰："今天子甲子岁之七月^㉘，终于贞元庚辰^㉙，生年十七矣。"张生稍以词导之，不对，终席而罢。

张自是惑之，愿致其情，无由得也。崔之婢曰红娘，生私为之礼者数四，乘间遂道其衷^㉚。婢果惊沮，腆然而奔^㉛，张生悔之。翼日^㉜，婢复至，张生乃羞而谢之，不复云所求矣。婢因谓张曰："郎之言，所不敢言，亦不敢泄。然而崔之姻族，君所详也，何不因其德而求娶焉？"张曰："余始自孩提，性不苟合。或时纨绮间居^㉝，曾莫流盼。不为当年，终有所蔽^㉞。昨日一席间，几不自持。数日来，行忘止，食忘饱，恐不能逾旦暮。若因媒氏而娶，纳采问名^㉟，则三数月间，索我于枯鱼之肆矣^㊱。尔其谓我何？"婢曰："崔之贞慎自保，虽所尊不可以非语犯之，卜人之谋，固难入矣。然而善属文^㊲，往往沉吟章句，怨慕者久之。君试为喻情诗以乱之，不然则无由也。"张大喜，立缀春词二首以授之。是夕，红娘复至，持彩笺以授张曰："崔所命也。"题其篇曰《明月三五夜》，其词曰："待月西厢下，迎风户半开。拂墙花影动，疑是玉人来。"张亦微喻其旨，是夕，岁二月旬有四日矣^㊳。崔之东有杏花一株，攀援可逾。既望之夕^㊴，张因梯其树而逾焉，达于西厢，则户半开矣。红娘寝于床，生因惊之。红娘骇曰："郎何以至？"张因绐之曰^㊵："崔氏之笺召我也，尔为我告之。"无几，红娘复来，连曰："至矣！至矣！"张生且喜且骇，必谓获济[41]。及崔至，则端服严容，大数张曰[42]："兄之恩，活我之家，厚矣。是以慈母以弱子幼女见托。奈何因不令之婢，致淫逸之词，始以护人之乱为义，而终掠乱以求之，是以乱易乱，其去几何？诚欲寝其词[43]，则保人之奸，不义；明之于母，则背人之惠，不祥；将寄与婢仆，又惧不得发其真诚。是用托短章，愿自陈启，犹惧兄之见难，是用鄙靡之词，以求其必至。非礼之动，能不愧心，特愿以礼自持，无及于乱。"言毕，翻然而逝。张自失者久之，复逾而出，于是绝望。

　　数夕，张生临轩独寝，忽有人觉之。惊骇而起，则红娘敛衾携枕而至。抚张曰："至矣！至矣！睡何为哉？"并枕重衾而去。张生拭目危坐久之[44]，犹疑梦寐，然而修谨以俟。俄而红娘捧崔氏而至，至则娇羞融冶，力不能运支体，曩时端庄[45]，不复同矣。是夕旬有八日也，斜月晶莹，幽辉半床。张生飘飘然，且疑神仙之徒，不谓从人间至矣。有顷，寺钟鸣，天将晓，红娘促去。崔氏娇啼宛转，红娘又捧之而去，终夕无一言。张生辨色而兴，自疑曰："岂其梦邪？"及明，睹妆在臂，香在衣，泪光荧荧然，犹莹于茵席而已。是后又十余日，杳不复知。张生赋《会真诗》三十韵，未毕，而红娘适至。因授之，以贻崔氏。自是复容之，朝隐而出，暮隐而入，同安于曩所谓西厢者，几一月矣。张生常诘郑氏之情，则曰："我不可奈何矣。"因欲就成之。无何，张生将之长安，先以情谕之。崔氏宛无难词，然而愁怨之容动人矣。将行之再夕，不可复见，而张生遂西下。

数月,复游于蒲,会于崔氏者又累月。崔氏甚工刀札⁴⁶,善属文,求索再三,终不可见。往往张生自以文挑,亦不甚睹览。大略崔之出人者,艺必穷极,而貌若不知;言则敏辩,而寡于酬对。待张之意甚厚,然未尝以词继之。时愁艳幽邃,恒若不识;喜愠之容,亦罕形见。异时独夜操琴,愁弄凄恻,张窃听之,求之,则终不复鼓矣。以是愈惑之。张生俄以文调及期⁴⁷,又当西去。当去之夕,不复自言其情,愁叹于崔氏之侧。崔已阴知将诀矣⁴⁸,恭貌怡声,徐谓张曰:"始乱之,终弃之,固其宜矣,愚不敢恨⁴⁹。必也君乱之,君终之,君之惠也;则殁身之誓,其有终矣,又何必深感于此行?然而君既不怿⁵⁰,无以奉宁⁵¹。君常谓我善鼓琴,向时羞颜,所不能及。今且往矣,既君此诚。"因命拂琴,鼓《霓裳羽衣序》,不数声,哀音怨乱,不复知其是曲也。左右皆唏嘘,张亦遽止之。投琴,泣下流连,趋归郑所,遂不复至。明旦而张行。

明年,文战不胜,张遂止于京,因贻书于崔,以广其意。崔氏缄报之词,粗载于此。曰:"捧览来问,抚爱过深,儿女之情,悲喜交集。兼惠花胜一合⁵²,口脂五寸,致耀首膏唇之饰。虽荷殊恩,谁复为容?睹物增怀,但积悲叹耳。伏承使于京中就业,进修之道,固在便安。但恨僻陋之人,永以遐弃,命也如此,知复何言?自去秋已来,常忽忽如有所失,于喧哗之下,或勉为语笑,闲宵自处,无不泪零。乃至梦寝之间,亦多感咽。离忧之思,绸缪缱绻,暂若寻常;幽会未终,惊魂已断。虽半衾如暖,而思之甚遥。一昨拜辞,倏逾旧岁。长安行乐之地,触绪牵情,何幸

不忘幽微，眷念无斁㊿。鄙薄之志，无以奉酬。至于终始之
盟，则固不忒㊿。鄙昔中表相因，或同宴处，婢仆见诱，遂致
私诚。儿女之心，不能自固。君子有援琴之挑㊿，鄙人无
投梭之拒㊿。及荐寝席，义盛意深，愚陋之情，永谓终托。
岂期既见君子，而不能定情，致有自献之羞，不复明侍巾
帻㊿。没身永恨，含叹何言？倘仁人用心，俯遂幽眇；虽死
之日，犹生之年。如或达士略情，舍小从大，以先配为丑
行，以要盟为可欺㊿。则当骨化形销，丹诚不泯㊿；因风委
露，犹托清尘㊿。存没之诚，言尽于此。临纸呜咽，情不能
申。千万珍重！珍重千万！玉环一枚，是儿婴年所弄，寄
充君子下体所佩。玉取其坚润不渝，环取其终始不绝。兼
乱丝一绚㊿，文竹茶碾子一枚㊿。此数物不足见珍，意者欲
君子如玉之真，敝志如环不解，泪痕在竹，愁绪萦丝，因物
达情，永以为好耳。心迩身遐㊿，拜会无期，幽愤所钟，千
里神合。千万珍重！春风多厉，强饭为嘉㊿。慎言自保，无
以鄙为深念。"张生发其书于所知，由是时人多闻之。

　　所善杨巨源好属词㊿，因为赋《崔娘诗》一绝云：
"清润潘郎玉不如㊿，中庭蕙草雪销初。风流才子多春
思，肠断萧娘一纸书㊿。"河南元稹，亦续生《会真诗》三十
韵㊿。诗曰："微月透帘栊，萤光度碧空。遥天初缥缈，低
树渐葱茏。龙吹过庭竹，鸾歌拂井桐㊿。罗绡垂薄雾，环
佩响轻风。绛节随金母，云心捧玉童㊿。更深人悄悄，晨
会雨蒙蒙。珠莹光文履，花明隐绣栊。瑶钗行彩凤，罗帔
掩丹虹。言自瑶华浦，将朝碧玉宫㊿。因游洛城北，偶向
宋家东㊿。戏调初微拒，柔情已暗通。低鬟蝉影动㊿，回步

玉尘蒙。转面流花雪^㊾，登床抱绮丛。鸳鸯交颈舞，翡翠合欢笼。眉黛羞偏聚，唇朱暖更融。气清兰蕊馥，肤润玉肌丰。无力慵移腕，多娇爱敛躬^㊿。汗光珠点点，发乱绿松松。方喜千年会，俄闻五夜穷。留连时有恨，缱绻意难终。慢脸含愁态^㊼，芳词誓素衷。赠环明运合^㊽，留结表心同^㊾。啼粉流宵镜，残灯绕暗虫。华光犹冉冉，旭日渐曈曈。乘鹜还归洛^㊿，吹箫亦上嵩^{⑧⓪}。衣香犹染麝，枕腻尚残红。幂幂临塘草^{⑧①}，飘飘思渚蓬。素琴鸣怨鹤^{⑧②}，清汉望归鸿^{⑧③}。海阔诚难渡，天高不易冲。行云无处所，萧史在楼中^{⑧④}。"

　　张之友闻之者，莫不耸异之，然而张志亦绝矣。稹特与张厚，因征其词。张曰："大凡天之所命尤物也，不妖其身，必妖于人。使崔氏子遇合富贵，乘宠娇，不为云，不为雨，为蛟为螭^{⑧⑤}，吾不知其所变化矣。昔殷之辛^{⑧⑥}，周之幽^{⑧⑦}，据百万之国，其势甚厚。然而一女子败之，溃其众，屠其身，至今为天下僇笑^{⑧⑧}。予之德不足以胜妖孽，是用忍情。"丁时坐者皆为深叹。

　　后岁余，崔已委身于人，张亦有所娶。适经所居，乃因其夫言于崔，求以外兄见。夫语之，而崔终不为出。张怨念之诚，动于颜色，崔知之，潜赋一章词曰："自从消瘦减容光，万转千回懒下床。不为旁人羞不起，为郎憔悴却羞郎。"竟不之见。后数日，张生将行，又赋一章以谢绝云："弃置今何道，当时且自亲。还将旧时意，怜取眼前人。"自是绝不复知矣。

　　时人多许张为善补过者。予常于朋会之中，往往及此意者，夫使知者不为，为之者不惑。贞元岁九月，执事李公垂[89]，宿于予靖安里第[90]，语及于是。公垂卓然称异，遂为《莺莺歌》以传之。崔氏小名莺莺，公垂以命篇。

【注释】

① 贞元：唐德宗李适的年号，785年至805年。　② 温茂：温和良善。　③ 坚孤：坚贞孤傲，不同流俗。　④ 非礼不可入：不符合礼法的就不采纳。　⑤ 汹汹拳拳：欢闹。　⑥ 容顺：表面随和。　⑦ 登徒子：战国宋玉《登徒子好色赋》写东邻美女窥视宋玉三年，宋玉不为所动；登徒子妻相貌丑陋，登徒子喜欢她，与她生了五个孩子。由此得出结论登徒子真好色，宋玉不好色。此赋流传甚广，使登徒子成为好色之人的代名词。　⑧ 凶行：不好的品行。此处是说登徒子虽有好色之名，实际并不好色，就是行为不同寻常。　⑨ 值：遇到。⑩ 物之尤者：特别好的事物，此处指美女。　⑪ 蒲：蒲州，今山西永济一带。　⑫ 孀(shuāng)妇：寡妇，丈夫已去世的女人。　⑬ 张出于郑：张生的母亲姓郑。　⑭ 绪其亲：攀论亲戚关系。　⑮ 异派之从母：另一家族支派的姨母。　⑯ 浑瑊(jiān)：中唐名将，铁勒族浑部人，屡立战功，身居高位又谦虚谨慎，深受几任皇帝的信重，去世后谥号“忠武”。　⑰ 中人：宦官。唐代贞观元年(627)按山川地形，分天下为十道。开元二十年(732)于每道的军事方镇设置监军使，由宦官担任，监督军队。　⑱ 杜确：唐代官员，贞元年间任河中府尹、河中观察使，是浑瑊的继任官员。　⑲ 戢(jí)：平息，停止。⑳ 厚张之德甚：即甚厚张之德，非常重视张生的恩德，感激张生的意思。㉑ 孤嫠(lí)未亡：还没有死的孤独寡妇，这是自我贬低的说法。㉒ 师徒：师旅，军队。　㉓ 俾(bǐ)：使。　㉔ 晬(suì)：润泽。

㉕ 黛：画眉的青黑色，代指眉毛。　㉖ 销红：红晕。　㉗ 若不胜其体者：身体好像支撑不住，形容娇柔无力的体态。　㉘ 今天子甲子岁：当今天子在位的甲子年，即兴元元年（784）。　㉙ 贞元庚辰：贞元年间的庚辰年，即贞元十六年（800）。　㉚ 乘间：趁机会。　㉛ 腆（tiǎn）然：羞涩。　㉜ 翼日：明日，第二天。　㉝ 或时纨绮间居：有时候和女人杂处在一起。　㉞ "不为当年"两句：当年不做追求女人这样的事，现在却被迷惑了。　㉟ 纳采问名：古代婚姻六礼为纳采、问名、纳吉、纳征、请期、亲迎。"纳采"，指男方派媒人带礼物，到女方家里表达结亲的意愿。"问名"，指询问女方姓名、生辰等。　㊱ 索我于枯鱼之肆：形容等不及了。《庄子·外物》中的一则寓言，车辙中一条小鱼呼救，庄子表示要南游吴越，说服吴越君主，开凿运河，引江水来解救。小鱼生气地说："眼下有升斗那么点水，我就能活。等你引来江水，我早死了，去卖干鱼的店里找我吧。"　㊲ 属（zhǔ）文：写诗文。属，连缀、连接。　㊳ 旬有四日：十四日，每十天为一旬。　㊴ 既望：夏历的十五日。夏历即现在俗称的农历。　㊵ 绐（dài）：欺骗。　㊶ 狄济：能够济事，能够成功。　㊷ 数（shǔ）：数落，责备。　㊸ 寝：平息，停止，此处指不声张、不理会。　㊹ 危坐：端正地坐着。　㊺ 曩（nǎng）时：以前。　㊻ 工刀札：字写得好。刀札近似刀笔，上古时代书于竹木简，写错了则以刀削除。　㊼ 文调：参加科举考试。　㊽ 阴知：暗暗明白。　㊾ 愚：我。　㊿ 怿（yì）：高兴。　51 无以奉宁：我也无法安慰你的客气说法。　52 花胜：花草形状的头饰。　53 斁（yì）：厌倦。　54 忒（tè）：差错，此处指变化。　55 援琴之挑：据《史记·司马相如列传》，西汉时的司马相如弹琴作歌，逗引寡居的卓文君，后两人私奔。　56 投梭之拒：据《晋书·谢鲲传》，晋代谢鲲调戏邻家女，邻女怒而投掷织布的梭子，打掉了他两颗牙。

㊄ 侍巾帻:服侍穿衣,指古代女子出嫁后照顾丈夫的日常生活。

㊄ 要(yāo)盟:盟约。"达士略情,舍小从大,以先配为丑行,以要盟为可欺",这句话是说倘若张生是所谓的通达之士,舍小情取大节,把两个人自行恋爱当作丑事,对爱情誓约不以为然。 ㊄ 丹诚:赤诚。此处是说即使张生抛弃过去的盟誓,不在乎曾经的恋爱,莺莺也一如既往忠于感情。 ㉑ 清尘:行走或行车时扬起的尘土,用"清"修饰,形容对方尊贵,属于敬称。此处是莺莺表达自己的忠诚,即使骨化形销,没了形体,仅仅魂灵托于风露,也愿意追随张生。 ㉑ 绚(qú):丝线五两为一绚。 ㉒ 文竹茶碾子:斑竹制作的碾茶工具。文竹,有花纹的斑竹,又称湘妃竹,象征相思苦恋,传说舜的妃子思念舜,泪水洒落在竹子上,成为斑点。茶碾子,唐代茶艺属于煎茶,先把茶叶制成茶饼,再用碾子碾碎茶饼,取其细末来煎煮。 ㉓ 心迩(ěr)身遐:心离得很近,身体却相隔很远,指相思不能相见。 ㉔ 强饭为嘉:以多吃饭为好。古人书信结尾,常以加餐饭为勉励。《古诗十九首》(行行重行行):"弃捐勿复道,努力加餐饭。" ㉕ 杨巨源:字景山,河中(今山西永济一带)人。中唐诗人,曾任太常博士、国子司业等。 ㉖ 潘郎:潘岳,字安仁。晋代文学家,相貌极俊美,故"潘郎""潘安"成为美男子的代称,此处指张生。 ㉗ 萧娘:唐代对美女的泛称,此处指莺莺。

㉘ 会真:遇见仙女。真,仙人,此处指莺莺。 ㉙ "龙吹过庭竹"两句:风吹竹丛如同龙吟,凤凰非梧桐不栖,井边梧桐树上似有鸾凤歌唱,这两句是形容环境优美。 ㉚ "绛节随金母"两句:形容莺莺的美貌,如同跟随西王母的仙女,如同云端上的仙童。 ㉛ "言自瑶华浦"两句:继续以仙女比拟莺莺,说她来往于仙人居所瑶华浦、碧玉宫。

㉜ "因游洛城北"两句:仙女游览洛城北边,偶然来到宋玉东邻。此处借宋玉《登徒子好色赋》中东邻女登墙窥宋玉,指莺莺来到蒲州,与张生

相识相恋。 (73) 低鬟(huán)蝉影动：低头时两边鬟发轻盈而动。鬟，发髻。蝉影，古代女子的一种发型，两鬓薄如蝉翼。 (74) 转面流花雪：容颜如花，肌肤雪白。扭头转脸之时，犹如花、雪流转。 (75) 多娇爱敛躬：蜷缩身体，娇态可掬。 (76) 慢脸：细嫩美丽的脸。 (77) 明运合：表明命运相合。 (78) 结：同心结，爱情信物。 (79) 归洛：形容莺莺如同洛水的神女宓妃，欢好之后要归去。 (80) 吹箫亦上嵩：据《列仙传》，周灵王的太子晋，也称王子乔，好吹笙，曾在嵩山修炼，后于缑氏山乘鹤而去。此处指莺莺如仙人离去。 (81) 幂(mì)幂：覆盖。 (82) 素琴鸣怨鹤：据《古今注》，琴曲有《别鹤操》，商陵牧子娶妻五年，无子，父母要为他别娶。其妻哀伤，牧子弹琴作歌，痛惜恩爱夫妻被迫分离。此处指分离之苦。 (83) 清汉望归鸿：望长天盼大雁传书。 (84) 萧史：据《列仙传》，萧史擅长吹箫，秦穆公将女儿弄玉嫁给他。后萧史乘龙、弄玉跨凤，双双飞升。此处"萧史在楼中"，是指莺莺离去，留下张生孤单一人。 (85) 为蛟为螭：就是能兴风作浪、祸害无穷的蛟龙。此处指莺莺美貌惑人，能引发祸患。 (86) 殷之辛：商纣王受辛，宠爱妲己。 (87) 周之幽：周幽王宠爱褒姒。 (88) 僇(lù)笑：耻笑。 (89) 执事：管事的人，此处是敬称。李公垂：李绅，字公垂。中唐诗人、宰相，历任中书侍郎、尚书右仆射、淮南节度使等。与元稹、白居易交好。 (90) 靖安里：元稹在长安的住宅位于靖安坊。

离魂记

唐 陈玄祐

【题解】

　　选自《太平广记》卷358,原题《王宙》,注"出《离魂记》"。由本文结尾可知,作者陈玄祐生活于唐代大历前后,其余信息不详。较早的神魂离体类故事,是晋代《幽明录》中的《庞阿》。《离魂记》可谓踵事增华,所讲述的是:倩娘与表兄王宙互相爱慕,在婚姻受阻的时候,二人私奔。相伴五年、生育二子后,他们又返回倩娘父母身边。此时,方才知道和王宙私奔的倩娘是离体的魂灵,家中另有卧病不起的倩娘。在相见之时,两个倩娘合为一体。这个故事反映了唐人对魂魄的认识,以魂灵离体的方式追求所爱,奇特至极。

　　天授三年①,清河张镒②,因官家于衡州③。性简静,寡知友。无子,有女二人。其长早亡;幼女倩娘,端妍绝伦。镒外甥太原王宙④,幼聪悟,美容范。

　　镒常器重,每曰:"他时当以倩娘妻之。"后各长成。宙与倩娘常私感想于寤寐⑤,家人莫知其状。后有宾寮之选者求之⑥,镒许焉。女闻而郁抑,宙亦深恚恨⑦。托以当调⑧,请赴京。止之,不可,遂厚遣之。宙阴恨悲恸,决别上船。

日暮,至山郭数里。夜方半,宙不寐,忽闻岸上有一人行声甚速,须臾至船。问之,乃倩娘徒行跣足而至[9]。宙惊喜发狂,执手问其从来。泣曰:"君厚意如此,寝食相感。今将夺我此志,又知君深情不易[10],思将杀身奉报[11],是以亡命来奔。"宙非意所望,欣跃特甚。遂匿倩娘于船,连夜遁去。倍道兼行[12],数月至蜀。

凡五年,生两子,与镒绝信。其妻常思父母,涕泣言曰:"吾曩日不能相负,弃大义而来奔君[13]。向今五年,恩慈间阻。覆载之下[14],胡颜独存也?"宙哀之,曰:"将归,无苦。"遂俱归衡州。

既至,宙独身先镒家,首谢其事[15]。镒曰:"倩娘病在闺中数年,何其诡说也!"宙曰:"见在舟中[16]。"镒大惊,促使人验之。果见倩娘在船中,颜色怡畅,讯使者曰:"大人安否?"家人异之,疾走报镒。室中女闻,喜而起,饰妆更衣,笑而不语,出与相迎,翕然而合为一体[17],其衣裳皆重。其家以事不正,秘之。惟亲戚间有潜知之者。后四十年间,夫妻皆丧。二男并孝廉擢第[18],至丞、尉[19]。

玄祐少常闻此说,而多异同,或谓其虚。大历末[20],遇莱芜县令张仲规[21],因备述其本末。镒则仲规堂叔祖[22],而说极备悉,故记之。

【注释】

① 天授:武则天的年号,690年至692年。　② 清河:清河郡,在今河北清河、山东临清一带。清河张氏为唐朝的望族。　③ 衡州:今湖

南衡阳一带。　　④ 太原：唐朝的北都，在今山西太原。太原王氏为唐朝的望族。　　⑤ 寤寐：醒与睡，指日夜思念。　　⑥ 宾寮：幕僚，属下。之选者：去参加吏部选官的人。　　⑦ 恚（huì）恨：怨恨。⑧ 调：文调，科举考试。　　⑨ 跣（xiǎn）：光脚，不穿鞋袜。　　⑩ 不易：不变。　　⑪ 杀身奉报：舍命报答。　　⑫ 倍道兼行：一天走两天的路，指加速前行。兼，加倍。　　⑬ 弃大义而来奔君：背弃了道德礼义，而私奔于您。古代婚姻讲究父母之命、媒妁之言，如果没有媒聘而私奔，视同丑行。《礼记·内则》："聘则为妻，奔则为妾。"　　⑭ 覆载：天覆地载，指天地。　　⑮ 谢：道歉，认错。　　⑯ 见：现。　　⑰ 翕（xī）然：突然。　　⑱ 孝廉擢第：被推举参加科举考试而及第。孝廉，孝悌，清廉，原为汉代选拔人才的名目，后泛指被推举的人才。⑲ 丞：县丞，县令的副手，负责处理政务。尉：县尉，负责治安缉盗的官员。　　⑳ 大历：唐代宗年号，766 年至 779 年。　　㉑ 莱芜：今山东济南莱芜区。　　㉒《太平广记》作"堂叔"，由天授三年至大历末年，长达八十多年，作"堂叔祖"较为合理。

无双传

唐 薛调

【题解】

选自《太平广记》卷486,题注"薛调撰"。据《唐语林》《新唐书·宰相世系表》等,薛调,河中宝鼎(今山西分荣一带)人。美姿容,被誉为"生菩萨"。曾任户部员外郎、驾部郎中,充翰林承旨学士。唐懿宗的郭妃很欣赏他的美貌,曾在懿宗面前以驸马与薛调相比,曰:"驸马盍若薛调乎?"结果,薛调很快暴卒,据说是中了鸩毒。《无双传》是一个奇情故事,讲述王仙客与刘无双生死不渝,终获团圆。爱情加豪侠助力,还有神奇的假死药,牺牲了十几条性命,终于使无双从深宫掖庭中脱身,与王仙客为夫妇五十年。故事情节跌宕起伏,引人入胜。

唐王仙客者,建中中朝臣刘震之甥也^①。初,仙客父亡,与母同归外氏^②。震有女曰无双,小仙客数岁,皆幼稚,戏弄相狎。震之妻常戏呼仙客为王郎子^③。如是者凡数岁,而震奉孀姊及抚仙客尤至。一旦,王氏姊疾,且重,召震约曰:"我一子,念之可知也,恨不见其婚室。无双端丽聪慧,我深念之,异日无令归他族,我以仙客为托。尔诚许我,瞑目无所恨也。"震曰:"姊宜安静自颐养,无以他事自挠④。"其姊竟不瘁。仙客护丧,归葬襄、邓⑤。

服阕⑥,思念身世,孤子如此,宜求婚娶,以广后嗣。无双长成矣,我舅氏岂以位尊官显而废旧约耶? 于是饰装抵京师。时震为尚书租庸使⑦,门馆赫奕⑧,冠盖填塞⑨。仙客既觐,置于学舍,弟子为伍。舅甥之分,依然如故,但寂然不闻选取之议。又于窗隙间窥见无双,姿质明艳,若神仙中人。仙客发狂,唯恐姻亲之事不谐也。遂鬻囊橐⑩,得钱数百万,舅氏舅母左右给使⑪,达于厮养⑫,皆厚遗之。又因复设酒馔,中门之内⑬,皆得入之矣。诸表同处,悉敬事之。遇舅母生日,市新奇以献,雕镂犀玉,以为首饰。舅母大喜。又旬日,仙客遣老妪,以求亲之事,闻于舅母。舅母曰:"是我所愿也,即当议其事。"又数夕,有青衣告仙客曰:"娘子适以亲情事言于阿郎⑭,阿郎云:'向前亦未许之。'模样云云,恐是参差也⑮。"仙客闻之,心气俱丧,达旦不寐,恐舅氏之见弃也,然奉事不敢懈怠。

一日,震趋朝,至日初出,忽然走马入宅,汗流气促,唯言:"锁却大门,锁却大门! "一家惶骇,不测其由。良久乃言:"泾原兵士反⑯,姚令言领兵入含元殿⑰,天子出苑北门,百官奔赴行在⑱。我以妻女为念,略归部署。"疾召仙客:"与我勾当家事⑲,我嫁与尔无双。"仙客闻命,惊喜拜谢。乃装金银罗锦二十驮,谓仙客曰:"汝易衣服,押领此物,出开远门⑳,觅一深隙店安下㉑;我与汝舅母及无双,出启夏门㉒,绕城续至。"仙客依所教,至日落,城外店中待久不至。城门自午后扃锁,南望目断。遂乘骢㉓,秉烛绕城,至启夏门,门亦锁。守门者不一,持白棓㉔,或立或坐。仙客下马徐问曰："城中有何事如此？"又问："今日有何人出此？"门者曰："朱太尉已作天子。午后有一人重戴㉕，领妇人四五辈，欲出此门。街中人皆识，云是租庸使刘尚书。门司不敢放出。近夜追骑至，一时驱向北去矣。"仙客失声恸哭，却归店。三更向尽，城门忽开，见火炬如昼，兵士皆持兵挺刃，传呼斩斫使出城㉖，搜城外朝官。仙客舍辎骑惊走㉗，归襄阳，村居三年。

后知克复，京师重整，海内无事，乃入京，访舅氏消息。至新昌南街，立马彷徨之际，忽有一人马前拜。熟视之，乃旧使苍头塞鸿也㉘。鸿本王家生，其舅常使得力，遂留之。握手垂涕，仙客谓鸿曰："阿舅舅母安否？"鸿云："并在兴化宅㉙。"仙客喜极云："我便过街去。"鸿曰："某已得从良㉚，客户有一小宅子，贩缯为业㉛。今日已夜，郎君且就客户一宿，来早同去未晚。"遂引至所居，饮馔甚备。至昏黑，乃闻报曰："尚书受伪命官，与夫人皆处极刑㉜，无双已入掖庭矣㉝。"仙客哀冤号绝，感动邻里。谓鸿曰："四海至广，举目无亲戚，未知托身之所。"又问曰："旧家人谁在？"鸿曰："唯无双所使婢采苹者，今在金吾将军王遂中宅㉞。"仙客曰："无双固无见期，得见采苹，死亦足矣。"由是乃刺谒㉟，以从侄礼见遂中㊱，具道本末，愿纳厚价，以赎采苹。遂中深见相知，感其事而许之。仙客税屋，与鸿、苹居。塞鸿每言郎君年渐长，合求官职，悒悒不乐，何以遣时？仙客感其言，以情恳告遂中。遂中荐见仙客于京兆尹李齐运㊲。齐运以仙客前衔为富平县尹㊳，知长乐驿㊴。

累月。忽报有中使押领内家三十人往园陵^⑩，以备洒扫，宿长乐驿。毡车子十乘下讫。仙客谓塞鸿曰："我闻宫嫔选在掖庭，多是衣冠子女^㊶，我恐无双在焉，汝为我一窥，可乎？"鸿曰："宫嫔数千，岂便及无双？"仙客曰："汝但去，人事亦未可定。"因令塞鸿假为驿吏，烹茗于帘外，仍给钱三千。约曰："坚守茗具，无暂舍去，忽有所睹，即疾报来。"塞鸿唯唯而去。宫人悉在帘下，不可得见之，但夜语喧哗而已。至夜深，群动皆息。塞鸿涤器构火，不敢辄寐，忽闻帘下语曰："塞鸿塞鸿，汝争得知我在此耶？郎健否？"言讫呜咽。塞鸿曰："郎君见知此驿，今日疑娘子在此，令塞鸿问候。"又曰："我不久语，明日我去后，汝于东北舍阁子中紫褥下，取书送郎君。"言讫便去。忽闻帘下极闹，云："内家中恶^㊷。"中使索汤药甚急。乃无双也。塞鸿疾告仙客，仙客惊曰："我何得一见？"塞鸿曰："今方修渭桥，郎君可假作理桥官，车子过桥时，近车子立，无双若认得，必开帘子，当得瞥见耳。"仙客如其言，至第三车子，果开帘子，窥见，真无双也。仙客悲感怨慕，不胜其情。塞鸿于阁子中褥下得书，送仙客。花笺五幅，皆无双真迹，词理哀切，叙述周尽。仙客览之，茹恨涕下，自此永诀矣。其书后云："常见敕使说^㊸，富平县古押衙^㊹，人间有心人^㊺，今能求之否？"

仙客遂申府。请解驿务，归本官。遂寻访古押衙，则居于村墅。仙客造谒，见古生。生所愿，必力致之，缯彩宝玉之赠，不可胜纪。一年未开口。秩满^㊻，闲居于县，古生忽来，谓仙客曰："洪一武夫，年且老，何所用？郎君于某竭分⁴⁷,察郎君之意,将有求于老夫。老夫乃一片有心人也,感郎君之深恩,愿粉身以答效。"仙客泣拜,以实告古生。古生仰天,以手拍脑数四曰:"此事大不易,然与郎君试求,不可朝夕便望。"仙客拜曰:"但生前得见,岂敢以迟晚为限耶?"

半岁无消息。一日扣门,乃古生送书,书云:"茅山使者回⁴⁸,且来此。"仙客奔马去,见古生,生乃无一言。又启使者⁴⁹,复云:"杀却也,且吃茶。"夜深,谓仙客曰:"宅中有女家人识无双否?"仙客以采苹对。仙客立取而至。古生端相⁵⁰,且笑且喜云:"借留三五日,郎君且归。"后累日,忽传说曰:"有高品过⁵¹,处置园陵宫人。"仙客心甚异之,令塞鸿探所杀者,乃无双也。仙客号哭,乃叹曰:"本望古生,今死矣,为之奈何?"流涕歔欷,不能自已。是夕更深,闻叩门甚急,及开门,乃古生也,领一笭子入⁵²,谓仙客曰:"此无双也,今死矣,心头微暖,后日当活。微灌汤药,切须静密。"言讫,仙客抱入阁子中,独守之。至明,遍体有暖气。见仙客,哭一声遂绝,救疗至夜方愈。古生又曰:"暂借塞鸿,于舍后掘一坑。"坑稍深,抽刀断塞鸿头于坑中。仙客惊怕。古生曰:"郎君莫怕,今日报郎君恩足矣。比闻茅山道士有药术⁵³,其药服之者立死,三日却活。某使人专求得一丸,昨令采苹假作中使,以无双逆党,赐此药令自尽。至陵下,托以亲故,百缣赎其尸⁵⁴。凡道路邮传⁵⁵,皆厚赂矣,必免漏泄。茅山使者及舁笭人,在野外处置讫。老夫为郎君,亦自刭。君不得更居此,门外有檐子一十人⁵⁶,马五匹,绢二百匹,五更挈无双便发,变姓名浪迹以避祸。"言讫,举刀,仙客救之,头已落矣,遂并尸盖覆讫。未明发,历四蜀下峡^㊿,寓居于渚宫^㊿。悄不闻京兆之耗,乃挈家归襄邓别业^㊿,与无双偕老矣,男女成群。

　　噫!人生之契阔会合多矣^㊿,罕有若斯之比,常谓古今所无。无双遭乱世籍没,而仙客之志,死而不夺,卒遇古生之奇法取之,冤死者十余人。艰难走窜后,得归故乡,为夫妇五十年。何其异哉!

【注释】

① 建中:唐德宗年号,780年至783年。　② 外氏:外祖父家,母亲的娘家。　③ 郎子:英俊少年。此处刘震妻的戏称是把王仙客当女婿。　④ 挠:扰乱。　⑤ 襄、邓:襄州、邓州,在今湖北襄阳、河南邓州一带。　⑥ 服阕:丧服期满。古代父母去世,子女需服丧三年。　⑦ 尚书租庸使:负责税收事务的官员。　⑧ 赫奕:显赫光辉。　⑨ 冠盖:官员车马。冠,冠服,官员的服饰。盖,车盖,指有盖的华丽马车。　⑩ 鬻(yù):卖。橐(tuó):行李财物。

⑪ 给使:身边服侍的人。　⑫ 厮养:厮役,奔走服侍的人。　⑬ 中门:外院、内院之间的门,女眷都在中门之内,外男不得随意进入。

⑭ 娘子:指刘震妻。阿郎:指刘震。　⑮ 参(cēn)差(cī):蹉跎,不成功。　⑯ 泾原兵士反:唐德宗建中四年(783)八月,泾原节度使姚令言率兵士路过长安,去援救被叛军围困的襄城。因朝廷赏赐不足,泾原兵士造反,在长安大肆掳掠,并拥立已经赋闲的太尉朱泚为天子。唐德宗仓皇逃出长安。兴元元年(784)六月,朱泚被唐军击溃后,被部

将杀死。当年七月，德宗返回长安。 ⑰ 含元殿：唐代皇宫大明宫的正殿，建筑巍峨，气势恢宏。 ⑱ 行在：皇帝所在的地方。 ⑲ 勾当：处理。 ⑳ 开远门：长安城西边偏北的城门。 ㉑ 深隙店：隐蔽僻静的旅店。 ㉒ 启夏门：长安城南边偏东的城门。 ㉓ 骢(cōng)：毛色青白相杂的马。 ㉔ 棓(bàng)：棒子。 ㉕ 重(chóng)戴：头巾上面又戴帽子。《宋史·舆服志五》："重戴，唐士人多尚之，盖古大裁帽之遗制，本野夫岩叟之服。以皂罗为之，方而垂檐，紫里，两紫丝组为缨，垂而结之颔下。所谓重戴者，盖折上巾又加以帽焉。" ㉖ 斩斫使：负责清剿、抓捕的特派官员。 ㉗ 辎骑：载物资的车马。 ㉘ 苍头：汉代仆役用青巾裹头，称为苍头，后泛称奴仆。 ㉙ 兴化宅：长安兴化坊里的宅院。 ㉚ 从良：奴仆为贱籍，赎身成为自由民，就由贱籍变为良籍。 ㉛ 贩缯(zēng)：贩卖丝绸。 ㉜ 极刑：死刑。 ㉝ 掖庭：皇宫内的偏房旁舍，位置在中宫两旁的侧门(即后宫掖门)之内，原称永巷，汉武帝时改称掖庭，多为妃嫔、宫女居住。犯罪官僚的女眷配入宫中为奴隶，也安排在掖庭。 ㉞ 金吾将军：掌管京城巡察、治安的官员。 ㉟ 刺谒：递上名帖，请求拜见。 ㊱ 从侄：本家同姓的侄子。 ㊲ 京兆尹：管理京城的官员，即首都的市长。 ㊳ 前衔：以前的官职。《太平广记》作"前御"。 ㊴ 知：掌管。 ㊵ 内家：宫女。园陵：皇家陵寝。 ㊶ 衣冠子女：官宦家庭的子女。 ㊷ 中恶：头晕昏倒。 ㊸ 敕使：传达皇帝诏命的使者。 ㊹ 押衙：对武职官员的称呼。 ㊺ 有心人：有正义之心的人。 ㊻ 秩满：任期满。唐代县级官员的任期一般为三、四年。 ㊼ 竭分：竭尽情分，竭力做好。 ㊽ 茅山：唐代道教名山，在今江苏句容。 ㊾ 启：询问。 ㊿ 端相：打量。 (51) 高品：品阶高的大官。 (52) 篼子：只有座位无轿厢的简易小轿。 (53) 比闻：近来听说。　⑤缣(jiān)：作为货币的丝织物。　⑤邮传(zhuàn)：传递消息和文书的驿站。　⑥檐子：用竿抬、无遮蔽的肩舆。此处指抬檐子的人。　⑤四蜀：即蜀地，在今四川。　⑤渚宫：春秋时楚王的宫殿，坐落于江陵，故以渚宫代指江陵郡。　⑤别业：别墅庄园。　⑥契阔：久别。

李娃传

唐 白行简

【题解】

选自《太平广记》卷484，注"出《异闻集》"。《新唐书·艺文志》著录陈翰《异闻集》十卷，原注"唐末屯田员外郎"。宋代晁公武《郡斋读书志》亦著录曰："唐陈翰编，以传记所载唐朝奇怪事类为一书。"此书已佚失，从《太平广记》所引的二十多篇佚文可见，《异闻集》选编水平很高，除《李娃传》外，还有《南柯太守传》《枕中记》《霍小玉传》等佳作。《李娃传》的作者白行简，字知退，是大诗人白居易的胞弟。《旧唐书》本传称他："文笔有兄风，辞赋尤称精密，文士皆师法之。"他曾任左拾遗、主客郎中等。《李娃传》讲述了士子荥阳生迷恋妓女李娃，不惜花光所有的钱财。李娃伙同鸨母设计，赶走了荥阳生。不料荥阳生潦倒成为乞丐，李娃深感内疚而拯救荥阳生，使之科举及第、重获社会及父亲的认可。情节设计曲折动人，荥阳生几度死去活来，沦落到最底层，最惨最苦挣扎着的时候，都没有想过报复李娃。如此纯情的男主角，荥阳生大概是中国文学史上的唯一。而妓女成为尊贵夫人，这种大团圆的喜剧结尾，在古代小说中也极其罕见。

汧国夫人李娃，长安之倡女也，节行瑰奇，有足称者。故监察御史白行简为传述①。

　　天宝中②，有常州刺史荥阳公者③，略其名氏，不书，时望甚崇，家徒甚殷。知命之年④，有一子，始弱冠矣⑤，隽朗有词藻，迥然不群，深为时辈推伏。其父爱而器之，曰："此吾家千里驹也。"应乡赋秀才举⑥，将行，乃盛其服玩车马之饰，计其京师薪储之费⑦。谓之曰："吾观尔之才，当一战而霸。今备二载之用，且丰尔之给，将为其志也。"生亦自负视上第如指掌⑧。

　　自毗陵发⑨，月余抵长安，居于布政里⑩。尝游东市还⑪，自平康东门入⑫，将访友于西南。至鸣珂曲⑬，见一宅，门庭不甚广，而室宇严邃，阖一扉。有娃方凭一双鬟青衣立⑭，妖姿要妙，绝代未有。生忽见之，不觉停骖久之⑮，徘徊不能去。乃诈坠鞭于地，候其从者，敕取之，累眄于娃。娃回眸凝睇，情甚相慕。竟不敢措辞而去，生自尔意若有失，乃密征其友游长安之熟者以讯之。友曰："此狭邪女李氏宅也⑯。"曰："娃可求乎？"对曰："李氏颇赡⑰，前与通之者，多贵戚豪族，所得甚广，非累百万，不能动其志也。"生曰："苟患其不谐，虽百万，何惜！"

　　他日，乃洁其衣服，盛宾从而往。扣其门，俄有侍儿启扃。生曰："此谁之第耶？"侍儿不答，驰走大呼曰："前时遗策郎也⑱。"娃大悦曰："尔姑止之，吾当整妆易服而出。"生闻之，私喜。乃引至萧墙间⑲，见一姥垂白上偻⑳，即娃母也。生跪拜前致词曰："闻兹地有隙院，愿税以居，信乎㉑？"姥曰："惧其浅陋湫隘㉒，不足以辱长者所处㉓,安敢言直耶?"延生于迟宾之馆㉔,馆宇甚丽。与生偶坐,因曰:"某有女娇小,技艺薄劣,欣见宾客,愿将见之。"乃命娃出,明眸皓腕,举步艳冶。生遂惊起,莫敢仰视。与之拜毕,叙寒燠㉕,触类妍媚㉖,目所未睹。复坐,烹茶斟酒,器用甚洁。久之日暮,鼓声四动㉗。姥访其居远近。生绐之曰:"在延平门外数里㉘。"冀其远而见留也。姥曰:"鼓已发矣,当速归,无犯禁。"生曰:"幸接欢笑,不知日之云夕。道里辽阔,城内又无亲戚,将若之何?"娃曰:"不见责僻陋,方将居之,宿何害焉。"生数目姥,姥曰:"唯唯。"生乃召其家僮,持双缣,请以备一宵之馔。娃笑而止之曰:"宾主之仪,且不然也。今夕之费,愿以贫窭之家㉙,随其粗粝以进之㉚。其余以俟他辰。"固辞,终不许。俄徙坐西堂,帷幕帘榻,焕然夺目;妆奁衾枕,亦皆侈丽。乃张烛进馔,品味甚盛。彻馔㉛,姥起。生、娃谈话方切,诙谐调笑,无所不至。生曰:"前偶过卿门,遇卿适在屏间。厥后心常勤念,虽寝与食,未尝或舍。"娃答曰:"我心亦如之。"生曰:"今之来,非直求居而已,愿偿平生之志。但未知命也若何。"言未终,姥至,询其故,具以告。姥笑曰:"男女之际,大欲存焉㉜。情苟相得,虽父母之命,不能制也。女子固陋,曷足以荐君子之枕席!"生遂下阶,拜而谢之曰:"愿以己为厮养。"姥遂目之为郎,饮酣而散。及旦,尽徙其囊橐,因家于李之第。自是生屏迹戢身㉝,不复与亲知相闻,日会倡优侪类,狎戏游宴。囊中尽空,乃鬻骏乘及其家僮。岁余,资财仆马荡然。迩来姥意渐怠,娃情弥笃。

他日，娃谓生曰："与郎相知一年，尚无孕嗣。常闻竹林神者^㉞，报应如响，将致荐醮求之^㉟，可乎？"生不知其计，大喜。乃质衣于肆，以备牢醴^㊱，与娃同谒祠宇而祷祝焉，信宿而返^㊲，策驴而后。路出宣阳里，至里北门^㊳，娃谓生曰："此东转小曲中，某之姨宅也，将憩而觐之，可乎？"生如其言，前行不逾百步，果见一车门。窥其际，甚弘敞。其青衣自车后止之曰："至矣。"生下，适有一人出访曰："谁？"曰："李娃也。"乃入告。俄有一妪至，年可四十余，与生相迎曰："吾甥来否？"娃下车，妪逆访之曰^㊴："何久疏绝？"相视而笑。娃引生拜之，既见，遂偕入西戟门偏院^㊵。中有山亭，竹树葱茜，池榭幽绝。生谓娃曰："此姨之私第耶？"笑而不答，以他语对。俄献茶果，甚珍奇。食顷，有一人控大宛^㊶，汗流驰至曰："姥遇暴疾颇甚，殆不识人，宜速归。"娃谓姨曰："方寸乱矣^㊷，某骑而前去，当令返乘，便与郎偕来。"生拟随之，其姨与侍儿偶语，以手挥之，令生止于户外，曰："姥且殁矣，当与某议丧事，以济其急，奈何遽相随而去？"乃止，共计其凶仪斋祭之用^㊸。日晚，乘不至。姨言曰："无复命何也？郎骤往觇之^㊹，某当继至。"生遂往，至旧宅，门扃钥甚密，以泥缄之。生大骇，诘其邻人。邻人曰："李本税此而居^㊺，约已周矣^㊻。第主自收，姥徙居而且再宿矣。"征徙何处，曰："不详其所。"生将驰赴宣阳，以诘其姨，日已晚矣，计程不能达。乃弛其装服，质馔而食，赁榻而寝。生忿怒方甚，自昏达旦，目不交睫。质明，乃策蹇而去^㊼。既至，连扣其扉，食顷无人应。生大呼数四，有宦者徐出。生遽访之：

"姨氏在乎？"曰："无之。"生曰："昨暮在此，何故匿之？"访其谁氏之第，曰："此崔尚书宅。昨者有一人税此院，云迟中表之远至者，未暮去矣。"

生惶惑发狂，罔知所措，因返访布政旧邸。邸主哀而进膳。生怨懑，绝食三日，遘疾甚笃[48]，旬余愈甚。邸主惧其不起，徙之于凶肆之中[49]。绵缀移时，合肆之人，共伤叹而互饲之。后稍愈，杖而能起。由是凶肆日假之[50]，令执绋帷[51]，获其直以自给。累月，渐复壮，每听其哀歌，自叹不及逝者，辄呜咽流涕，不能自止，归则效之。生聪敏者也，无何，曲尽其妙，虽长安无有伦比。

初，二肆之佣凶器者，互争胜负。其东肆车舆皆奇丽，殆不敌。唯哀挽劣焉[52]。其东肆长知生妙绝，乃醵钱二万索雇焉[53]。其党耆旧，共较其所能者，阴教生新声，而相赞和。累旬，人莫知之。其二肆长相谓曰："我欲各阅所佣之器于天门街，以较优劣。不胜者，罚直五万[54]，以备酒馔之用，可乎？"二肆许诺，乃邀立符契，署以保证，然后阅之[55]。士女大和会，聚至数万。于是里胥告于贼曹，贼曹闻于京尹[56]。四方之士，尽赴趋焉，巷无居人。自旦阅之，及亭午[57]，历举辇舆威仪之具，西肆皆不胜，师有惭色。乃置层榻于南隅，有长髯者，拥铎而进[58]，翊卫数人[59]，于是奋髯扬眉，扼腕顿颡而登[60]，乃歌《白马》之词[61]。恃其夙胜，顾眄左右，旁若无人。齐声赞扬之。自以为独步一时，不可得而屈也。有顷，东肆长于北隅上设连榻，有乌巾少年，左右五六人，秉翣而至[62]，即生也。整衣服，俯仰甚徐，申喉发调，容若不胜。乃歌《薤露》之章[63]，举声清越，响振林木。曲度未终,闻者歔欷掩泣。西肆长为众所诮,益惭耻,密置所输之直于前,乃潜遁焉。四座愕眙⁶⁴,莫之测也。

先是,天子方下诏,俾外方之牧⁶⁵,岁一至阙下⁶⁶,谓之入计。时也,适遇生之父在京师,与同列者易服章⁶⁷,窃往观焉。有老竖⁶⁸,即生乳母婿也,见生之举措辞气,将认之而未敢,乃泫然流涕。生父惊而诘之,因告曰:"歌者之貌,酷似郎之亡子。"父曰:"吾子以多财为盗所害,奚至是耶?"言讫,亦泣。及归,竖间驰往⁶⁹,访于同党曰:"向歌者谁,若斯之妙欤?"皆曰:"某氏之子。"征其名,且易之矣。竖凛然大惊。徐往,迫而察之。生见竖,色动回翔,将匿于众中。竖遂持其袂曰:"岂非某乎?"相持而泣,遂载以归。至其室,父责曰:"志行若此,污辱吾门,何施面目,复相见也?"乃徒行出,至曲江西杏园东⁷⁰,去其衣服,以马鞭鞭之数百。生不胜其苦而毙,父弃之而去。其师命相狎昵者,阴随之,归告同党,共加伤叹。令二人赍苇席瘗焉⁷¹。至则心下微温,举之良久,气稍通。因共荷而归,以苇筒灌勺饮,经宿乃活。月余,手足不能自举,其楚挞之处皆溃烂,秽甚。同辈患之,一夕弃于道周。行路咸伤之,往往投其余食,得以充肠。十旬,方杖策而起。被布裘,裘有百结,褴褛如悬鹑⁷²。持一破瓯巡于闾里,以乞食为事。自秋徂冬,夜入于粪壤窟室,昼则周游廛肆⁷³。

一旦,大雪,生为冻馁所驱,冒雪而出,乞食之声甚苦,闻见者莫不凄恻。时雪方甚,人家外户多不发。至安邑东门,循里垣,北转第七八,有一门独启左扉,即娃之第也。生不知之，遂连声疾呼："饥冻之甚。"音响凄切，所不忍听。娃自阁中闻之，谓侍儿曰："此必生也，我辨其音矣。"连步而出。见生枯瘠疥疬^⑭，殆非人状。娃意感焉，乃谓曰："岂非某郎也？"生愤懑绝倒，口不能言，颔颐而已^⑮。娃前抱其颈，以绣襦拥而归于西厢。失声长恸曰："令子一朝及此，我之罪也。"绝而复苏。姥大骇奔至，曰："何也？"娃曰："某郎。"姥遽曰："当逐之，奈何令至此。"娃敛容却睇曰："不然，此良家子也，当昔驱高车，持金装，至某之室，不逾期而荡尽。且互设诡计，舍而逐之，殆非人行。令其失志，不得齿于人伦。父子之道，天性也。使其情绝，杀而弃之，又困踬若此^⑯。天下之人，尽知为某也。生亲戚满朝，一旦当权者熟察其本末，祸将及矣。况欺天负人，鬼神不祐，无自贻其殃也。某为姥子，迨今有二十岁矣。计其赀^⑰，不啻直千金^⑱。今姥年六十余，愿计二十年衣食之用以赎身，当与此子别卜所诣。所诣非遥，晨昏得以温清^⑲，某愿足矣。"姥度其志不可夺^⑳，因许之。给姥之余，有百金。北隅四五家，税一隙院。乃与生沐浴，易其衣服，为汤粥通其肠，次以酥乳润其脏。旬余，方荐水陆之馔。头巾履袜，皆取珍异者衣之。未数月，肌肤稍腴。卒岁，平愈如初。

异时，娃谓生曰："体已康矣，志已壮矣。渊思寂虑，默想曩昔之艺业，可温习乎？"生思之曰："十得二三耳。"娃命车出游，生骑而从。至旗亭南偏门鬻坟典之肆^㉑，令生拣而市之，计费百金，尽载以归。因令生斥弃百虑以志学，俾夜作昼，孜孜矻矻^㉒。娃常偶坐，宵分乃寐。伺其疲倦，即谕之缀诗赋。二岁而业大就，海内文籍，莫不该览[㊣]。生谓娃曰："可策名试艺矣[㊙]。"娃曰："未也，且令精熟，以俟百战。"更一年，曰："可行矣。"于是遂一上登甲科，声振礼闱^㊵。虽前辈见其文，罔不敛衽敬羡，愿友之而不可得。娃曰："未也。今秀士苟获擢一科第，则自谓可以取中朝之显职，擅天下之美名。子行秽迹鄙，不侔于他士[㊋]。当砻淬利器[㊌]，以求再捷，方可以连衡多士，争霸群英。"生由是益自勤苦，声价弥甚。其年遇大比[㊐]，诏征四方之隽。生应直言极谏科[㊑]，策名第一，授成都府参军[㊒]。三事以降[㊓]，皆其友也。将之官，娃谓生曰："今之复子本躯，某不相负也。愿以残年，归养老姥。君当结媛鼎族[㊔]，以奉蒸尝[㊕]。中外婚媾，无自黩也。勉思自爱，某从此去矣。"生泣曰："子若弃我，当自刭以就死。"娃固辞不从，生勤请弥恳。娃曰："送子涉江，至于剑门[㊖]，当令我回。"生许诺。

月余，至剑门。未及发而除书至[㊗]，生父由常州诏入，拜成都尹，兼剑南采访使。浃辰[㊘]，父到。生因投刺，谒于邮亭。父不敢认，见其祖父官讳[㊙]，方大惊，命登阶，抚背恸哭移时。曰："吾与尔父子如初。"因诘其由，具陈其本末。大奇之，诘娃安在。曰："送某至此，当令复还。"父曰："不可。"翌日，命驾与生先之成都，留娃于剑门，筑别馆以处之。明日，命媒氏通二姓之好，备六礼以迎之[㊚]，遂如秦晋之偶[㊛]。娃既备礼，岁时伏腊[㊜]，妇道甚修，治家严整，极为亲所眷尚。

后数岁，生父母偕殁，持孝甚至。有灵芝产于倚庐[㊝]，一穗三秀^⑩，本道上闻^⑩。又有白燕数十，巢其层甍。天子异之，宠锡加等。终制^⑭，累迁清显之任。十年间，至数郡。娃封汧国夫人，有四子，皆为大官，其卑者犹为太原尹。弟兄姻媾皆甲门，内外隆盛，莫之与京^⑯。

嗟乎，倡荡之姬，节行如是，虽古先烈女，不能逾也，焉得不为之叹息哉！予伯祖尝牧晋州^⑯，转户部，为水陆运使^⑰，三任皆与生为代^⑱，故谙详其事。贞元中，予与陇西公佐^⑲，话妇人操烈之品格，因遂述汧国之事。公佐拊掌竦听^⑩，命予为传。乃握管濡翰，疏而存之^⑪。时乙亥岁秋八月^⑫，太原白行简云。

【注释】

① 监察御史：唐代官员，负责"分察百僚，巡按郡县，纠视刑狱，肃整朝仪"（《唐六典》）。　② 天宝：唐玄宗李隆基的年号，742年至756年。　③ 常州：即今天的江苏常州市。荥阳公：荥阳郑氏为唐代的高门士族，从下文"时望甚崇，家徒甚殷"来看，荥阳公肯定姓郑。荥阳，今河南郑州荥阳市。　④ 知命之年：五十岁。所谓"知命"，是指明白了人力终究有限，对于荣辱、结果就看淡了。《论语·为政》："五十而知天命。"　⑤ 弱冠：男子二十岁行冠礼，盘起头发，戴上帽子，标志成年了。但是此时体格还不强壮，所以二十岁称为弱冠。　⑥ 乡赋：乡贡，州府推举合格的士人进京参加科举考试。秀才举：唐初沿袭前代设置秀才科，等级最高，高宗时废除。唐代科举考试以进士、明经两科为最普遍。此处即泛指科举考试。　⑦ 薪储之费：生活费用。　⑧ 指掌：如同指着手掌那么容易。《礼记·仲尼燕居》："明乎郊社之义，尝禘

之礼,治国其如指诸掌而已乎?" ⑨ 毗(pí)陵:即常州。此地汉代置毗陵县,晋代置毗陵郡。 ⑩ 布政里:布政坊,长安城西北部的坊,靠近宫城。 ⑪ 东市:长安城内有一百零八个坊,及东市、西市两个市场。 ⑫ 平康:平康坊,在东市的西侧,是妓女集中的地方。 ⑬ 鸣珂曲:坊内名叫鸣珂的曲巷。 ⑭ 娃:美女。 ⑮ 骖(cān):指三匹马拉的车驾。 ⑯ 狭斜:小街窄巷,指妓院。妓院多隐藏在偏僻的街巷里。 ⑰ 赡:富裕。 ⑱ 策:马鞭子。 ⑲ 萧墙:宫室内做屏障的矮墙。 ⑳ 垂白上偻(lǚ):垂着白发,驼着背。 ㉑ 信乎:确实吗?指前述有房出租的信息是否准确。 ㉒ 湫(jiǎo)隘:低矮狭小。 ㉓ 长者:此处指贵人,李姥对荥阳生的尊重称呼。 ㉔ 迟宾之馆:招待客人的房舍。 ㉕ 寒燠(yù):冷热,寒暄,指应酬对答。 ㉖ 触类:各种,每样,指李娃的一举一动。 ㉗ 鼓声:街鼓的声音。唐代长安实行宵禁制度,从一更三点到五更三点,大约晚8点到早5点,禁止外出,以街鼓声为宵禁开始和结束的标志。街鼓响起,宵禁开始后还在大街上活动的就是犯禁,会被执金吾抓获并施加惩罚。 ㉘ 延平门:长安城西边偏中的城门。 ㉙ 贫窭(jù):贫穷,此处是李娃自谦家贫。 ㉚ 粗粝:粗劣的食物,此处依然是李娃自谦。 ㉛ 彻馔:撤去宴席。 ㉜ "男女之际"两句:男女对彼此的欲望,是普遍存在的大愿望。《礼记·礼运》:"饮食男女,人之大欲存焉。" ㉝ 屏(bǐng)迹戢身:隐藏行踪,不露面。屏,除去。戢,藏。 ㉞ 竹林神:据刘禹锡《代京兆韦尹贺祈晴获应》,竹林神在长安通义坊里的兴圣寺。兴圣寺为比丘尼寺,女眷拜神求子往往留宿过夜。 ㉟ 荐酹:洒酒于地以祭神,此处泛指祭神之物。 ㊱ 牢醴:猪、牛、羊三牲及美酒。 ㊲ 信宿:连宿了两夜。 ㊳ 里:由下文可知,此处的"里"是李娃姨母所在的宣阳坊。据宋代曾慥《类说》卷28《异闻集·汧国夫人传》补“路出宣阳里”五字。 ㊴ 逆：迎接。 ㊵ 戟门：唐代官殿、官署门前陈设戟，高官显贵的私宅门前也列戟。 ㊶ 大宛（yuān）：骏马。因为西域大宛国产良马，故人们以该国名称代指好马。 ㊷ 方寸：心所占据的大小约一寸见方，故把心形容为方寸、寸心。 ㊸ 凶仪斋祭：丧葬礼仪和斋戒祭祀。 ㊹ 觇（chān）：察看。 ㊺ 税：租。 ㊻ 约已周：合约到期。 ㊼ 蹇（jiǎn）：驴。 ㊽ 遘（gòu）疾：生病。 ㊾ 凶肆：租赁、售卖丧葬用品、代办丧事的店铺。 ㊿ 假：借用，利用。 (51) 繐（suì）帷：灵柩前的帐幕。 (52) 哀挽：挽歌，出殡时唱的哀悼歌曲。 (53) 醵（jù）钱：凑钱。 (54) 直：此处指钱财。 (55) 阅：展示。 (56) 里胥：里长，管理坊的官吏。贼曹：都城里负责盗贼、水火等事宜的官员。京尹：京兆尹，管理都城及其辖县的长官。 (57) 亭午：正午。 (58) 铎（duó）：大铃，与铙形状相似，内有舌，可摇动发声。 (59) 翊（yì）卫：护卫。 (60) 扼腕顿颡（sǎng）：一手握住另一手腕，点点头，形容自信自得的样子。颡，额头。 (61) 白马：挽歌。丧葬仪式用白马素车。 (62) 翣（shà）：棺材上的装饰。 (63) 薤（xiè）露：上古时代流传下来的挽歌，歌名的含义是形容人生如薤草上的露水，容易晞灭。 (64) 愕眙（chì）：惊讶地看着。 (65) 外方之牧：外地的州郡长官。 (66) 岁：每岁，每年。阙下：京城。皇宫大门的两边有高高的阙，供瞭望用。其形制上为楼阁，下为方台。 (67) 服章：官服。 (68) 竖：奴仆。 (69) 间（jiàn）：乘间，找时机。 (70) 曲江：长安城东南一坊之地，是曲江风景区。杏园：曲江的园林。每年唐代新及第的进士们，都在杏园宴集，举办各种庆祝活动。荥阳公将儿子带到此地打杀，有故意羞辱他的意思。 (71) 赍（jī）：带着。瘗（yì）：埋葬。 (72) 悬鹑：形容人身上的衣服破烂，如同悬挂起来的鹌鹑。鹌鹑毛色暗淡有斑纹，秃尾巴。

⑦ 廛(chán)肆：街市。　　⑦ 疥(jiè)疬(lài)：恶疮癣癞。　　⑦ 颔颐：微微点头，动下巴。颔，下巴。颐，面腮。　　⑦ 困踬(zhì)：窘迫，受挫。　　⑦ 赀(zī)：资财，此处指李娃做妓女为李姥赚取的钱财。　　⑦ 不啻：不止。　　⑦ 温清：对父母的孝敬和关心。《礼记·曲礼》："凡为人子之礼，冬温而夏清，昏定而晨省。"　　⑧ 度(duó)：猜测，揣摩。　　⑧ 旗亭：长安东市、西市都有管理机构，设在楼上，以观察市场情况，楼上飘扬旗帜，以表示市场的开关门时间。坟典：传说中的古书《三坟》《五典》此处泛指书籍。　　⑧ 孜孜矻(kū)矻：勤勉不懈怠。　　⑧ 该览：备览，博览。该，同"赅"。　　⑧ 策名试艺：参加科举考试。　　⑧ 礼闱：尚书省礼部。唐代科举考试由礼部主持。　　⑧ 侔(móu)：相等。　　⑧ 砻(lóng)淬(cuì)：磨砺锻造。砻，磨。淬，烧红的铸件浸入水中，再立即拿出。　　⑧ 大比：此处指隆重举行的制科考试，选拔专门人才。唐代科举考试每年举行的进士、明经是常科，不定期举行的是制科。制科考试根据实际需要，设定选拔科目。常科及第了，还得通过吏部铨选，才能获得官职。制科及第了，马上就有官职。　　⑧ 直言极谏科：制科考试的科目。《太平广记》作"直言极谏策科"，不符合历史记载的科目名称，将"策"字挪至"名"前。　　⑨ 成都府：益州，今四川成都。参军：参谋军事，府郡的属官。　　⑨ 三事以降：三公以下的官员。三公指三种最高官衔，周代是太师、太傅、太保，唐代是太尉、司徒、司空。　　⑨ 结媛鼎族：和高门士族家的女儿结婚。　　⑨ 奉蒸尝：泛指操办祭祀的事情。古代士大夫家庭注重祭祀祖先，主持有关事宜、操办供品是女主人的重要职责。《礼记·祭统》："凡祭有四时：春祭曰礿(yuè)，夏祭曰禘(dì)，秋祭曰尝，冬祭曰蒸。"　　⑨ 剑门：剑门关，在今四川剑阁一带。　　⑨ 除书：任命官职的诏书。　　⑨ 浃辰：十二日。古代以干支纪日，自子至亥一周十二天。　　⑨ 见其祖父官

讳：荥阳生是以下属礼仪拜见任成都尹的父亲，所呈进的名帖上有郡望、履历，和父、祖、曾祖三代的官职、姓名。 (98) 六礼：正式的婚姻礼仪，分为纳采、问名、纳吉、纳徵、请期、亲迎。 (99) 秦晋之偶：春秋时，秦国、晋国世代联姻，后泛指两姓结婚。 (100) 岁时伏腊：指一年四季。伏，夏季。腊，冬天。 (101) 倚庐：为父母守丧居住的简陋草屋。 (102) 一穗三秀：一枝花柄开了三朵花，非常稀奇。 (103) 本道：此处指李娃夫妇为父守孝的地方。 (104) 终制：守制期满。父母去世，要守制三年，官员辞职在家，不从事应酬、考试、结婚等。 (105) 莫之与京：没有谁能比得上。京，大。 (106) 晋州：唐代州名，辖区在今山西临汾一带。 (107) 水陆运使：唐代户部管理水陆运输的官员。 (108) 为代：继任官员。 (109) 陇西公佐：陇西李公佐，一位喜好传奇的士人，有四篇作品被选入《太平广记》。 (110) 拊（fǔ）掌竦（sǒng）听：抚掌恭听，形容听得专注入神。 (111) 疏：解释说明。 (112) 乙亥岁：唐德宗贞元十一年（795）。

霍小玉传

唐 蒋防

【题解】

选自《太平广记》卷487,题注"蒋防撰"。蒋防,义兴(今江苏宜兴)人。曾任翰林学士、司封员外郎、知制诰等。两《唐书》无传,《旧唐书》卷166《庞严传》载:"严与右拾遗蒋防俱为(元)稹、(李)绅保荐,至谏官、内职。"蒋防的仕宦沉浮,受元稹、李绅影响,其写作传奇文,或许亦受元稹及其友人影响。《霍小玉传》的男主人公为著名诗人李益。唐代文献中多记载李益善妒,本文似乎在解释何以如此。李益与霍小玉定情,又另结婚姻,辜负了与小玉的八年盟约,又百般躲避与她会面。李益越是如此,小玉越是冤愤,染病不起,含恨而亡。临终之际,她诅咒李益妻妾不宁。后来,李益果然对妻妾百般猜忌。霍小玉如飞蛾扑火一般的热烈执着,使此文的悲剧色彩格外浓重。

大历中①,陇西李生名益,年二十,以进士擢第。其明年,拔萃②,俟试于天官③。夏六月,至长安,舍于新昌里。生门族清华,少有才思,丽词嘉句,时谓无双,先达丈人,翕然推伏。每自矜风调,思得佳偶,博求名妓,久而未谐。

长安有媒鲍十一娘者,故薛驸马家青衣也④,折券从良⑤,十余年矣。性便僻⑥,巧言语,豪家戚里,无不经过,追风挟策⑦,推为渠帅⑧。常受生诚托厚赂,意颇德之。经数月,李方闲居舍之南亭,申未间⑨,忽闻扣门甚急。云是鲍十一娘至。摄衣从之,迎问曰:"鲍卿,今日何故忽然而来?"鲍笑曰:"苏姑子作好梦也未⑩?有一仙人,谪在下界,不邀财货,但慕风流。如此色目⑪,共十郎相当矣。"生闻之惊跃,神飞体轻,引鲍手且拜且谢曰:"一生作奴,死亦不惮。"因问其名居,鲍具说曰:"故霍王小女字小玉⑫,王甚爱之。母曰净持,净持即王之宠婢也。王之初薨,诸弟兄以其出自贱庶,不甚收录,因分与资财,遣居于外,易姓为郑氏,人亦不知其王女。姿质秾艳,一生未见。高情逸态,事事过人,音乐诗书,无不通解。昨遣某求一好儿郎,格调相称者。某具说十郎,他亦知有李十郎名字,非常欢惬。住在胜业坊古寺曲,甫上车门宅是也。已与他作期约,明日午时,但至曲头觅桂子,即得矣。"

　　鲍既去,生便备行计。遂令家僮秋鸿,于从兄京兆参军尚公处⑬,假青骊驹、黄金勒。其夕,生浣衣沐浴,修饰容仪,喜跃交并,通夕不寐。迟明⑭,巾帻,引镜自照,惟惧不谐也。徘徊之间,至于亭午⑮。遂命驾疾驱,直抵胜业。至约之所,果见青衣立候,迎问曰:"莫是李十郎否?"即下马,令牵入屋底,急急锁门。见鲍果从内出来,遥笑曰:"何等儿郎造次入此?"生调诮未毕,引入中门。庭间有四樱桃树,西北悬一鹦鹉笼,见生入来,即语曰:"有人入来,急下帘者。"生本性雅淡,心犹疑惧,忽见鸟语,愕然不敢进。逡巡,鲍引净持下阶相迎,延入对坐。年可四十余,绰约多姿,谈笑甚媚。因谓生曰:"素闻十郎才调风流,今又见容仪雅秀,名下固无虚士⑯。某有一女子,虽拙教训,颜色不至丑陋,得配君子,颇为相宜。频见鲍十一娘说意旨,今亦便令永奉箕帚。"生谢曰:"鄙拙庸愚,不意顾盼,倘垂采录,生死为荣。"遂命酒馔,即令小玉自堂东阁子中而出,生即拜迎。但觉一室之中,若琼林玉树,互相照曜,转盼精彩射人。既而遂坐母侧,母谓曰:"汝尝爱念'开帘风动竹,疑是故人来'⑰,即此十郎诗也。尔终日吟想,何如一见?"玉乃低鬟微笑,细语曰:"见面不如闻名,才子岂能无貌?"生遂连起拜曰:"小娘子爱才,鄙夫重色,两好相映,才貌相兼。"母女相顾而笑,遂举酒数巡。生起,请玉唱歌,初不肯,母固强之。发声清亮,曲度精奇。酒阑及暝,鲍引生就西院憩息。闲庭邃宇,帘幕甚华。鲍令侍儿桂子、浣沙,与生脱靴解带。须臾玉至,言叙温和,辞气宛媚。解罗衣之际,态有余妍,低帏昵枕,极其欢爱,生自以为巫山洛浦不过也⑱。中宵之夜,玉忽流涕观生曰:"妾本倡家,自知非匹,今以色爱,托其仁贤。但虑一旦色衰,恩移情替,使女萝无托⑲,秋扇见捐⑳。极欢之际,不觉悲至。"生闻之,不胜感叹,乃引臂替枕,徐谓玉曰:"平生志愿,今日获从。粉骨碎身,誓不相舍。夫人何发此言?请以素缣,著之盟约。"玉因收泪,命侍儿樱桃,褰幄执烛,授生笔研㉑。玉管弦之暇,雅好诗书,筐箱笔研,皆王家之旧物。遂取绣囊,出越姬乌丝栏素缣三尺以授生㉒。生素多才思,援笔成章,引谕山河,指诚日月,句句恳切,闻之动人。染毕,命藏于宝箧之内。自尔婉娈相得,若翡翠之在云路也㉓。如此二岁，日夜相从。

其后年春，生以书判拔萃登科，授郑县主簿㉔。至四月，将之官，便拜庆于东洛㉕。长安亲戚，多就筵饯。时春物尚余，夏景初丽，酒阑宾散，离恶萦怀。玉谓生曰："以君才地名声，人多景慕，愿结婚媾，固亦众矣。况堂有严亲，室无冢妇㉖，君之此去，必就佳姻，盟约之言，徒虚语耳。然妾有短愿，欲辄指陈，永委君心，复能听否？"生惊怪曰："有何罪过，忽发此辞？试说所言，必当敬奉。"玉曰："妾年始十八，君才二十有二。迨君壮室之秋㉗，犹有八岁。一生欢爱，愿毕此期，然后妙选高门，以谐秦晋，亦未为晚。妾便舍弃人事，剪发披缁㉘，夙昔之愿，于此足矣。"生且愧且感，不觉涕流，因谓玉曰："皎日之誓㉙，死生以之。与卿偕老，犹恐未惬素志，岂敢辄有二三？固请不疑，但端居相待。至八月，必当却到华州，寻使奉迎，相见非远。"更数日，生遂诀别东去。

到任旬日，求假往东都觐亲。未至家口，太夫人已与商量表妹卢氏，言约已定。太夫人素严毅，生逡巡不敢辞让，遂就礼谢，便有近期㉚。卢亦甲族也㉛，嫁女于他门，聘财必以百万为约，不满此数，义在不行。生家素贫，事须求贷，便托假故，远投亲知，涉历江淮，自秋及夏。生自以孤负盟约，大愆回期，寂不知闻，欲断其望。遥托亲故，不遗漏言。

玉自生逾期，数访音信。虚词诡说，日日不同。博求师巫，遍询卜筮。怀忧抱恨，周岁有余。羸卧空闺，遂成沉疾。虽生之书题竟绝，而玉之想望不移。赂遗亲知，使通消息。寻求既切，资用屡空。往往私令侍婢潜卖箧中服玩之物，多托于西市寄附铺侯景先家货卖[32]。曾令侍婢浣沙，将紫玉钗一只，诣景先家货之。路逢内作老玉工[33]，见浣沙所执，前来认之曰："此钗吾所作也。昔岁霍王小女，将欲上鬟[34]，令我作此，酬我万钱，我尝不忘。汝是何人？从何而得？"浣沙曰："我小娘子即霍王女也。家事破散，失身于人，夫婿昨向东都，更无消息。悒怏成疾，今欲二年。令我卖此，赂遗于人，使求音信。"玉工凄然下泣曰："贵人男女，失机落节[35]，一至于此。我残年向尽，见此盛衰，不胜伤感。"遂引至延先公主宅[36]，具言前事。公主亦为之悲叹良久，给钱十二万焉。

时生所定卢氏女在长安，生既毕于聘财，还归郑县。其年腊月，又请假入城就亲，潜卜静居，不令人知。有明经崔允明者[37]，生之中表弟也，性甚长厚。昔岁常与生同欢于郑氏之室，杯盘笑语，曾不相间。每得生信，必诚告于玉。玉常以薪刍衣服[38]，资给于崔，崔颇感之。生既至，崔具以诚告玉，玉恨叹曰："天下岂有是事乎？"遍请亲朋，多方召致，生自以愆期负约[39]，又知玉疾候沉绵，惭耻忍割，终不肯往。晨出暮归，欲以回避。玉日夜涕泣，都忘寝食，期一相见，竟无因由。冤愤益深，委顿床枕。自是长安中稍有知者，风流之士，共感玉之多情；豪侠之伦，皆怒生之薄行。

时已三月，人多春游，生与同辈五六人诣崇敬寺玩牡丹花[40]，步于西廊，递吟诗句。有京兆韦夏卿者，生之密友，时亦同行，谓生曰："风光甚丽，草木荣华。伤哉郑卿^㊶，衔冤空室。足下终能弃置，实是忍人。丈夫之心，不宜如此，足下宜为思之。"叹让之际，忽有一豪士，衣轻黄纻衫，挟朱弹，丰神隽美，衣服轻华，唯有一剪头胡雏从后，潜行而听之，俄而前揖生曰："公非李十郎者乎？某族本山东，姻连外戚，虽乏文藻，心尝乐贤。仰公声华，常思觌止^㊷，今日幸会，得睹清扬。某之敝居，去此不远，亦有声乐，足以娱情。妖姬八九人，骏马十数匹，唯公所欲。但愿一过。"生之侪辈，共聆斯语，更相叹美。因与豪士策马同行，疾转数坊，遂至胜业。生以近郑之所止，意不欲过。便托事故，欲回马首。豪士曰："敝居咫尺，忍相弃乎？"乃挽挟其马，牵引而行，迁延之间，已及郑曲。生神情恍惚，鞭马欲回。豪士遽命奴仆数人，抱持而进，疾走推入车门，便令锁却。报云："李十郎至也。"一家惊喜，声闻于外。

先此一夕，玉梦黄衫丈夫抱生来，至席，使玉脱鞋。惊寤而告母，因自解曰："鞋者谐也，夫妇再合。脱者解也，既合而解，亦当永诀。由此征之，必遂相见，相见之后，当死矣。"凌晨，请母妆梳。母以其久病，心意惑乱，不甚信之。黾勉之间^㊸，强为妆梳。妆梳才毕，而生果至。玉沉绵日久，转侧须人，忽闻生来，欻然自起，更衣而出，恍若有神。遂与生相见，含怒凝视，不复有言。羸质娇姿，如不胜致，时复掩袂，返顾李生。感物伤人，坐皆唏嘘。顷之，有酒馔数十盘，自外而来，一座惊视。遽问其故，悉是豪士之所致也。因遂陈设，相就而坐。玉乃侧身转面，斜视生良久，遂举杯酒酹地曰^㊹："我为女子，薄命如斯。君是丈夫，负心若此。韶颜稚齿，饮恨而终。慈母在堂，不能供养。绮罗弦管，从此永休。征痛黄泉，皆君所致。李君李君，今当永诀。我死之后，必为厉鬼。使君妻妾，终日不安。"乃引左手握生臂，掷杯于地，长恸号哭数声而绝。母乃举尸置于生怀，令唤之，遂不复苏矣。生为之缟素，且夕哭泣甚哀。将葬之夕，生忽见玉缞帷之中，容貌妍丽，宛若平生。着石榴裙，紫裌裆⑤，红绿帔子⑥，斜身倚帷，手引绣带，顾谓生曰："愧君相送，尚有余情。幽冥之中，能不感叹？"言毕，遂不复见。明日，葬于长安御宿原⑰。生至墓所，尽哀而返。

　　后月余，就礼于卢氏。伤情感物，郁郁不乐。夏五月，与卢氏偕行，归于郑县。至县旬日，生方与卢氏寝，忽帐外叱叱作声。生惊视之，则见一男子，年可二十余，姿状温美，藏身暎幔⑱，连招卢氏。生惶遽走起，绕幔数匝，倏然不见。生自此心怀疑恶，猜忌万端，夫妻之间，无聊生矣。或有亲情，曲相劝喻，生意稍解。后旬日，生复自外归，卢氏方鼓琴于床，忽见自门抛一斑犀钿花合子⑲，方圆一寸余，中有轻绡，作同心结，坠于卢氏怀中。生开而视之，见相思子二，叩头虫一⑳，发杀觜一，驴驹媚少许㉑。生当时愤怒叫吼，声如豺虎，引琴撞击其妻，诘令实告。卢氏亦终不自明。尔后往往暴加捶楚，备诸毒虐，竟讼于公庭而遣之。卢氏既出，生或侍婢媵妾之属，蹔同枕席㉒，便加妒忌，或有因而杀之者。生尝游广陵，得名姬曰营十一娘者，容态润媚，生甚悦之。每相对坐，尝谓营曰："我尝于某处得某姬，犯某事，我以某法杀之。"日日陈说，欲令惧己，以肃清闺门。出则以浴斛覆营于床㉓，周回封署，归必详视，然后乃开。又畜一短剑，甚利，顾谓侍婢曰："此信州葛溪铁^㊴，唯断作罪过头。"大凡生所见妇人，辄加猜忌，至于三娶，率皆如初焉。

【注释】

① 大历：唐代宗李豫年号，766年至779年。　② 拔萃：书判拔萃科，吏部的考试。唐代进士及第后，不能马上获得官职，还得通过吏部选拔。　③ 天官：吏部的别称。　④ 青衣：婢女。　⑤ 折券从良：唐代买卖奴婢，必须立成交券契，废掉原券契、脱离奴籍，成为良民，叫从良。　⑥ 便僻：便辟，善于谄媚逢迎。　⑦ 追风挟策：追潮流、出主意。　⑧ 渠帅：魁首，领头的。　⑨ 申未间：申未相交的时候，下午三点左右。未时是下午一点至三点，申时是下午三点至五点。⑩ 苏姑子作好梦也未：当时的俗语，来源不详，指是否梦到了好事。⑪ 色目：人品，品格。　⑫ 霍王：唐高祖的儿子李元轨为霍王。本文故事发生在大历中，与李元轨及其子女的生活时间不相符，故本文所说的霍王是假托。　⑬ 京兆参军：京兆府的参军。参军即参军事，是唐代的军事机构、王府和各州府的属官，有录事参军和诸曹参军两大类。　⑭ 迟（zhì）明：黎明，天快亮时。　⑮ 亭午：正午。⑯ 名下固无虚士：名声和实际才华相符。据《南史·姚察传》，南朝陈时姚察出使北周，北周刘臻询问他有关《汉书》的问题。他一一剖析，皆有经据。刘臻佩服地说："名下定无虚士。"　⑰ "开帘风动竹"两句：诗人李益《竹窗闻风寄苗发司空曙》全文是："微风惊暮坐，临牖思悠哉。开帘复动竹，疑是故人来。时滴枝上露，稍沾阶下苔。何当一入幌，为拂绿琴埃。"　⑱ 巫山洛浦：战国宋玉《高唐赋》写巫山神女向

楚王自荐枕席，三国曹植《洛神赋》描述洛水神女宓妃。这两篇赋是写美人的名篇。　⑲女萝：寄生草本植物，需攀附他物生长。此处比喻古代女子依附丈夫。　⑳秋扇见捐：秋凉时丢弃扇子，比喻对女子爱衰而抛弃。汉代班婕妤《怨歌行》："新裂齐纨素，鲜洁如霜雪。裁为合欢扇，团团似明月。出入君怀袖，动摇微风发。常恐秋节至，凉飚夺炎热。弃捐箧笥中，恩情中道绝。"　㉑研：砚台。　㉒越姬乌丝栏素缣：越地女子所织的有黑色边栏的白色丝绸，质地精美。　㉓翡翠：翠鸟。　㉔郑县：唐代属华州，靠近长安，在今陕西渭南华州区一带。　㉕拜庆：拜家庆，久别归家探望父母。　㉖冢妇：嫡长子的正妻。　㉗壮室之秋：三十岁壮年的时候。《礼记·曲礼上》："三十曰壮，有室。"室为妻。　㉘披缁：穿僧人的缁衣，指出家。㉙皎日之誓：对着太阳发誓。《诗经·王风·大车》："谓予不信，有如皎日。"　㉚便有近期：约定很快结婚的日期，属于婚姻六礼中的"请期"环节。　㉛甲族：望族。范阳卢氏是唐代最显赫的高门士族之一。　㉜西市寄附铺：长安城西市中的寄卖店铺，类似当铺。㉝内作：服务于皇宫的工匠。　㉞上鬟：古代女子十五岁，行及笄礼时，用簪子把披垂的头发挽起来，表示成人待嫁。　㉟失机落节：失去时机而落魄。　㊱延先公主：唐代公主无此封号。唐肃宗的女儿有延光公主，后封郜国公主。　㊲明经：此处指明经及第。唐代科举考试的常科为进士、明经，明经侧重考察对儒家经典的掌握。　㊳薪刍：柴薪，牧草，指生活用品。　㊴愆（qiān）期：误期。　㊵崇敬寺：长安城靖安坊内的尼寺，与霍小玉所在的胜业坊相距不远。㊶郑卿：如前文所述，霍小玉随母离开霍王府后，改姓郑。"霍王"未必姓霍，"霍小玉"之姓是流传中的误植。　㊷觏（gòu）止：相遇。㊸黾（mǐn）勉：勉强。　㊹酹（chóu）：酬。此处指把酒洒在地上。　　㊺裼(kè)裆:一种坎肩。　　㊻帔(pèi)子:披在肩背上的装饰。　　㊼御宿原:长安南面御宿川旁。　　㊽暎(yìng):映。
㊾斑犀钿花合子:有纹理的犀角制作、镶嵌花饰的盒子。《太平广记》作"斑屏",依据文化史常识更改。宋代张世南《游宦纪闻》卷2:"犀之佳者是特犀。纹理细腻,斑白分明,俗谓斑犀。"　　㊿叩头虫:与"相思子"同属于定情物。　　㉛发杀觜(zuǐ)、驴驹(xuān)媚:可能是春药、媚药。驴驹媚,通常作"驴驹媚"。清代王士禛《池北偶谈》:"座客偶举唐小说《霍小玉传》中有驴驹媚,不知何物。按僧赞宁《物类相感志》云:'凡驴狗〔驹〕初生未堕地,口中有一物如肉,名媚,妇人带之能媚。'"　　㉜蹔(zàn):暂。　　㉝浴斛:浴盆。　　㉞信州:今江西上饶。葛溪:据说春秋战国时名匠欧冶子在溪边居住,以此水淬剑。

柳氏传

唐 许尧佐

【题解】

选自《太平广记》卷485,题注"许尧佐撰"。许尧佐,贞元中进士及第,又登贤良方正能直言极谏科。曾任太子校书郎、谏议大夫等。其兄许康佐与元稹多有来往。《柳氏传》写柳氏与韩翃的悲欢离合故事。柳氏先为李生幸姬,被李生赠送给韩翃。后韩翃离开长安,两年未归。柳氏虽避居寺庙,仍被蕃将沙吒利夺走。韩翃的同僚许俊又将柳氏劫出,送还韩翃。柳氏对韩翃的钟情令人唏嘘,许俊的豪勇义气则令人赞叹。源于该故事的"章台柳",成为诗词中的常用典故。

天宝中^①,昌黎韩翃有诗名^②,性颇落托,羁滞贫甚^③。有李生者,与翃友善,家累千金,负气爱才。其幸姬曰柳氏,艳绝一时,喜谈谑,善讴咏。李生居之别第,与翃为宴歌之地。而馆翃于其侧。翃素知名,其所候问^④,皆当时之彦。柳氏自门窥之,谓其侍者曰:"韩夫子岂长贫贱者乎!"遂属意焉。李生素重翃,无所吝惜。后知其意,乃具膳请翃饮。酒酣,李生曰:"柳夫人容色非常,韩秀才文章特异,欲以柳荐枕于韩君,可乎?"翃惊懔避席曰:"蒙君之恩,解衣辍食久之⑤,岂宜夺所爱乎?"李坚请之。柳氏知其意诚,乃再拜,引衣接席。李坐翊于客位,引满极欢⑥。李生又以资三十万,佐翊之费。翊仰柳氏之色,柳氏慕翊之才,两情皆获,喜可知也。

明年,礼部侍郎杨度擢翊上第。屏居间岁⑦。柳氏谓翊曰:"荣名及亲,昔人所尚。岂宜以濯浣之贱⑧,稽采兰之美乎⑨?且用器资物,足以待君之来也。"翊于是省家于清池⑩。

岁余,乏食,鬻妆具以自给。天宝末,盗覆二京⑪,士女奔骇。柳氏以艳独异,且惧不免,乃剪发毁形,寄迹法灵寺。是时侯希逸自平卢节度淄青⑫,素藉翊名⑬,请为书记⑭。洎宣皇帝以神武返正⑮,翊乃遣使间行求柳氏⑯,以练囊盛麸金⑰,题之曰:"章台柳⑱,章台柳,昔日青青今在否?纵使长条似旧垂,亦应攀折他人手。"柳氏捧金呜咽,左右凄悯,答之曰:"杨柳枝,芳菲节,所恨年年赠离别。一叶随风忽报秋,纵使君来岂堪折!"

无何,有蕃将沙吒利者⑲,初立功,窃知柳氏之色,劫以归第,宠之专房。及希逸除左仆射⑳,入觐,翊得从行。至京师,已失柳氏所止,叹想不已。偶于龙首冈见苍头以驳牛驾辎軿㉑,从两女奴。翊偶随之。自车中问曰:"得非韩员外乎?某乃柳氏也。"使女奴窃言失身沙吒利,阻同车者,请诘旦幸相待于道政里门。及期而往,以轻素结玉合,实以香膏,自车中授之,曰:"当遂永诀,愿置诚念。"乃回车,以手挥之,轻袖摇摇,香车辚辚,目断意迷,失于惊尘。翊大不胜情。会淄青诸将合乐酒楼,使人请翊。翊强应之，然意色皆丧，音韵凄咽。有虞候许俊者，以材力自负，抚剑言曰："必有故。愿一效用。"翊不得已，具以告之。俊曰："请足下数字，当立致之。"乃衣缦胡㉒，佩双鞬㉓，从一骑，径造沙咤利之第。候其出行里余，乃被衽执辔㉔，犯关排闼㉕，急趋而呼曰："将军中恶㉕，使召夫人！"仆侍辟易，无敢仰视。遂升堂，出翊札示柳氏，挟之跨鞍马，逸尘断鞅㉖，倏忽乃至。引裾而前曰："幸不辱命。"四座惊叹。柳氏与翊执手涕泣，相与罢酒。

是时沙咤利恩宠殊等，翊、俊惧祸，乃诣希逸。希逸大惊曰："吾平生所为事，俊乃能尔乎？"遂献状曰："检校尚书金部员外郎兼御史韩翊㉗，久列参佐，累彰勋效，顷从乡赋㉘。有妾柳氏，阻绝凶寇，依止名尼。今文明抚运，遐迩率化㉙。将军沙咤利凶恣挠法，凭恃微功，驱有志之妾，干无为之政㉚。臣部将兼御史中丞许俊，族本幽蓟㉛，雄心勇决，却夺柳氏，归于韩翊。义切中抱，虽昭感激之诚，事不先闻，固乏训齐之令㉜。"寻有诏㉝，柳氏宜还韩翊，沙咤利赐钱二百万。柳氏归翊，翊后累迁至中书舍人㉞。

然即柳氏，志防闲而不克者㉟；许俊，慕感激而不达者也㊱。向使柳氏以色选，则当熊辞辇之诚可继㊲；许俊以才举，则曹柯渑池之功可建㊳。夫事由迹彰，功待事立。惜郁堙不偶㊴，义勇徒激，皆不入于正㊵。斯岂变之正乎㊶？盖所遇然也。

【注释】

① 天宝：唐玄宗李隆基的年号，742年至756年。　② 昌黎：三国魏时设昌黎郡，隋代废除，在今辽宁锦州一带。韩氏曾为昌黎郡的望族。③ 羁滞：客居淹留。　④ 候问：来往拜访问候。　⑤ 解衣辍食：把衣服脱下来送别人，把正吃的食物送别人，指给人恩惠。　⑥ 引满：斟满酒杯而饮。　⑦ 屏（bǐng）居：屏客隐居。间岁：隔一年，下年。　⑧ 濯浣之贱：从事洗衣这种下贱之事的人，此处是柳氏自谦。　⑨ 稽：耽误。采兰之美：以珍异之物奉养父母，与前后文的"荣名及亲""省家"语意一致。晋代束皙《补亡诗六首》其一《南陔》："循彼南陔，言采其兰。"唐代李善注："采兰，以自芬香也。循陔以采香草者，将以供养其父母。喻人求珍异以归。"　⑩ 清池：县名，唐代属于沧州，今河北沧州一带。　⑪ 盗覆二京：天宝十四载（755），安禄山反叛，先后攻下都城洛阳和长安。　⑫ 侯希逸自平卢节度淄青：侯希逸由平卢节度使兼任淄青节度使。平卢治所在营州（今辽宁朝阳一带），淄青治所在青州（今山东青州一带）。　⑬ 藉（jiè）：借。这里是借重、倚重的意思。　⑭ 书记：节度使属下的掌书记，负责文书章奏等工作。　⑮ 洎（jì）：等到。宣皇帝：唐肃宗，其谥号是文明武德大圣大宣孝皇帝。返正：此处指打败反叛者，重塑威权，回到长安。⑯ 间（jiàn）行：从小路走，此处指为了更快而走捷径。　⑰ 练囊盛麸金：丝质袋子盛着碎金子。　⑱ 章台柳：汉代长安章台街多妓院，柳氏原本的身份是歌妓。此处以章台的柳树，代指长安的柳氏。　⑲ 蕃将：胡人出身的将领。　⑳ 左仆射（yè）：唐代尚书省的副长官是左、右仆射。李世民做秦王时，曾担任尚书省最高长官尚书令。为了表示对他的尊敬，后来该职位一直空缺，左仆射成为尚书省事实上的最高长

官。　　㉑ 龙首冈：长安城北的龙首原。驳(bó)牛：驳牛，毛色斑驳的牛。辎(zī)軿(píng)：有帷幔的车子。　　㉒ 缦胡：武士的短打扮。㉓ 鞬(jiān)：盛弓箭的囊。　　㉔ 被袥执辔：披散衣襟，拉着马缰绳。㉕ 中恶：得急病。　　㉖ 鞅：古代马拉车时套在马颈上的皮套子。㉗ 检校：荣誉官衔，非实职。尚书金部：唐代尚书省户部四司之一的金部司，负责库藏钱帛、钱币铸造及有关度量衡的政令。员外郎：尚书省各部司的副长官。　　㉘ 乡赋：乡贡进士。　　㉙ 遐迩率化：远近人民皆被教化。　　㉚ 干无为之政：破坏无为而治的文明教化局面。㉛ 幽蓟：幽州、蓟州，今北京、河北一带。　　㉜ 固乏训齐之令：这是侯希逸自我检讨，缺乏对部下的严明约束。　　㉝ 寻：很快。　　㉞ 中书舍人：中书省掌制诰的官员，担任者文采出众。　　㉟ 防闲：防范，防备。克：成功。　　㊱ 感激：激动义愤。达：发达。　　㊲ 当熊：汉元帝时，冯婕妤挡住野熊，以免它伤害皇帝。辞辇：汉成帝时，班婕妤拒绝与皇帝同车，理由是明君应该和贤臣同乘。此处是赞扬柳氏勇敢高尚，也能做到当熊、辞辇。　　㊳ 曹柯：据《史记·刺客列传》，春秋时齐、鲁在柯地会盟，鲁将曹沫以匕首劫持齐桓公，逼迫他归还鲁国土地。渑池：据《史记·廉颇蔺相如列传》，战国时秦、赵在渑池相会，蔺相如多次要挟秦王，保存了赵国的体面。此处是赞扬许俊机智勇敢，能建立曹沫、蔺相如那样的功勋。　　㊴ 郁埋(yīn)不偶：被埋没，无人赏识。㊵ 正：正道。此处指意义重大的、关系国计民生的正道。柳氏、许俊都没有为国家朝廷效力的机会，空有志向才干，却没有实际功劳，无法入史册。　　㊶ 变之正：变化中的正道。指柳氏、许俊所为虽然不是重大的正道，也属于变化的情况中的正道。

飞烟传

唐 皇甫枚

【题解】

选自明代陶宗仪纂《说郛》卷33皇甫枚《三水小牍》。《太平广记》卷491,题《非烟传》,题注"皇甫枚撰"。《太平广记》所录与《说郛》所录,文字有差异。鲁迅《唐宋传奇集》之《飞烟传》以《说郛》为底本。本书此文也依据《说郛》,个别词句依照《太平广记》,于注释中说明。皇甫枚,字尊美,三水(今宁夏同心一带)人。唐懿宗咸通末年,任汝州鲁山县令。《飞烟传》讲述了步飞烟被迫为人妾,不甘于平庸粗鄙的婚姻状况,与才貌双全的赵象私通,以诗传情;败露之后,虽被其夫鞭打至死而不悔。

临淮武公业①,咸通中任河南府功曹参军②。爱妾曰飞烟,姓步氏。容止纤丽,若不胜绮罗。善秦声,好文笔,尤工击瓯③,其韵与丝竹合。公业甚嬖之④。

其比邻,天水赵氏第也⑤。亦衣缨之族,不能斥言⑥。其子曰象,秀端有文,才弱冠矣。时方居丧礼。忽一日,于南垣隙中窥见飞烟,神气俱丧,废食忘寐。乃厚赂公业之阍⑦,以情告之。阍有难色,复为厚利所动,乃令其妻伺飞烟间处,具以象意言焉。飞烟闻之,但含笑凝睇而不答。门媪尽以语象。象发狂心荡,不知所持,乃取薛涛笺⑧,题绝句曰:"一睹倾城貌,尘心只自猜。不随萧史去⑨,拟学阿兰来⑩。"以所题密缄之,祈门媪达飞烟。烟读毕,吁嗟良久,谓媪曰:"我亦曾窥见赵郎,大好才貌。此生薄福,不得当之。"盖鄙武生粗悍,非良配耳。乃复酬篇,写于金凤笺⑪,曰:"绿惨双娥不自持,只缘幽恨在新诗。郎心应似琴心怨,脉脉春情更泥谁?"封付门媪,令遗象。象启缄,吟讽数四,拊掌喜曰:"吾事谐矣。"又以剡溪玉叶纸⑫,赋诗以谢,曰:"珍重佳人赠好音,彩笺芳翰两情深。薄于蝉翼难供恨,密似蝇头未写心。疑是落花迷碧洞,只思轻雨洒幽襟。百回消息千回梦,裁作长谣寄绿琴。"

　　诗去旬日,门媪不复来。象忧懑,恐事泄,或飞烟追悔。春夕,于前庭独坐,赋诗曰:"绿暗红藏起暝烟,独将幽恨小庭前。沉沉良夜与谁语,星隔银河月半天。"明日,晨起吟际,而门媪来,传飞烟语曰:"勿讶旬日无信,盖以微有不安。"因授象以连蝉锦香囊⑬,并碧苔笺诗曰⑭:"无力严妆倚绣枕,暗题蝉锦思难穷。近来赢得伤春病,柳弱花欹怯晓风。"象结锦香囊于怀,细读小简,又恐飞烟幽思增疾,乃剪乌丝阑为回简⑮,曰:"春景迟迟,人心悄悄。自因窥觏,长役梦魂。虽羽驾尘襟⑯,难于会合,而丹诚皎日,誓以周旋。昨日瑶台青鸟忽来⑰,殷勤寄语。蝉锦香囊之赠,芬馥盈怀,佩服徒增,翘恋弥切。况又闻乘春多感,芳履乖和,耗冰雪之妍姿,郁蕙兰之佳气。忧抑之极,恨不翻飞。企望宽情,无至憔悴。莫孤短韵⑱,宁爽后期⑲。

恂恍寸心，书岂能尽？兼持菲什^⑳，仰继华篇。伏惟试赐凝睇。"诗曰："应见伤情为九春^㉑，想封蝉锦绿蛾颦。叩头为报烟卿道，第一风流最损人。"阍媪既得回报，径赍诣飞烟阁中。

武生为府掾属，公务繁夥^㉒，或数夜一直，或竟日不归。是时适值生入府曹。飞烟拆书，得以款曲寻绎。既而长太息曰："丈夫之志，女子之情，心契魂交，视远如近也。"于是阖户垂幌，为书曰："下妾不幸，垂髫而孤。中间为媒妁所欺，遂匹合于琐类^㉓。每至清风朗月，移玉柱以增怀^㉔。秋帐冬釭，泛金徽而寄恨^㉕。岂谓公子，忽贻好音。发华缄而思飞，讽丽句而目断。所恨洛川波隔^㉖，贾午墙高^㉗。连云不及于秦台，荐梦尚遥于楚岫^㉘。犹望天从素恳，神假微机，一拜清光，九殒无恨。兼题短什，用寄幽怀。伏惟特赐吟讽也。"诗曰："画檐春燕须同宿，兰浦双鸳肯独飞。长恨桃源诸女伴，等闲花里送郎归^㉙。"封讫，召门媪，令达于象。象览书及诗，以飞烟意稍切，喜不自持，但静室焚香，虔祷以俟息。

一日将夕，阍媪促步而至，笑且拜曰："赵郎愿见神仙否？"象惊，连问之。传飞烟语曰："值今夜功曹直府，可谓良时。妾家后庭，即君之前垣也。若不渝惠好，专望来仪。方寸万重，悉候晤语。"既曛黑，象乃乘梯而登，烟已令重榻于下。既下，见飞烟靓妆盛服，立于庭前。交拜讫，俱以喜极不能言。乃相携自后门入堂中，遂背釭解幌，尽缱绻之意焉。及晓钟初动，复送象于垣下。烟执象手曰："今日相遇，乃前生姻缘耳。勿谓妾无玉洁松贞之志，放荡如斯。直以郎之风调，不能自顾。愿深鉴之。"象曰：
"挹希世之貌，见出人之心。已誓幽庸，永奉欢洽。"言讫，
象逾垣而归。明日，托阇媪赠飞烟诗曰："十洞三清虽路
阻^㉚，有心还得傍瑶台。瑞香风引思深夜，知是蕊宫仙驭
来^㉛。"飞烟览诗微笑，因复赠象诗曰："相思只怕不相识，
相见还愁却别君。愿得化为松上鹤，一双飞去入行云。"
封付阇媪，仍令语象曰："赖值儿家小小篇咏。不然，君作
几许大才面目？"兹不盈旬，常得一期于后庭矣。展幽微
之思，馨宿昔之心。以为鬼神不知，天人相助。或景物寓
目，歌咏寄情，来往便繁，不能悉载。如是者周岁。

无何，飞烟数以细过挞其女奴，奴阴衔之，乘间尽以
告公业。公业曰："汝慎勿扬声，我当伺察之。"后至当赴
直日，乃密陈状请假。迨夜，如常入直，遂潜于里门。街鼓
既作，匍伏而归。循墙至后庭，见烟方倚户微吟，象则据垣
斜睇。公业不胜其愤，挺前欲擒。象觉，跳去。业搏之，得
其半襦。乃入室，呼飞烟诘之。飞烟色动声战，而不以实
告。公业愈怒，缚之大柱，鞭楚血流。但云："生得相亲，
死亦何恨！"深夜，公业怠而假寐，烟呼其所爱女仆曰：
"与我一杯水。"水至，饮尽而绝。公业起，将复笞之，已
死矣。乃解缚，举置阁中，连呼之，声言烟暴疾致殒。数
日，窆之北邙^㉜。而里巷间皆知其强死矣。象因变服，易名
远，自窜于江浙间。

洛中才士有崔、李二生，常与武掾游处^㉝。崔诗末句
云："恰似传花人饮散，空床抛下最繁枝。"其夕，梦飞烟
谢曰："妾貌虽不逾桃李，而零落过之。捧君佳什，愧仰

无已。"李生诗末句云:"艳魄香魂如有在,还应羞见坠楼人㉞。"其夕,梦飞烟戟手而詈曰㉟:"士有百行,君得全乎?何至务矜片言,苦相诋斥?当屈君于地下面证之。"数日,李生卒。时人异焉。

远后调授汝州鲁山县主簿㊱,陇西李垣代之。咸通末,予复代垣,而与远少相狎,故洛中秘事,亦知之。而垣复为手记,故得以传焉。三水人曰㊲:噫,艳冶之貌,则代有之矣;洁朗之操,则人鲜闻乎。故士矜才则德薄,女炫色则情私。若能如执盈㊳,如临深㊴,则皆为端士、淑女矣。飞烟之罪虽不可逭,察其心,亦可悲矣。

【注释】

① 临淮:临淮郡,汉代设置,后废止,在今江苏泗洪一带。　② 功曹参军:唐代州府行政系统由功、仓、户、兵、法、士六曹组成,刺史、别驾、长史、司马为该系统的领导层,六曹的参军为各自部门的负责人,执行具体的政策法令。　③ 击瓯:用多个陶瓷器盛水,敲击之以和乐拍。④ 嬖(bì):宠爱。　⑤ 天水:汉代置天水郡,今甘肃天水。　⑥ 斥言:明白地说出来。此处是为尊者讳,不直说他的名字。　⑦ 阍:看门人。　⑧ 薛涛笺:精美彩笺。中唐蜀地的名妓薛涛造彩色纸笺来题诗。　⑨ 萧史:据《列仙传》,萧史善吹箫,秦穆公把女儿弄玉嫁给他。后萧史乘龙、弄玉乘凤,双双升仙。　⑩ 阿兰:疑指仙女杜兰香。　⑪ 金凤笺:有金凤纹样的信笺。　⑫ 剡溪玉叶纸:产于剡县(今浙江嵊州)的剡藤纸,因其薄、韧、白、滑,被誉为"玉叶纸"。西晋张华《博物志》载:"剡溪古藤甚多,可造纸,故即名纸为剡藤。"　⑬ 连

蝉锦香囊：织有连理花纹、薄如蝉翼之锦制成的香囊。　　⑭ 碧苔笺：绿色的苔纸，越地人用水苔为原料制成，又名侧理纸、陟里纸。　　⑮ 乌丝阑：织有黑色边框的绢素。　　⑯ 羽驾：仙人，指飞烟。尘襟：尘世，赵象指自己。　　⑰ 瑶台青鸟：信使。据《汉武故事》，西王母居住在瑶台，以青鸟传音信。　　⑱ 莫孤短韵：莫要辜负了短诗中的心意。　　⑲ 宁爽后期：宁可以后不约会，请飞烟当下多保重的意思。　　⑳ 菲什：谦辞，拙作、不好的诗。　　㉑ 九春：春天共三个月，九十天。　　㉒ 繁夥（huǒ）：繁多。　　㉓ 琐类：小人。　　㉔ 移玉柱：指弹琴。琴上有柱，可移动以调节音高。　　㉕ 泛金徽：左手按住琴上的徽位，右手抚弦，可弹出泛音，此处指弹琴。　　㉖ 洛川波隔：化用曹植《洛神赋》，形容双方有情却被隔离。　　㉗ 贾午墙高：晋代贾充的女儿贾午，和韩寿偷情。韩寿每次来约会，都是翻越高墙。　　㉘ "连云不及于秦台"两句：化用宋玉《高唐赋》，巫山神女朝为行云，暮为行雨，向楚王自荐枕席。此处是说明相见困难。　　㉙ "长恨桃源诸女伴"两句：化用刘晨、阮肇入天台山，遇仙女的故事。　　㉚ 十洞三清：道教的十大洞天，以及玉清、上清、太清三种仙境。　　㉛ 蕊宫：上清境中的蕊珠宫。　　㉜ 北邙：洛阳北边的邙山，很多墓葬在此。　　㉝ 此句同《太平广记》所载。　　㉞ 坠楼人：西晋石崇的宠姬绿珠，在石崇失势被捕时，跳楼自杀，以显示对石崇的忠贞。　　㉟ 戟手：手臂微曲，以指指人。　　㊱ 汝州鲁山县：今河南鲁山县。主簿：知县的佐官，负责文书事务。　　㊲ 三水人：作者皇甫枚自称。汉代的"安定属国"，治所在三水县，又叫三水属国。　　㊳ 执盈：小心翼翼拿着装满水的容器，指人在发达兴盛时，也不骄傲。　　㊴ 临深：如临深渊，指小心谨慎。

长恨传

唐 陈鸿

【题解】

选自《太平广记》卷486,题注"陈鸿撰";亦见《文苑英华》卷794。《文苑英华》所载与《太平广记》所载相比,篇末对白居易作歌情形的叙述更详细,但缺少了《长恨歌》原文。此处所选依据《太平广记》,文末注释中补充了《文苑英华》多出来的文字。陈鸿,字大亮。历任太常博士、虞部员外郎、尚书主客郎中等。曾致力于撰写编年体史书《大纪》,可惜此书佚失。陈鸿《长恨传》与白居易《长恨歌》同时写作于元和元年,相当于为歌作传,写唐明皇、杨贵妃的爱情故事。这种散文、韵文同咏一事的情况,受到了唐代说唱文学变文的影响。杨玉环原本是寿王李瑁的正妃,李隆基夺儿媳为妃嫔,实属乱伦。这种不正当的感情起点,竟发展成缠绵悱恻的恋曲咏叹,不由人不好奇。而个人情爱冲撞出大时代的国家悲剧,使得这对情侣的命运格外沉重,象征着大唐于绚烂至极时的蓦然凋残。

唐开元中^①,泰阶平^②,四海无事。玄宗在位岁久,倦于旰食宵衣^③,政无大小,始委于丞相。稍深居游宴,以声色自娱。先是,元献皇后、武淑妃皆有宠^④,相次即世。宫中虽良家子千万数，无悦目者。上心忽忽不乐。时每岁十月，驾幸华清宫，内外命妇⑤，焜耀景从⑥，浴日余波⑦，赐以汤沐，春风灵液，淡荡其间。上心油然⑧，恍若有遇，顾左右前后，粉色如土。

诏高力士⑨，潜搜外宫，得弘农杨玄琰女于寿邸⑩。既笄矣⑪，鬒发腻理，纤秾中度，举止闲冶，如汉武帝李夫人⑫。别疏汤泉，诏赐澡莹⑬。既出水，体弱力微，若不任罗绮，光彩焕发，转动照人。上甚悦。进见之日，奏《霓裳羽衣》以导之⑭。定情之夕⑮，授金钗钿合以固之。又命戴步摇⑯，垂金珰。明年，册为贵妃，半后服用⑰。由是冶其容，敏其词，婉娈万态，以中上意，上益嬖焉。时省风九州⑱，泥金五岳⑲，骊山雪夜，上阳春朝⑳，与上行同辇，止同室，宴专席，寝专房。虽有三夫人、九嫔、二十七世妇、八十一御妻，暨后宫才人、乐府妓女，使天子无顾盼意，自是六宫无复进幸者。非徒殊艳尤态，独能致是。盖才知明慧，善巧便佞，先意希旨㉑，有不可形容者焉。叔父昆弟皆列在清贵，爵为通侯㉒，姊妹封国夫人，富埒主室㉓。车服邸第，与大长公主侔㉔，而恩泽势力，则又过之。出入禁门不问，京师长吏为之侧目。故当时谣咏有云："生女勿悲酸，生男勿欢喜。"又曰："男不封侯女作妃，君看女却为门楣㉕。"其为人心羡慕如此。

天宝末，兄国忠盗丞相位㉖，愚弄国柄。及安禄山引兵向阙，以讨杨氏为辞。潼关不守，翠华南幸㉗。出咸阳道，次马嵬，六军徘徊，持戟不进。从官郎吏伏上马前，请诛错以谢天下㉘。国忠奉牦缨盘水㉙，死于道周。左右之意未快，上问之，当时敢言者，请以贵妃塞天下之怒。上知不免，而不忍见其死，反袂掩面，使牵而去之。仓皇展转，竟就绝于尺组之下③。

既而玄宗狩成都，肃宗禅灵武③。明年，大凶归元③，大驾还都，尊玄宗为太上皇，就养南宫，自南宫迁于西内③。时移事去，乐尽悲来，每至春之日，冬之夜，池莲夏开，宫槐秋落，梨园弟子，玉管发音，闻《霓裳羽衣》一声，则天颜不怡，左右歔欷。三载一意，其念不衰。求之梦魂，杳杳而不能得。

适有道士自蜀来，知上心念杨妃如是，自言有李少君之术③。玄宗大喜，命致其神。方士乃竭其术以索之，不至。又能游神驭气，出天界，没地府，以求之，又不见。又旁求四虚上下③，东极绝天涯，跨蓬壶③，见最高仙山。上多楼阁，西厢下有洞户，东向，窥其门，署曰"玉妃太真院"。方士抽簪扣扉，有双鬟童出应门。方士造次未及言，而双鬟复人。俄有碧衣侍女至，诘其所从来。方士因称唐天子使者，且致其命。碧衣云："玉妃方寝，请少待之。"于时云海沉沉，洞天日晚，琼户重阖，悄然无声。方士屏息敛足，拱手门下。久之而碧衣延入，且曰："玉妃出。"俄见一人，冠金莲，披紫绡，珮红玉，曳凤舄，左右侍者七八人，揖方士，问皇帝安否？次问天宝十四载已还事，言讫悯然。指碧衣女，取金钗钿合，各拆其半，授使者曰："为谢太上皇，谨献是物，寻旧好也。"方士受辞与信，将行，色有不足。玉妃因征其意，复前跪致词："乞当时一事，不闻于他人者，验于太上皇。不然，恐钿合金钗，罹新垣平之诈也^㊲。"玉妃茫然退立，若有所思，徐而言曰：
"昔天宝十年，侍辇避暑骊山宫。秋七月，牵牛织女相见
之夕，秦人风俗，夜张锦绣，陈饮食，树花燔香于庭^㊳，号为
乞巧。宫掖间尤尚之。时夜始半，休侍卫于东西厢，独侍
上。上凭肩而立，因仰天感牛女事，密相誓心，愿世世为夫
妇。言毕，执手各呜咽。此独君王知之耳。"因自悲曰：
"由此一念，又不得居此，复于下界，且结后缘。或在天，
或在人，决再相见，好合如旧。"因言："太上皇亦不久人
间，幸唯自安，无自苦也。"使者还奏太上皇，上心嗟悼久
之。余具国史^㊴。

至宪宗元和元年^㊵，盩厔县尉白居易为歌^㊶，以言其事。
并前秀才陈鸿作《传》^㊷，冠于歌之前，目为《长恨歌传》。居
易歌曰：

汉皇重色思倾国^㊸，御宇多年求不得。杨家有女初
长成，养在深闺人不识。天生丽质难自弃，一朝选在君
王侧。回眸一笑百媚生，六宫粉黛无颜色。春寒赐浴华
清池，温泉水滑洗凝脂。侍儿扶起娇无力，始是新承恩
泽时。云鬓花颜金步摇，芙蓉帐暖度春宵。春宵苦短日
高起，从此君王不早朝。承欢侍宴无闲暇，春从春游夜
专夜。汉宫佳丽三千人，三千宠爱在一身。金屋妆成娇
侍夜^㊹，玉楼宴罢醉和春。姊妹弟兄皆列土^㊺，可怜光彩
生门户。遂令天下父母心，不重生男重生女。骊宫高处
入青云，仙乐风飘处处闻。缓歌慢舞凝丝竹，尽日君王
看不足。渔阳鼙鼓动地来^㊻，惊破《霓裳羽衣曲》。九重
城阙烟尘生，千乘万骑西南行。翠华摇摇行复止，西出都

门百余里。六军不发无奈何,宛转蛾眉马前死。花钿委地无人收,翠翘金雀玉搔头。君王掩面救不得,回看血泪相和流。黄埃散漫风萧索,云栈萦回登剑阁^⑰。峨眉山下少行人,旌旗无光日色薄。蜀江水碧蜀山青,圣主朝朝暮暮情。行宫见月伤心色,夜雨闻铃肠断声。天旋日转回龙驭,到此踌躇不能去。马嵬坡下泥土中,不见玉颜空死处。君臣相顾尽沾衣,东望都门信马归。归来池苑皆依旧,太液芙蓉未央柳。芙蓉如面柳如眉,对此如何不泪垂?春风桃李花开夜,秋雨梧桐叶落时。西宫南苑多秋草,落叶满阶红不扫。梨园弟子白发新^⑱,椒房阿监青娥老^⑲。夕殿萤飞思悄然,孤灯挑尽未成眠。迟迟钟漏初长夜,耿耿星河欲曙天。鸳鸯瓦冷霜华重,翡翠衾寒谁与共?悠悠生死别经年,魂魄不曾来入梦。临邛道士鸿都客^⑳,能以精诚致魂魄。为感君王展转思,遂令方士殷勤觅。排空驭气奔如电,升天入地求之遍。上穷碧落下黄泉,两处茫茫皆不见。忽闻海上有仙山,山在虚无缥缈间。楼殿玲珑五云起,其中绰约多仙子。中有一人名太真,雪肤花貌参差是。金阙西厢叩玉扃,转教小玉报双成^㉑。闻道汉家天子使,九华帐里梦魂惊^㉒。揽衣推枕起徘徊,珠箔银屏迤逦开。云鬓半偏新睡觉,花冠不整下堂来。风吹仙袂飘飘举,犹似《霓裳羽衣舞》。玉容寂寞泪阑干,梨花一枝春带雨。含情凝睇谢君王,一别音容两渺茫。昭阳殿里恩爱绝,蓬莱宫中日月长。回头下望人寰处,不见长安见尘雾。空将旧物表深情,钿合金钗寄将去。钗留一股合一扇,钗擘黄金合分钿。但令心似金钿坚,天上人间会相见。临别殷勤重寄词,词中有誓两心知。七月七日长生殿,夜半无人私语时。在天愿为比翼鸟,在地愿为连理枝。天长地久有时尽,此恨绵绵无绝期。

【注释】

① 开元:唐玄宗李隆基的年号, 713 年至 741 年。　② 泰阶平:天下太平。《汉书·东方朔传》"泰阶六符",应劭注曰:"《黄帝泰阶六符经》曰:'泰阶者,天之三阶也。上阶为天子,中阶为诸侯公卿大夫,下阶为士庶人。……三阶平则阴阳和,风雨时,社稷神祇咸获其宜,天下大安,是为太平。'"　③ 旰食宵衣:很晚才吃饭,天还不亮就穿衣起床,形容帝王辛勤为政。旰,晚。　④ 元献皇后:唐肃宗李亨的生母杨氏,肃宗即位后,追谥为元献皇后。武淑妃:应为武惠妃,恒安王武攸止的女儿,寿王李瑁的生母。　⑤ 内外命妇:宫廷内外有朝廷封号的贵妇人。　⑥ 焜(kūn)燿(yào):辉煌,此处指贵妇人的服饰妆容美丽耀眼。景(yǐng)从:如影随行。　⑦ 浴日余波:皇帝沐浴过的汤池。日,指皇帝。　⑧ 油然:心动。　⑨ 高力士:最受唐玄宗李隆基宠信的宦官,帮助平定韦皇后、太平公主之乱,官至骠骑大将军、开府仪同三司,封齐国公。当时的太子都恭称他"二兄"。李隆基驾崩后,高力士吐血而亡。　⑩ 弘农杨玄琰女:即杨玉环。寿邸:寿王李瑁的府邸。杨玉环先嫁给李瑁,为寿王妃。　⑪ 既笄:已经及笄,即已经成年。　⑫ 汉武帝李夫人:汉武帝刘彻宠爱能歌善舞的李夫人,李夫人死后,他还尝试着招魂相见。　⑬ 澡莹:洗浴的美称。莹,光洁的玉石。　⑭ 霓裳羽衣:《霓裳羽衣曲》,是唐代综合歌乐舞的大曲,经过唐玄宗的修改润色,是盛唐艺术的象征。　⑮ 定情之夕:缔结夫妇

之礼的晚上。　　⑯步摇：此处指皇后所戴的华贵的步摇首饰。　　⑰半后服用：服饰用品，参照皇后的标准，再减半。这是超越寻常妃嫔的待遇。　　⑱省(xǐng)风九州：视察天下的民情。　　⑲泥金五岳：祭祀五岳。据《后汉书·祭祀志上》，帝王封禅时，祭文写在玉牒上，放入盒子(玉检或石检)，用金缕缠住，再用水银和金做成的金泥封上。　　⑳上阳：洛阳的上阳宫。　　㉑先意希旨：先能揣摩到皇帝的想法。皇帝无需开口，贵妃就能迎合得恰到好处。　　㉒通侯：秦汉侯爵的最高等，此处指最尊贵的侯爵。　　㉓埒(liè)：等同。主室：公主的府邸。㉔侔(móu)：相等。　　㉕门楣：门框上面的横档，此处指光耀门楣，为家族争光。　　㉖盗丞相位：杨国忠的才能不足以任丞相，因为杨贵妃的关系，才身居高位，所以贬称为"盗"。　　㉗翠华南幸：皇帝的旗帜车驾往南方去，此处指玄宗向蜀地逃跑。翠华，天子仪仗中用翠羽装饰旗帜或车盖。　　㉘错：晁错。汉景帝时，晁错主张削减诸王封地特权，吴王刘濞等七国诸侯打着"诛晁错、清君侧"的旗号造反。汉景帝即腰斩晁错。　　㉙氂(máo)缨盘水：古代礼遇大臣，大臣有罪过，就戴白氂缨冠，捧盘水，上加宝剑，主动请死。氂，同"牦"。　　㉚尺组：带子，此处指杨贵妃被缢死。　　㉛禅灵武：在灵武受到禅让而登基。灵武，今宁夏灵武。　　㉜大凶归元：贼头领被杀了头。大凶，安史之乱的反叛首领安禄山，被其子安庆绪杀死，归元，归还人头，即被杀头。

㉝南宫：兴庆宫。西内：太极宫。唐长安宫城有三大内：太极宫在西，名西内；大明宫在东，名东内；别有兴庆宫，为南内。　　㉞李少君之术：据《史记·孝武本纪》，李少君是汉武帝时的方士，自称游海上遇到仙人安期生。又据《汉书·外戚传·孝武李夫人》，李夫人死后，方士少翁说可以招其神魂，设帷帐灯烛，汉武帝果然看见了女人的影子，好像李夫人。此处是将李少君与少翁混为一人了。　　㉟四虚：四方。

㊱ 蓬壶：相传渤海中有三座仙山，蓬莱、方丈、瀛洲。东晋王嘉《拾遗记》："海中有三山，其形如壶，方丈曰方壶，蓬莱曰蓬壶，瀛洲曰瀛壶。"

㊲ 新垣平之诈：汉文帝时的新垣平声称自己会望气，并造假欺骗皇帝，后事情败露被诛杀。　㊳ 树花燔香：摆上鲜花，焚熏香料。　㊴《太平御览》所载，"使者还奏太上皇"之后的文字为：皇心震悼，日日不豫。其年夏四月，南宫宴驾。元和元年冬十二月，太原白乐天自校书郎尉于盩厔。鸿与琅琊王质夫家于是邑，暇日相携游仙游寺，话及此事，相与感叹。质夫举酒于乐天前曰："夫希代之事，非遇出世之才润色之，则与时消没，不闻于世。乐天，深于诗，多于情者也。试为歌之，如何？"乐天因为《长恨歌》。意者不但感其事，亦欲惩尤物，窒乱阶，垂于将来者也。歌既成，使鸿传焉。世所不闻者，予非开元遗民，不得知；世所知者，有《玄宗本纪》在。今但传《长恨歌》云尔。　㊵ 宪宗元和元年：唐宪宗李纯，805年至820年在位。元和元年为806年。　㊶ 盩（zhōu）厔（zhì）：今陕西周至。　㊷ 前秀才：此处相当于前进士，唐代称呼已经及第的举子为"前进士"。　㊸ 汉皇：唐代文人经常以汉喻唐，此处以及下文所用到的汉宫、未央、汉家天子、昭阳殿等，均指唐朝的宫殿和皇帝。　㊹ 金屋：据《汉武故事》，汉武帝幼小时，其姑母馆陶长公主指着自己的女儿阿娇，问他要不要阿娇作妻子。他说：如果得到阿娇作妻子，就让她住金屋。　㊺ 列土：分封土地，即封侯。

㊻ 渔阳鼙（pí）鼓：渔阳的军乐，指盘踞渔阳而反叛的安禄山军队。安禄山兼任平卢、范阳、河东三镇节度使，势力范围在今北京、天津、河北一带。　㊼ 云栈：云雾缭绕的栈道。剑阁：军事要塞剑门关的别称，在今四川剑阁。　㊽ 梨园弟子：唐玄宗在宫中设梨园，选坐部伎三百人，教习排演，这些伎乐人称为皇帝梨园弟子。　㊾ 椒房：汉代皇后宫室以椒和泥涂饰墙面，取其温暖芬芳之意，此处泛指后宫宫殿。阿

监：宦官。青娥：宫女。　㊿临邛(qióng)：今四川邛崃。鸿都：汉代长安藏书之处,代指长安。　㉛小玉、双成：道教中的仙女。晋代干宝《搜神记》中记载吴王夫差的女儿名紫玉,又叫小玉。托名班固的《汉武帝内传》记载西王母的侍女有董双成。　㉜九华帐：特别华美的帐子。九,表示多。

杨太真外传

宋 乐史

【题解】

　　选自明代顾元庆辑《阳山顾氏文房小说》，原分上下，现合并为一篇。乐史（930—1007），抚州宜黄（今江西宜黄）人。由南唐入宋，历任著作郎、太常博士等。还创作了传奇《绿珠传》，并有地理巨著《太平寰宇记》等。《杨太真外传》相当于《长恨传》的扩写本，作者乐史广泛搜集唐人史料笔记，进行编辑加工，从而添加了很多唐明皇、杨贵妃的生活细节，对于两个人的甜蜜相处以及偶然矛盾都有生动刻画；对杨氏家族气焰熏天的描写，情节更丰富；而马嵬驿兵乱时，明皇无奈下令处死贵妃的前后经过，人物心理上的挣扎和最终的对话，真实细腻，令人动容。

　　杨贵妃小字玉环，弘农华阴人也①，后徙居蒲州永乐之独头村②。高祖令本，金州刺史③。父玄琰，蜀州司户④。贵妃生于蜀。尝误坠池中，后人呼为落妃池。池在导江县前⑤（亦如王昭君生于陕州，今有昭君村；绿珠生于白州，今有绿珠江）。妃早孤，养于叔父河南府士曹玄璬家。开元二十三年十一月，归于寿邸。二十八年十月，玄宗幸温泉宫（自天宝六载十月，复改为华清宫），使高力士取杨氏女于寿邸，度为女道士，号太真，住内太真宫⑥。天宝四载七月，册左卫中郎将韦昭训女配寿邸。是月，于凤凰园册太真宫女道士杨氏为贵妃，半后服用。进见之日，奏《霓裳羽衣曲》（《霓裳羽衣曲》者，是玄宗登三乡驿⑦，望女几山所作也。故刘禹锡有诗云："伏睹玄宗皇帝望《女几山诗》，小臣斐然有感：开元天子万事足，惟惜当时光景促。三乡驿上望仙山，归作《霓裳羽衣曲》。仙心从此在瑶池，三清八景相追随。天上忽乘白云去，世间空有秋风词。"又《逸史》云："罗公远天宝初侍玄宗，八月十五日夜，宫中玩月，曰：'陛下能从臣月中游乎？'乃取一枝桂，向空掷之，化为一桥，其色如银。请上同登，约行数十里，遂至大城阙。公远曰：'此月宫也。'有仙女数百，素练宽衣，舞于广庭。上前问曰：'此何曲也？'曰：'《霓裳羽衣》也。'上密记其声调，遂回桥，却顾，随步而灭。旦谕伶官，象其声调，作《霓裳羽衣曲》。"以二说不同，乃备录于此）。是夕，授金钗钿合。上又自执丽水镇库紫磨金琢成步摇⑧，至妆阁，亲与插鬓。上喜甚，谓后宫人曰："朕得杨贵妃，如得至宝也。"乃制曲子曰《得宝子》，又曰《得鞡子》。

先是，开元初，玄宗有武惠妃、王皇后。后无子。妃生子，又美丽，宠倾后宫。至十三年，皇后废，妃嫔无得与惠妃比。二十一年十一月，惠妃即世。后庭虽有良家子，无悦上目者，上心凄然。至是得贵妃，又宠甚于惠妃。有姊三人，皆丰硕修整，工于谑浪，巧会旨趣，每入宫中，移暑方出⑨。宫中呼贵妃为娘子,礼数同于皇后。册妃日,赠其父玄琰济阴太守,母李氏陇西郡夫人。又赠玄琰兵部尚书,李氏凉国夫人。叔玄珪为光禄卿银青光禄大夫⑩。再从兄钊拜为侍郎,兼数使。兄铦又居朝列。堂弟锜尚太华公主,是武惠妃生,以母,见遇过于诸女,赐第连于宫禁。自此杨氏权倾天下,每有嘱请,台省府县,若奉诏敕。四方奇货、僮仆、驼马,日输其门。

时安禄山为范阳节度,恩遇最深,上呼之为儿。尝于便殿与贵妃同宴乐。禄山每就坐,不拜上而拜贵妃。上顾而问之:"胡不拜我而拜妃子,意者何也?"禄山奏云:"胡家不知其父,只知其母。"上笑而赦之。又命杨铦以下,约禄山为兄弟姊妹,往来必相宴饯。初虽结义颇深,后亦权敌,不叶⑪。

五载七月,妃子以妒悍忤旨。乘单车,令高力士送还杨铦宅。及亭午,上思之不食,举动发怒。力士探旨,奏请载还,送院中宫人衣物及司农米面酒馔百余车。诸姊及铦初则惧祸聚哭,及恩赐浸广,御馔兼至,乃稍宽慰。妃初出,上无聊,中官趋过者,或笞挞之。至有惊怖而亡者。力士因请就召,既夜,遂开安兴坊⑫,从太华宅以入。及晓,玄宗见之内殿,大悦。贵妃拜泣谢过。因召两市杂戏以娱贵妃。贵妃诸姊进食作乐。自兹恩遇日深,后宫无得进幸矣。

七载,加钊御史大夫,权京兆尹,赐名国忠。封大姨为韩国夫人,三姨为虢国夫人,八姨为秦国夫人。同日拜命,皆月给钱十万,为脂粉之资。然虢国不施妆粉,自炫美艳,常素面朝天。当时杜甫有诗云⑬:"虢国夫人承主恩，平明上马入宫门。却嫌脂粉浣颜色^⑭，淡扫蛾眉朝至尊。"又赐虢国照夜玑，秦国七叶冠，国忠锁子帐，盖希代之珍，其恩宠如此。铦授银青光禄大夫鸿胪卿^⑮，将列棨戟^⑯，特授上柱国^⑰，一日三诏。与国忠五家于宣阳里，甲第洞开，僭拟宫掖。车马仆从，照耀京邑。递相夸尚，每造一堂，费逾千万计，见制度宏壮于己者，则毁之复造，土木之工，不舍昼夜。上赐御食，及方外进献，皆颁赐五宅。开元已来，豪贵荣盛，未之比也。上起动必与贵妃同行，将乘马，则力士执辔授鞭。宫中掌贵妃刺绣织锦七百人，雕镂器物又数百人，供生日及时节庆。续命杨益往岭南长吏^⑱，日求新奇以进奉。岭南节度张九章，广陵长史王翼，以端午进贵妃珍玩衣服，异于他郡，九章加银青光禄大夫，翼擢为户部侍郎。

九载二月，上旧置五王帐，长枕大被，与兄弟共处其间。妃子无何窃宁王紫玉笛吹。故诗人张祜诗云："梨花静院无人见，闲把宁王玉笛吹。"^⑲因此又忤旨，放出。时吉温多与中贵人善，国忠惧，请计于温。遂入奏曰："妃，妇人，无智识。有忤圣颜，罪当死。既尝蒙恩宠，只合死于宫中。陛下何惜一席之地使其就戮，安忍取辱于外乎？"上曰："朕用卿，盖不缘妃也。"初，令中使张韬光送妃至宅，妃泣谓韬光曰："请奏：妾罪合万死。衣服之外，皆圣恩所赐。惟发肤是父母所生。今当即死，无以谢上。"乃引刀剪其发一绺，附韬光以献。妃既出，上怅然。至是，韬光以发搭于肩上以奏。上大惊惋，遽使力士就召以归，自后益嬖焉。又加国忠遥领剑南节度使^⑳。

十载上元节，杨氏五宅夜游，遂与广宁公主骑从争西市门㉑。杨氏奴挥鞭误及公主衣，公主堕马。驸马程昌裔扶公主，因及数挝。公主泣奏之，上令决杀杨家奴一人，昌裔停官，不许朝谒。于是杨家转横，出入禁门不问，京师长吏为之侧目。故当时谣曰："生女勿悲酸，生男勿喜欢。"又曰："男不封侯女作妃，君看女却是门楣。"其天下人心羡慕如此。

上一旦御勤政楼，大张声乐。时教坊有王大娘㉒，善戴百尺竿㉓，上施木山：状瀛州、方丈，令小儿持绛节㉔，出入其间，而舞不辍。时刘晏以神童为秘书省正字㉕，十岁，惠悟过人。上召于楼中，贵妃坐于膝上，为施粉黛，与之巾栉㉖。贵妃令咏王大娘戴竿，晏应声曰："楼前百戏竞争新，惟有长竿妙入神。谁谓绮罗翻有力，犹自嫌轻更著人。"上与贵妃及嫔御皆欢笑移时，声闻于外，因命牙笏黄纹袍赐之。上又宴诸王于木兰殿，时木兰花发，皇情不悦。妃醉中舞《霓裳羽衣》一曲，天颜大悦，方知回雪流风，可以回天转地。

上尝梦十仙子，乃制《紫云回》（玄宗尝梦仙子十余辈，御卿云而下㉗，各执乐器，悬奏之。曲度清越，真仙府之音。有一仙人曰："此神仙《紫云回》。今传授陛下，为正始之音。"上喜而传受。寤后，余响犹在。旦，命玉笛习之，尽得其节奏也）。并梦龙女，又制《凌波曲》（玄宗在东都，昼梦一女，容貌艳异，梳交心髻，大袖宽衣，拜于床前。上问："汝何人？"曰："妾是陛下凌波池中龙女。卫宫护驾，妾实有功，今陛下洞晓钧天之音㉘，乞赐一曲以光族类。"上于梦中为鼓胡琴,拾新旧之曲声,为《凌波曲》。龙女再拜而去。及觉,尽记之。会禁乐,自御琵琶,习而翻之。与文武臣僚,于凌波宫临池奏新曲,池中波涛涌起,复有神女出池心,乃所梦之女也。上大悦,语于宰相,因于池上置庙,每岁命祀之)。二曲既成,遂赐宜春院及梨园弟子并诸王㉙。

时新丰初进女伶谢阿蛮,善舞。上与妃子钟念,因而受焉。就按于清元小殿,宁王吹玉笛,上羯鼓,妃琵琶,马仙期方响㉚,李龟年觱篥㉛,张野狐箜篌,贺怀智拍。自旦至午,欢洽异常。时惟妃女弟秦国夫人端坐观之。曲罢,上戏曰:"阿瞒(上在禁中,多自称也)乐籍㉜,今日幸得供养夫人,请一缠头㉝。"秦国曰:"岂有大唐天子阿姨,无钱用耶?"遂出三百万为一局焉。乐器皆非世有者,才奏而清风习习,声出天表。妃子琵琶逻逤檀㉞,寺人白季贞使蜀还献㉟。其木温润如玉,光耀可鉴,有金缕红文,蹙成双凤。弦乃末诃弥罗国永泰元年所贡者㊱,渌水蚕丝也,光莹如贯珠瑟瑟㊲。紫玉笛乃桓娥所得也。禄山进三百事管色㊳,俱用媚玉为之。诸王、郡主、妃之姊妹,皆师妃,为琵琶弟子。每一曲彻,广有献遗。妃子是日问阿蛮曰:"尔贫,无可献师长,待我与尔为。"命侍儿红桃娘取红粟玉臂支赐阿蛮㊴。

妃善击磬,拊搏之音泠泠然,多新声,虽太常梨园之妓㊵,莫能及之。上命采蓝田绿玉,琢成磬。上方造簨㊶,流苏之属,以金钿珠翠饰之。铸金为二狮子,以为趺㊷。彩缯缛丽,一时无比。

先，开元中，禁中重木芍药，即今牡丹也（《开元天宝花木记》云：禁中呼木芍药为牡丹也）。得数本红紫浅红通白者，上因移植于兴庆池东沉香亭前。会花方繁开，上乘照夜白[43]，妃以步辇从。诏选梨园弟子中尤者，得乐十六色。李龟年以歌擅一时之名，手捧檀板，押众乐前，将欲歌之。上曰："赏名花，对妃子，焉用旧乐词为。"遽命龟年持金花笺[44]，宣赐翰林学士李白立进《清平乐词》三篇。承旨，犹苦宿酲[45]，因援笔赋之。第一首："云想衣裳花想容，春风拂槛露华浓。若非群玉山头见[46]，会向瑶台月下逢。"第二首："一枝红艳露凝香，云雨巫山枉断肠。借问汉宫谁得似？可怜飞燕倚新妆[47]。"第三首："名花倾国两相欢，长得君王带笑看。解释春风无限恨，沉香亭北倚阑干。"龟年捧词进，上命梨园弟子略约词调，抚丝竹，遂促龟年以歌。妃持玻璃七宝杯，酌西凉州葡萄酒，笑领歌，意甚厚。上因调玉笛以倚曲。每曲遍将换，则迟其声以媚之。妃饮罢，敛绣巾再拜。上自是顾李翰林尤异于他学士。会力士终以脱靴为耻[48]，异日，妃重吟前词，力士戏曰："始为妃子怨李白深入骨髓，何翻拳拳如是耶？"妃子惊曰："何学士能辱人如斯？"力士曰："以飞燕指妃子，贱之甚矣。"妃深然之。上尝三欲命李白官，卒为宫中所捍而止。

　　上在百花院便殿，因览《汉成帝内传》，时妃子后至，以手整上衣领，曰："看何文书？"上笑曰："莫问。知则又殢人[49]。"觅去，乃是"汉成帝获飞燕，身轻欲不胜风。恐其飘翥，帝为造水晶盘，令宫人掌之而歌舞。又制七宝

避风台,间以诸香,安于上,恐其四肢不禁"也。上又曰:
"尔则任吹多少。"盖妃微有肌也,故上有此语戏妃。妃
曰:"《霓裳羽衣》一曲,可掩前古。"上曰:"我才弄^⑩,尔
便欲嗔乎?忆有一屏风,合在,待访得,以赐尔。"屏风乃
虹霓为名,雕刻前代美人之形,可长三寸许。其间服玩之
器、衣服,皆用众宝杂厕而成。水精为地,外以玳瑁水犀为
押,络以珍珠瑟瑟。间缀精妙,迨非人力所制。此乃隋文
帝所造。赐义成公主^⑪,随在北胡。贞观初,灭胡,与萧后
同归中国,上因而赐焉。

　　(妃归卫公家^⑫,遂持去。安于高楼上,未及将归。
国忠日午偃息楼上,至床,睹屏风在焉。才就枕,而屏风
诸女悉皆下床前,各通所号,曰:"裂缯人也。""定陶人
也。""穹庐人也。""当垆人也。""亡吴人也。""步
莲人也。""桃源人也。""斑竹人也。""奉五官人
也。""温肌人也。""曹氏投波人也。""吴宫无双返香人
也。""拾翠人也。""窃香人也。""金屋人也。""解佩
人也。""为云人也。""董双成也。""为烟人也。""画
眉人也。""吹箫人也。""笑躄人也^⑬。""垓中人
也。""许飞琼也。""赵飞燕也。""金谷人也。""小鬟
人也。""光发人也。""薛夜来也。""结绮人也。""临
春阁人也。""扶风女也。"^⑭国忠虽开目,历历见之,而身
体不能动,口不能发声。诸女各以物列坐。俄有纤腰伎人
近十余辈,曰:"楚章华踏谣娘也^⑮。"乃连臂而歌之,曰:
"三朵芙蓉是我流,大杨造得小杨收。"复有二三伎,又
曰:"楚宫弓腰也。何不见《楚辞别序》云:'绰约花态,

弓身玉肌？'"俄而递为本艺。将呈讫，一一复归屏上。国忠方醒，惶惧甚，遽走下楼，急令封锁之。贵妃知之，亦不欲见焉。禄山乱后，其物犹存。在宰相元载家，自后不知所在）

初，开元末，江陵进乳柑橘，上以十枚种于蓬莱宫。至天宝十载九月秋，结实。宣赐宰臣，曰："朕近于宫内种柑子树数株，今秋结实一百五十余颗，乃与江南及蜀道所进无别，亦可谓稍异者。"宰臣表贺曰："伏以自天所育者不能改有常之性，旷古所无者乃可谓非常之感。是知圣人御物，以元气布和；大道乘时，则殊方叶致㊶。且橘柚所植，南北异名，实造化之有初，匪阴阳之有革。陛下玄风真纪，六合一家，雨露所均，混天区而齐被；草木有性，凭地气以潜通。故兹江外之珍果，为禁中之佳实。绿蒂含霜，芳流绮殿；金衣烂日，色丽彤庭。云云。"乃颁赐大臣。外有一合欢实，上与妃子互相持玩。上曰："此果似知人意，朕与卿固同一体，所以合欢。"于是促坐，同食焉。因令画图，传之于后。

妃子既生于蜀，嗜荔枝。南海荔枝胜于蜀者，故每岁驰驿以进。然方暑热而熟，经宿则无味。后人不能知也。

上与妃采戏㊷，将北，惟重四转败为胜。连叱之，骰子宛转而成重四，遂令高力士赐绯，风俗因而不易。

广南进白鹦鹉，洞晓言词，呼为"雪衣女"。一朝飞上妃镜台上，自语："雪衣女昨夜梦为鸷鸟所搏。"上令妃授以《多心经》，记诵精熟。后上与妃游别殿，置雪衣女于步辇竿上同去。暼有鹰至，搏之而毙。上与妃叹息久之，遂瘗于苑中,呼为鹦鹉冢。

交趾贡龙脑香,有蝉蚕之状,五十枚。波斯言老龙脑树节方有。禁中呼为瑞龙脑,上赐妃十枚。妃私发明驼使(明驼使,腹下有毛,夜能明,日驰五百里),持三枚遗禄山。妃又常遗禄山金平脱装具⑤⑧、玉合、金平脱铁面碗。

十一载,李林甫死⑤⑨,又以国忠为相,带四十余使⑥⓪。十二载,加国忠司空。长男暄,先尚延和郡主,又拜银青光禄大夫、太常卿,兼户部侍郎。小男朏⑥①,尚万春公主。贵妃堂弟秘书少监鉴,尚承荣郡主。一门一贵妃,二公主,三郡主,三夫人。十三载,重赠玄琰太尉、齐国公;母重封梁国夫人,官为造庙,御制碑及书。叔玄珪又拜工部尚书。韩国婿秘书少监崔峋女为代宗妃;虢国男裴徽尚代宗女延光公主,女为让帝男妻;秦国婿柳澄男钧尚长清县主,澄弟潭尚肃宗女和政公主。

上每年冬十月,幸华清宫,常经冬还宫阙,去即与妃同辇。华清宫有端正楼,即贵妃梳洗之所;有莲花汤,即贵妃澡沐之室。国忠赐第在宫东门之南,虢国相对。韩国、秦国,甍栋相接。天子幸其第,必过五家,赏赐燕乐。扈从之时,每家为一队,队著一色衣。五家合队相映,如百花之焕发。遗钿坠舄⑥②,瑟瑟珠翠,灿于路歧,可掬。曾有人俯身一窥其车,香气数日不绝。驼马千余头匹。以剑南旌节器仗前驱。出有饯饮,还有软脚⑥③。远近饷遗珍玩狗马,阉侍歌儿,相望于道。及秦国先死,独虢国、韩国、国忠转盛。虢国又与国忠乱焉。略无仪检,每入朝谒,国忠与韩、虢连辔,挥鞭骤马以为谐谑。从官媪姬百余骑⑥④。秉烛如昼，鲜装袨服而行^⑥，亦无蒙蔽，衢路观者如堵，无不骇叹。十宅诸王男女婚嫁^⑥，皆资韩、虢绍介，每一人纳一千贯，上乃许之。

十四载六月一日，上幸华清宫，乃贵妃生日。上命小部音声（小部者，梨园法部所置，凡三十人，皆十五已下），于长生殿奏新曲，未有名，会南海进荔枝，因以曲名《荔枝香》。左右欢呼，声动山谷。

其年十一月，禄山反幽陵（禄山本名轧荦山，杂种胡人也。母本巫师。禄山晚年益肥，垂肚过膝，自秤得三百五十斤。于上前胡旋舞，疾如风焉。上尝于勤政楼东间设大金鸡障，施一大榻，卷去帘，令禄山坐。其下设百戏，与禄山看焉。肃宗谏曰："历观今古，未闻臣下与君上同坐阅戏。"上私曰："渠有异相，我禳之故耳^⑥。"又尝与夜宴，禄山醉卧，化为一猪而龙首。左右遽告帝。帝曰："此猪龙，无能为。"终不杀。卒乱中国），以诛国忠为名。咸言国忠、虢国、贵妃三罪，莫敢上闻。上欲以皇太子监国，盖欲传位，自亲征。谋于国忠，国忠大惧，归谓姊妹曰："我等死在旦夕。今东宫监国，当与娘子等并命矣。"姊妹哭诉于贵妃。妃衔土请命，事乃寝。

十五载六月，潼关失守，上幸巴蜀，贵妃从。至马嵬，右龙武将军陈玄礼惧兵乱，乃谓军士曰："今天下崩离，万乘震荡^⑥，岂不由杨国忠割剥甿庶^⑥，以至于此。若不诛之，何以谢天下？"众曰："念之久矣。"会吐蕃和好使在驿门遮国忠诉事^⑦。军士呼曰："杨国忠与番人谋叛！"诸军乃围驿四合，杀国忠并男暄等（国忠旧名钊，本张易之子也㉑。天授中，易之恩幸莫比。每归私第，诏令居楼，仍去其梯，围以束棘，无复女奴侍立。母恐张氏绝嗣，乃置女奴嬪姝于楼复壁中。遂有娠，而生国忠。后嫁于杨氏）。上乃出驿门劳六军㉒。六军不解围，上顾左右责其故。高力士对曰："国忠负罪，诸将讨之。贵妃即国忠之妹，犹在陛下左右，群臣能无忧怖？伏乞圣虑裁断。"（一本云："贼根犹在，何敢散乎？"盖斥贵妃也）

上回入驿，驿门内傍有小巷。上不忍归行宫，于巷中倚杖敧首而立。圣情昏默，久而不进。京兆司录韦锷（见素男也）进曰："乞陛下割恩忍断，以宁国家。"逡巡，上入行宫。抚妃子出于厅门，至马道北墙口而别之，使力士赐死。妃泣涕呜咽，语不胜情，乃曰："愿大家好住㉓。妾诚负国恩，死无恨矣。乞容礼佛。"帝曰："愿妃子善地受生。"力士遂缢于佛堂前之梨树下。才绝，而南方进荔枝至。上睹之，长号数息，使力士曰："与我祭之。"祭后，六军尚未解围。以绣衾覆床，置驿庭中，敕玄礼等入驿视之。玄礼抬其首，知其死，曰："是矣。"而围解。瘗于西郭之外一里许道北坎下㉔。妃时年三十八。上持荔枝于马上谓张野狐曰："此去剑门，鸟啼花落，水绿山青，无非助朕悲悼妃子之由也。"

初，上在华清宫日，乘马出宫门，欲幸虢国夫人之宅。玄礼曰："未宣敕报臣，天子不可轻去就。"上为之回辔。他年，在华清宫，逼上元㉕，欲夜游。玄礼奏曰："宫外即是旷野，须有预备，若欲夜游，愿归城阙。"上又不能违谏。及此马嵬之诛，皆是敢言之有便也。

先是，术士李遐周有诗曰："燕市人皆去，函关马不归。若逢山下鬼，环上系罗衣。""燕市人皆去"，禄山即蓟门之士而来。"函关马不归"，哥舒翰之败潼关也。"若逢山下鬼"，嵬字，即马嵬驿也。"环上系罗衣"，贵妃小字玉环，及其死也，力士以罗巾缢焉。又妃常以假髻为首饰，而好服黄裙。天宝末，京师童谣曰："义髻抛河里，黄裙逐水流。"至此应矣。初，禄山尝于上前应对，杂以谐谑。妃常在座，禄山心动。及闻马嵬之死，数日叹惋。虽林甫养育之，国忠激怒之，然其有所自也。

是时虢国夫人先至陈仓之官店。国忠诛问至，县令薛景仙率吏人追之。走入竹林下，以为贼军至，虢国先杀其男徽，次杀其女。国忠妻裴柔曰："娘子何不借我方便乎？"遂并其女刺杀之。已而自刎，不死。载于狱中，犹问人曰："国家乎？贼乎？"狱吏曰："互有之。"血凝其喉而死。遂并坎于东郭十余步道北杨树下。

上发马嵬，行至扶风道。道傍有花，寺畔见石楠树团圆，爱玩之，因呼为端正树，盖有所思也。又至斜谷口，属霖雨涉旬，于栈道雨中闻铃声隔山相应。上既悼念贵妃，因采其声为《雨霖铃曲》，以寄恨焉。

至德二年⑯，既收复西京。十一月，上自成都还，使祭之。后欲改葬，李辅国等不从。时礼部侍郎李揆奏曰："龙武将士以杨国忠反，故诛之。今改葬故妃，恐龙武将士疑惧。"肃宗遂止之。上皇密令中官潜移葬之于他所⑰。妃之初瘗，以紫褥裹之。及移葬，肌肤已消释矣。胸前犹有锦香囊在焉。中官葬毕以献，上皇置之怀袖。又令画工写妃形于别殿，朝夕视之而歔欷焉。上皇既居南内，夜阑登勤政楼，凭栏南望，烟月满目。上因自歌曰："庭前琪树已堪攀，塞外征人殊未还。"歌歇，闻里中隐隐如有歌声者，顾力士曰："得非梨园旧人乎？迟明，为我访来。"翌日，力士潜求于里中，因召与同去，果梨园弟子也。其后，上复与妃侍者红桃在焉，歌《凉州》之词，贵妃所制也。上亲御玉笛，为之倚曲。曲罢相视，无不掩泣。上因广其曲，今《凉州》留传者益怨切焉。

至德中，复幸华清宫。从官嫔御，多非旧人。上于望京楼下命张野狐奏《雨霖铃曲》。曲半，上四顾凄凉，不觉流涕。左右亦为感伤。新丰有女伶谢阿蛮，善舞《凌波曲》，旧出入宫禁，贵妃厚焉。是日，诏令舞。舞罢，阿蛮因进金粟装臂环，曰："此贵妃所赐。"上持之，凄然垂涕曰："此我祖大帝破高丽⑱，获二宝：一紫金带，一红玉支。朕以岐王所进《龙池篇》，赐之金带，红玉支赐妃子。后高丽知此宝归我，乃上言'本国因失此宝，风雨愆时⑲，民离兵弱'。朕寻以为得此不足为贵，乃命还其紫金带，惟此不还。汝既得之于妃子，朕今再睹之，但兴悲念矣。"言讫，又涕零。

至乾元元年，贺怀智又上言，曰："昔上夏日与亲王棋，令臣独弹琵琶（其琵琶以石为槽，鹍鸡筋为弦，用铁拨弹之），贵妃立于局前观之。上数枰子将输，贵妃放康国猧子上局乱之⑳，上大悦。时风吹贵妃领巾于臣巾上，良久，回身方落。及归，觉满身香气。乃卸头帻，贮于锦囊中，今辄进所贮帻头。"上皇发囊，且曰："此瑞龙脑香也。吾曾施于暖池玉莲朵，再幸尚有香气宛然。况乎丝缕润腻之物哉。"遂凄怆不已。自是圣怀耿耿，但吟："刻木牵丝作老翁[81]，鸡皮鹤发与真同。须臾舞罢寂无事，还似人生一世中。"

有道士杨通幽自蜀来，知上皇念杨贵妃，自云有李少君之术。上皇大喜，命致其神。方士乃竭其术以索之，不至。又能游神驭气，出天界、入地府求之，竟不见。又旁求四虚上下，东极，绝大海，跨蓬壶。忽见最高山，上多楼阁。洎至，西厢下有洞户，东向，阖其门，额署曰"玉妃太真院"。方士抽簪叩扉，有双鬟童女出应问，方士造次未及言，双鬟复入。俄有碧衣侍女至，诘其所从来。方士因称天子使者，且致其命。碧衣云："玉妃方寝，请少待之。"逾时，碧衣延入，且引曰："玉妃出。"妃冠金莲，帔紫绡[82]，佩红玉，曳凤舄。左右侍女七八人。揖方士，问皇帝安否，次问天宝十四载已还事。言讫悯然，指碧衣女取金钗钿合，折其半授使者曰："为我谢太上皇，谨献是物，寻旧好也。"方士将行，色有不足。玉妃因征其意，乃复前跪致词："请当时一事，不闻于他人者，验于太上皇。不然，恐金钗钿合，负新垣平之诈也。"玉妃茫然退立，若有所思，徐而言曰："昔天宝十载，侍辇避暑骊山宫。秋七月，牵牛织女相见之夕，上凭肩而望。因仰天感牛女事，密相誓心：'愿世世为夫妇。'言毕，执手各呜咽。此独君王知之耳。"因悲曰："由此一念，又不得居此，复堕下界，且结后缘。或为天，或为人，决再相见。好合如旧。"因言："太上皇亦不久人间，幸惟自爱，无自苦耳。"

使者还，具奏太上皇。皇心震悼。及至移入大内甘露殿，悲悼妃子，无日无之。遂辟谷服气^{⑧⑧}，张皇后进樱桃蔗浆，圣皇并不食。帝玩一紫玉笛，因吹数声，有双鹤下于庭，徘徊而去。圣皇语侍儿宫爱曰："吾奉上帝所命，为元始孔升真人，此期可再会妃子耳，笛非尔所宝，可送大收。"（大收，代宗小字）即令具汤沐："我若就枕，慎勿惊我。"宫爱闻睡中有声，骇而视之，已崩矣。

妃子死日，马嵬媪得锦袆袜一只^{⑧④}，相传过客一玩百钱，前后获钱无数。

悲夫，玄宗在位久，倦于万机，常以大臣接对拘检，难徇私欲。自得李林甫，一以委成。故绝逆耳之言，恣行燕乐，衽席无别^{⑧⑤}，不以为耻，由林甫之赞成矣。乘舆迁播，朝廷陷没，百僚系颈，妃王被戮，兵满天下，毒流四海，皆国忠之召祸也。

史臣曰：夫礼者，定尊卑，理家国。君不君，何以享国？父不父^{⑧⑥}，何以正家？有一于此，未或不亡。唐明皇之一误贻天下之羞，所以禄山叛乱，指罪三人，今为《外传》，非徒拾杨妃之故事，且惩祸阶而已^{⑧⑦}。

【注释】

① 弘农华阴：今陕西渭南。弘农郡是唐代高门士族杨氏的郡望。

② 蒲州永乐：今山西芮城、永济一带。　③ 金州：今陕西安康一带。

④ 蜀州：今四川崇州。　⑤ 导江县：今四川都江堰一带。　⑥ 内太真宫：皇宫内的道观太真宫。　⑦ 三乡驿：长安、洛阳二京之间驿道

上的最大驿站,在今河南宜阳。女几山与三乡驿楼相对,今名花果山。

⑧ 丽水:此处指黄金产地。镇库:镇守库存的镇库钱、镇库宝。紫磨金:上等的金子。汉末孔融《圣人优劣论》曰:"金之优者,名曰紫磨,犹人之有圣也。" ⑨ 移晷(guǐ):日影移动,指过了较长时间。晷,按照日影位置来测定时刻的仪器。 ⑩ 光禄卿:汉代为光禄勋,后代改称光禄寺卿,唐代时掌管宫廷膳食等,时人戏称"饱卿"。银青光禄大夫:唐代的从三品文散官,是表示官员等级的称号,无实际职事。 ⑪ 不叶(xié):不融洽。 ⑫ 安兴坊:后改名广化坊,在兴庆宫西北方紧邻。 ⑬ 杜甫有诗:一说是张祜诗。 ⑭ 涴(wò):污,弄脏。

⑮ 鸿胪卿:鸿胪寺卿,鸿胪寺的长官,负责朝会、宾客、凶仪等礼仪事务,相当于外交官。 ⑯ 棨戟:官员出行时的仪仗用具,也可架设在官署、官殿门前,以示威严。唐代三品以上官员的私宅门前可列棨戟。

⑰ 上柱国:唐代最高勋级。 ⑱ 长吏:或许是"长史",唐代州郡刺史的佐官。 ⑲ 张祜诗云:现存张祜诗集中无此诗。 ⑳ 遥领:只担任职名,并不亲自前往任职,是一种荣宠。 ㉑ 广宁公主:唐玄宗李隆基的女儿,母为董芳仪。 ㉒ 教坊:唐代宫廷中的音乐机构,掌管俳优杂技、宴享俗乐等。 ㉓ 戴百尺竿:一种杂技,头顶竹竿。百尺形容竹竿长。 ㉔ 绛节:红色的拍击乐器。 ㉕ 刘晏(716—780):字士安,曹州南华(今山东东明)人。幼年号称神童,后进士及第,历任度支郎中、户部侍郎、吏部尚书等,唐代宗时任宰相。秘书省正字:秘书省掌管经籍,其官员包括监、丞各一人,郎中四人,校书郎十二人,正字四人。正字负责雠校典籍、刊正文章。 ㉖ 巾栉(zhì):巾和梳、篦等盥洗用品,此处指杨贵妃梳洗打扮刘晏。 ㉗ 卿云:庆云,被古人视作祥瑞的彩云。 ㉘ 钧天之音:天上的高妙音乐。

㉙ 宜春院:唐玄宗在宫内设置的音乐机构,其中的歌舞伎水平很高,

称为"内人""前头人"。 ㉚ 方响：一种打击乐器，架上悬挂两排金属片，共十六枚，用小铁锤击奏出乐声。 ㉛ 觱(bì)篥(lì)：源出西域的一种管乐器。 ㉜ 乐籍：唐代乐户伎人专门编籍管理，此处唐玄宗戏称自己是伎艺人。 ㉝ 缠头：送给歌舞伎人的丝绸、财物。 ㉞ 逻逤檀：蜀地制造的琵琶，以西藏出产的檀木为槽。逻逤，唐代对拉萨的称呼。 ㉟ 寺人：宦官。 ㊱ 末诃弥罗国：《大唐西域记》中记载了伽湿弥罗国，约为现在喜马拉雅山麓的喀什米尔地区，汉朝时称为罽宾。末诃弥罗国暂不清楚在哪里，此处是强调琵琶弦为来自异域的珍品。永泰元年：此处是南齐的年号，498年。

㊲ 瑟瑟：碧绿色的宝石。 ㊳ 事：件。管色：管乐器。 ㊴ 红粟玉臂支：套在臂上的金、玉制环状装饰物，即后文所说的"金粟装臂环"。 ㊵ 太常：太常寺，掌管礼乐的最高行政机关。 ㊶ 簴(jù)：古代悬挂钟磬的立柱。 ㊷ 跗(fū)：底座。 ㊸ 照夜白：白色骏马的名字。唐代画家韩幹有纸本《照夜白图》传世，现藏于美国大都会博物馆。 ㊹ 金花笺：用泥金装饰的精美笺纸。 ㊺ 宿酲(chéng)：宿醉，经宿未彻底醒的醉意。 ㊻ 群玉山：传说中西王母的居所。《穆天子传》："天子北征，东还，乃循黑水。癸巳，至于群玉之山。"

㊼ 飞燕：汉成帝的皇后赵飞燕，身轻善舞，据说有害皇子、淫乱后宫之事，后自杀。 ㊽ 脱靴：中唐李肇《唐国史补》、晚唐段成式《酉阳杂俎》等均记载，李白受皇帝召作诗文，带着酒意，伸脚令高力士脱靴。 ㊾ 殢(tì)人：缠人，纠缠。 ㊿ 弄：开玩笑，调笑。 ○51 义成公主：隋文帝将宗室之女封为义成公主，嫁与东突厥启民可汗。启民可汗死后，义成公主又先后嫁给其儿子始毕可汗、处罗可汗、颉利可汗。她曾经帮助被围困的隋炀帝，后收留了隋炀帝的遗孀萧皇后。唐朝名将李靖打败突厥，杀死了效忠于隋的义成公主，迎回了萧皇后。

㉒卫公：杨国忠任宰相后，被封为卫国公。　　㊳躄(bì)：跛足。　　㊴屏风诸女：历史上、传说中的美女。如裂缯人为夏朝妹喜，穹庐人为王昭君，当垆人为卓文君，亡吴人为西施等。　　㊶踏谣娘：唐代流行的歌舞表演剧。　　㊵殊方叶(xié)致：殊方同致，不同的方式得到同样的结果。　　㊷采戏：掷骰子赌彩。　　㊸金平脱：将金制纹样粘于素胎上，金纹之外的空白处填漆，再打磨，使漆面与金纹平齐，这种制器方法叫"平脱"。使用银制纹样，即称银平脱。装具：盛装物品的用具。

㊹李林甫(683—753)：唐朝宗室，唐玄宗时为相十九年，嫉贤妒能、口蜜腹剑，排挤掉正直有才干的张九龄等人。唐玄宗对他的重用，是天宝政局变乱的一大原因。李林甫死后，被杨国忠和安禄山合伙诬告谋反，其诸子、亲党均被流放贬谪，其本人也被剥夺荣誉，改以庶人之礼安葬。

㊺使：使职差遣。官员在固有的官职之外，加使职，被临时差遣去做某事，有些使职也固定化、普遍化了。此处是指唐玄宗对杨国忠格外重视。　　㊻胐：音fěi。　　㊼舄(xì)：鞋。　　㊽软脚：为归来的人接风、洗尘。　　㊾媻(lán)姬：女人。　　㊿鲜装袨(xuàn)服：鲜艳华丽的服装。　　51十宅：十王宅。唐玄宗为诸子修造的大宅，皇子们在其中分院居住。　　52禳(ráng)：祈祷以消灾。　　53万乘(shèng)：一万辆兵车，指天子。　　54割剥甿(méng)庶：剥削百姓。

55和好使：承担议和、和好任务的使者。遮：拦，挡。　　56张易之：女皇武则天的男宠。神龙元年(705)，宰相张柬之等迎立唐中宗复辟，诛杀了张易之等人。天宝九年(750)，经杨国忠斡旋，唐玄宗下诏恢复了张易之兄弟的官职爵号。　　57六军：唐代的禁军，左右龙武、左右神武、左右神策(或左右羽林)。　　58大家：后妃、近侍对皇帝的称呼。

59瘗(yì)：埋葬。坎：墓穴。　　60逼：近，靠近。　　61至德：唐肃宗李亨的年号，756年至758年。　　62上皇：肃宗即位后，尊玄宗李隆基为太上皇。　⑱ 我祖大帝：唐玄宗的祖父唐高宗,灭掉了高句丽。　⑲ 愆(qiān)时：失时。　⑳ 猧(wō)子：小狗。　㉑ 刻木牵丝作老翁：唐代傀儡戏"弄老人"。　㉒ 帨(shuì)：佩巾。　㉓ 辟(bì)谷：不食五谷的修炼方法。　㉔ 袎(yào)：袜筒。　㉕ 衽席无别：帝王后妃生活不注重礼仪。　㉖ 父不父：唐玄宗夺儿子李瑁之妻杨玉环,行为不像个父亲。　㉗ 惩祸阶：警惕祸乱从何而来。

梅妃传

宋 佚名

【题解】

　　选自《说郛》卷38，署名"唐曹邺"，实则为宋人作品，作者不可考。在唐代文献中，杨贵妃是没有情敌的。她出现在唐明皇的感情空窗期，然后专宠十几年。她死后，唐明皇又陷入苦苦的思念。这段起于不伦、归于悲剧的爱情，几乎赢得了唐人一致的同情。或许是正经的宋代人看不惯杨贵妃，居然给她凭空创造了一个劲敌。梅妃处处体现了宋代的审美倾向：身形瘦，好吟诗作赋，爱梅花。文中并以梅妃之瘦，来贬低杨妃之胖，犹如以梅花来敌牡丹。究其实，作者是对盛唐审美风范视而不见，试图用自己理想中的美来取代既成的现实。更有意思的是，唐明皇的生死怀恋居然也全部转给了梅妃。作者的想象力令人佩服，但是说服力够不够，请读者判断吧。

　　梅妃，姓江氏，莆田人①。父仲逊，世为医。妃年九岁，能诵《二南》②。语父曰："我虽女子，期以此为志。"父奇之，名之曰采蘋③。

　　开元中，高力士使闽粤，妃笄矣。见其少丽，选归，侍明皇，大见宠幸。长安大内、大明、兴庆三宫，东都大内、上阳两宫④,几四万人,自得妃,视如尘土。宫中亦自以为不及。

妃能属文,自比谢女⑤。尝淡妆雅服,而姿态明秀,笔不可描画。性喜梅,所居栏槛,悉植数株,上榜曰"梅亭"。梅开赋赏至夜分,尚顾恋花下不能去。上以其所好,戏名曰"梅妃"。妃有《萧兰》《梨园》《梅花》《凤笛》《玻杯》《剪刀》《绮窗》七赋。

是时承平岁久,海内无事。上于兄弟间极友爱,日从燕闲,必妃侍侧。上命破橙往赐诸王。至汉邸⑥,潜以足蹴妃履,妃登时退阁。上命连宣,报言"适履珠脱缀,缀竟当来"。久之,上亲往命妃。妃曳衣迓上,言"胸腹疾作,不果前也",卒不至。其恃宠如此。后上与妃斗茶⑦,顾诸王戏曰:"此梅精也,吹白玉笛,作惊鸿舞,一座光辉。斗茶今又胜我矣。"妃应声曰:"草木之戏,误胜陛下。设使调和四海,烹饪鼎鼐⑧,万乘自有心法,贱妾何能较胜负也。"上大悦。

会太真杨氏入侍,宠爱日夺,上无疏意。而二人相嫉,避路而行。上以方之英、皇⑨,议者谓广狭不类⑩,窃笑之。太真忌而智,妃性柔缓,亡以胜⑪,后竟为杨氏迁于上阳宫。后,上忆妃,夜遣小黄门灭烛⑫,密以戏马召妃至翠华西阁⑬,叙旧爱,悲不自胜。既而上失寤⑭,侍御惊报曰:"妃子已届阁前,当奈何?"上披衣,抱妃藏夹幕间。太真既至,问:"梅精安在?"上曰:"在东宫。"太真曰:"乞宣至,今日同浴温泉。"上曰:"此女已放屏⑮,无并往也。"太真语益坚,上顾左右不答。太真大怒,曰:"肴核狼藉，御榻下有妇人遗舄，夜来何人侍陛下寝，欢醉至于日出不视朝？陛下可出见群臣，妾止此阁以候驾回。"上愧甚，曳衾向屏复寝，曰："今日有疾，不可临朝。"太真怒甚，径归私第。上顷觅妃所在，已为小黄门送令步归东宫。上怒斩之。遗舄并翠钿命封赐妃。妃谓使者曰："上弃我之深乎？"使者曰："上非弃妃，诚恐太真恶情耳！"妃笑曰："恐怜我则动肥婢情，岂非弃也？"

妃以千金寿高力士，求词人拟司马相如为《长门赋》⑯，欲邀上意。力士方奉太真，且畏其势，报曰："无人解赋。"妃乃自作《楼东赋》，略曰："玉鉴尘生，凤奁香殄⑰。懒蝉鬓之巧梳，闲缕衣之轻练。苦寂寞于蕙宫，但凝思乎兰殿。信摽落之梅花⑱，隔长门而不见。况乃花心飏恨，柳眼弄愁。暖风习习，春鸟啾啾。楼上黄昏兮，听凤吹而回首⑲；碧云日暮兮，对素月而凝眸。温泉不到⑳，忆拾翠之旧游㉑；长门深闭，嗟青鸾之信修㉒。忆昔太液清波，水光荡浮，笙歌赏宴，陪从宸旒㉓。奏舞鸾之妙曲，乘画鹢之仙舟㉔。君情缱绻，深叙绸缪。誓山海而常在，似日月而无休。奈何嫉色庸庸，妒气冲冲。夺我之爱幸，斥我乎幽宫。思旧欢之莫得，想梦著乎朦胧。度花朝与月夕，羞懒对乎春风。欲相如之奏赋，奈世才之不工。属愁吟之未尽，已响动乎疏钟。空长叹而掩袂，踌躇步于楼东。"

太真闻之，诉明皇曰："江妃庸贱，以谀词宣言怨望，愿赐死。"上默然。

会岭表使归，妃问左右："何处驿使来，非梅使耶？"对曰："庶邦贡杨妃果实使来。"妃悲咽泣下。

上在花萼楼，会夷使至，命封珍珠一斛密赐妃。妃不受，以诗付使者曰："为我进御前也。"曰："柳叶双眉久不描，残妆和泪湿红绡。长门自是无梳洗，何必珍珠慰寂寥？"上览诗，怅然不乐，令乐府以新声度之，号《一斛珠》，曲名始此也。

后禄山犯阙，上西幸，太真死。及东归，寻妃所在，不可得。上悲，谓兵火之后，流落他处。诏："有得之，官二秩[25]，钱百万。"搜访不知所在。上又命方士飞神御气，潜经天地，亦不可得。有宦者进其画真，上言："似甚，但不活耳。"题诗于上，曰："忆昔娇妃在紫宸，铅华不御得天真。霜绡虽似当时态，争奈娇波不顾人。"读之泣下，命模像刊石。

后，上暑月昼寝，仿佛见妃隔竹间泣，含涕障袂，如花朦露状。妃曰："昔陛下蒙尘，妾死乱兵之手。哀妾者埋骨池东梅株傍。"上骇然流汗而寤。登时令往太液池发视之，不获。上益不乐。忽悟温泉汤池侧有梅十余株，岂在是乎！上自命驾，令发视。才数株，得尸，裹以锦绸，盛以酒槽，附土三尺许。上大恸，左右莫能仰视。视其所伤，胁下有刀痕。上自制文诔之，以妃礼易葬焉。

赞曰：明皇自为潞州别驾[26]，以豪伟闻。驰骋犬马，鄂、杜之间[27]，与侠少游。用此起支庶[28]，践尊位，五十余年，享天下之奉，穷奢极侈，子孙百数，其阅万方美色众矣。晚得杨氏，变易三纲[29]，浊乱四海，身废国辱，思之不少悔，是固有以中其心，满其欲矣。江妃者，后先其间，以色为所深嫉，则其当人主者，又可知矣。议者谓：或覆宗，或非命,均其媚忌自取^㉚。殊不知明皇毫而忮忍^㉛,至一日杀三子^㉜,如轻断蝼蚁之命。奔窜而归,受制昏逆^㉝。四顾嫔嫱,斩亡俱尽。穷独苟活,天下哀之。《传》曰"以其所不爱及其所爱"^㉞,盖天所以酬之也。报复之理,毫忽不差,是岂特两女子之罪哉!

汉兴,尊《春秋》,诸儒持《公》《穀》角胜负^㉟,《左传》独隐而不宣,最后乃出。盖古书历久始传者极众。今世图画美人把梅者,号《梅妃》,泛言唐明皇时人,而莫详所自也。盖明皇失邦,咎归杨氏,故词人喜传之。梅妃特嫔御擅美,显晦不同,理应尔也。此《传》得自万卷朱遵度家^㊱,大中二年七月所书^㊲,字亦端好。其言时有涉俗者。惜乎史逸其说。略加修润而曲循旧语,惧没其实也。惟叶少蕴与予得之^㊳,后世之传,或在此本。又记其所从来如此。

① 莆田:今福建莆田。　② 二南:《诗经》之《周南》《召南》,古人认为是颂扬后妃之德。　③ 采蘋:《召南》中的诗篇名,讲述贵族士大夫家庭的女子主持祭祀的情况。以此为名,是希望她将来在贵族家庭中主持家事。　④ 长安大内:长安的太极宫。东都大内:洛阳的太初宫。　⑤ 谢女:东晋谢道韫,人称"咏絮才"。　⑥ 汉邸:汉王府邸。据历史记载,与唐玄宗友爱的兄弟为兄长宋王成器(后改名宪,又改封宁王)、申王成义(后改名㧑),弟弟岐王范、薛王业,以及堂兄邠王守礼。所以,此处"汉王"是虚构人物。　⑦ 斗茶:宋代兴起的一种茶艺,茶具、茶叶、冲茶时泛的乳花图案等,均可相斗。唐代以陆羽茶道为代表,重在制茶、煎茶之方法,尚无斗茶的风气。　⑧ 烹饪鼎鼐:比喻治理天下。鼐,很大的鼎。　⑨ 英、皇:上古帝王尧的两个女儿

女英、娥皇,同时嫁给了舜。　　⑩ 广狭不类:胖、瘦不一般。　　⑪ 亡以胜:无以胜,比不过。　　⑫ 小黄门:小宦官。黄门指宫禁,黄门常侍指太监。自东汉起,黄门令例由宦官担任。　　⑬ 戏马:或为梅妃玩过的游戏用具。　　⑭ 失寤:睡过了头。　　⑮ 放屏(bǐng):屏弃。　　⑯ 长门赋:汉武帝的皇后陈阿娇失宠,退居长门宫。她以黄金百斤请司马相如作《长门赋》,武帝读后,竟一时回心转意。　　⑰ 殄(tiǎn):灭绝。　　⑱ 摽(biāo)落:落,此处以梅花凋落,形容青春美貌的消逝。　　⑲ 凤吹:古人以笙的声音为凤鸣,此处泛指音乐。　　⑳ 温泉:温泉宫。　　㉑ 拾翠:佳人游春时,拾取翠鸟的羽毛,以做首饰。曹植《洛神赋》:"或采明珠,或拾翠羽。"　　㉒ 青鸾之信修:青鸟送信的间隔时间太长,指皇帝冷淡。　　㉓ 宸旒(liú):代指皇帝。宸为皇帝居所,旒为皇帝冠饰。　　㉔ 画鹢(yì):鹢为水鸟,善高飞,不怕风,古人将鹢鸟画在船头上。　　㉕ 官二秩:加官两级。　　㉖ 潞州别驾:李隆基做临淄郡王时,神龙元年(705),迁卫尉少卿。景龙二年(708),兼任潞州别驾。　　㉗ 鄠(hù)、杜:二县名,此处指长安附近。㉘ 起义庶:李隆基生母是窦德妃,不是皇后,所以他是庶子;又在兄弟中排行第三,不是长子。所以,皇位传承若立嫡立长,都轮不到他。他能够做太子,一是发动政变,扶持睿宗复辟的功劳;二是长兄李成器和其他兄弟的谦让与支持。　　㉙ 三纲:古代以君为臣纲、父为子纲、夫为妻纲,即君、父、夫要做道德表率。唐玄宗纳子媳杨玉环为妃,破坏了纲常伦理。　　㉚ 媢(mào)忌:嫉妒。　　㉛ 耄(mào)而忮(zhì)忍:年纪大了,却忌刻残忍。　　㉜ 一日杀三子:太子瑛、鄂王瑶、光王琚因武惠妃盛宠,或因地位受威胁,或因母妃受冷落,心生怨望。武惠妃构陷三子,玄宗废三子为庶人,并于一天之内赐死。　　㉝ 受制昏逆:玄宗从蜀地回长安后,肃宗听信宦官李辅国谗言,对玄宗心怀疑忌,将他从喜爱的兴庆宫迁到冷落的太极宫，其宠信的高力士等人也被贬出京。　　㉞ 以其所不爱及其所爱：《孟子·尽心下》"仁者以其所爱及其所不爱，不仁者以其所不爱及其所爱"，意思是仁者德教广施，所不亲爱者也蒙其德泽；不仁的人会令他所亲爱的也蒙受伤害。　　㉟《公》《穀》：《春秋公羊传》《春秋穀梁传》。　　㊱ 朱遵度：南唐藏书家，号称朱万卷。　　㊲ 大中二年：848年。大中，唐宣宗李忱的年号。此处是作者的障眼法，故意将文本时间说成唐代。下文讲只有他和叶少蕴知道此文，或许才是真话。　　㊳ 叶少蕴：叶梦得（1077—1148），字少蕴，号石林，苏州人。北宋入南宋的词人。著有《石林燕语》《石林诗话》等。

流红记

宋 张实

【题解】

选自宋代刘斧《青琐高议·前集》卷5,署名"魏陵张实子京撰"。作者张实不可考。《流红记》讲述了红叶题诗传情,终成眷属的传奇。类似的故事,还见于唐代孟棨《本事诗》记顾况得梧叶题诗,唐代范摅《云溪友议》记卢渥见红叶题诗,宋初孙光宪《北梦琐言》记李茵和红叶题诗。北宋庞元英《谈薮》认为:"刘斧《青琐》中有《御沟流红叶记》最为鄙妄,盖窃取前说而易其名为于祐云。"被学究夫子斥为鄙妄的,多半是读者喜欢的香艳类型,《流红记》也的确把前人故事改编得更加摇曳多姿。

唐僖宗时,有儒士于祐,晚步禁衢间①。于时万物摇落,悲风素秋,颓阳西倾,羁怀增感。视御沟②,浮叶续续而下。祐临流浣手。久之,有一脱叶,差大于他叶,远视之,若有墨迹载于其上。浮红泛泛,远意绵绵。祐取而视之,果有四句题于其上。其诗曰:"流水何太急,深宫尽日闲。殷情谢红叶,好去到人间。"祐得之,蓄于书笥③,终日咏味,喜其句意新美,然莫知何人作而书于叶也。因念御沟水出禁掖,此必宫中美人所作也。祐但宝之,以为念耳，亦时时对好事者说之。祐自此思念，精神俱耗。

一日，友人见之，曰："子何清削如此？必有故，为吾言之。"祐曰："吾数月来，眠食俱废。"因以红叶句言之。友人大笑曰："子何愚如是也！彼书之者，无意于子。子偶得之，何置念如此？子虽思爱之勤，帝禁深宫，子虽有羽翼，莫敢往也。子之愚，又可笑也。"祐曰："天虽高而听卑④，人苟有志，天必从人愿耳。吾闻牛〔王〕仙客遇无双之事⑤，卒得古生之奇计。但患无志耳，事固未可知也。"祐终不废思虑，复题二句，题于红叶上云："曾闻叶上题红怨，叶上题诗寄阿谁？"置御沟上流水中。人或笑之，亦为好事者称道。有赠之诗者，曰："君恩不禁东流水，流出宫情是此沟。"

祐后累举不捷，迹颇羁倦，乃依河中贵人韩泳门馆⑥，得钱帛稍稍自给，亦无意进取。久之，韩泳召祐谓之曰："帝禁宫人三千余得罪，使各适人⑦，有韩夫人者，吾同姓，久在宫。今出禁庭，来居我舍。子今未娶，年又逾壮，困苦一身，无所成就，孤生独处，吾甚怜汝。今韩夫人箧中不下千缗，本良家女，年才三十，姿色甚丽。吾言之，使聘子，何如？"祐避席伏地曰："穷困书生，寄食门下，昼饱夜温，受赐甚久，恨无一长，不能图报。早暮愧惧，莫知所为，安敢复望如此！"泳乃令人通媒妁，助祐进羔雁⑧，尽六礼之数，交二姓之欢。祐就吉之夕，乐甚。明日，见韩氏装橐甚厚，姿色绝艳。祐本不敢有此望，自以为误入仙源，神魂飞越矣。

既而韩氏于祐书笥中见红叶，大惊曰："此吾所作之句,君何故得之?"祐以实告。韩氏复曰:"吾于水中亦得红叶,不知何人作也。"乃开箧取之,乃祐所题之诗。相对惊叹,感泣久之,曰:"事岂偶然哉!莫非前定也。"韩氏曰:"吾得叶之初,尝有诗,今尚藏箧中。"取以示祐。诗云:"独步天沟岸,临流得叶时。此情谁会得?肠断一联诗。"闻者莫不叹异惊骇。

一日,韩泳开宴召祐泊韩氏。泳曰:"子二人今日可谢媒人也。"韩氏笑答曰:"吾为祐之合乃天也,非媒氏之力也。"泳曰:"何以言之?"韩氏索笔为诗,曰:"一联佳句题流水,十载幽思满素怀。今日却成鸾凤友,方知红叶是良媒。"泳曰:"吾今知天下事无偶然者也。"

僖宗之幸蜀⑨,韩泳令祐将家童百人前导。韩以宫人得见帝,具言适祐事。帝曰:"吾亦微闻之。"召祐,笑曰:"卿乃朕门下旧客也。"祐伏地拜谢罪。帝还西都,以从驾得官,为神策军虞候。韩氏生五子三女,子以力学俱有官,女配名家。韩氏治家有法度,终身为命妇。

宰相张濬作诗曰⑩:"长安百万户,御水日东注。水上有红叶,子独得佳句。子复题脱叶,流入宫中去。深宫千万人,叶归韩氏处。出宫三千人,韩氏籍中数。回首谢君恩,泪洒胭脂雨。寓居贵人家,方与子相遇。通媒六礼具,百岁为夫妇。儿女满眼前,青紫盈门户。兹事自古无,可以传千古。"

议曰:"流水,无情也;红叶,无情也。以无情寓无情而求有情,终为有情者得之,复与有情者合,信前世所未闻也。夫在天理可合,虽胡、越之远,亦可合也;天理不可,则虽比屋邻居，不可得也。悦于得，好于求者，观此，可以为诫也。"

【注释】

① 禁衢：皇城里的街道。　② 御沟：流经皇宫的河流。　③ 笥（sì）：竹制容器，此处指书箱。　④ 天虽高而听卑：天虽然高，却能听到下民细微的声音。出自《史记·宋微子世家》"天高听卑"。
⑤ 牛〔王〕仙客遇无双：唐传奇《无双传》是王仙客与刘无双故事。原文误为"牛仙客"，牛仙客为唐玄宗开元年间的宰相。　⑥ 依河中贵人韩泳门馆：在河中贵人韩泳府上做杂事。　⑦ 适人：泛指出嫁。《仪礼·丧服》"子嫁反在父之室"句下，汉代郑玄注："凡女行于大夫以上曰嫁，行于士庶人曰适人。"　⑧ 羔雁：羊羔与雁，古代卿、大夫相见时赠送的礼品，后引申为定婚礼物。　⑨ 僖宗之幸蜀：广明元年（880），黄巢起义军攻下洛阳，逼近长安，僖宗在神策军护卫下，逃往四川。黄巢占据长安，僖宗则在四川躲了四年。后黄巢败退，僖宗于光启元年（885）才返回长安。　⑩ 张濬：字禹川，河间（今河北沧州）人。于僖宗、昭宗两朝都曾任宰相。

谭意歌

宋 秦醇

【题解】

选自宋代刘斧《青琐高议·别集》卷2，署名"谯郡秦醇子复撰"。秦醇生平不可考。《谭意歌》写妓女谭意歌脱离乐籍后，选择张正字为婿，后生一子。张正字迫于母命，另娶妻。谭意歌独自抚养儿子，闺门整肃。三年后张妻病逝，张正字正式聘娶了谭意歌。与唐传奇中爱恨鲜明的妓女李娃、霍小玉相比，谭意歌简直是"妇德"的化身。文中还连篇累牍地罗列她的诗词书信，以显示她德才兼备。大概唐代作者是写活生生的人，而宋代作者在写理想中的妓女吧。

谭意歌小字英奴，随亲生于英州①。丧亲，流落长沙，今潭州也。年八岁，母又死，寄养小工张文家，文造竹器自给。

一日，官妓丁婉卿过之②，私念苟得之，必丰吾屋。乃召文饮，不言而去。异日复以财帛贶文③，遗颇稠叠④。文告婉卿曰："文廛市贱工，深荷厚意。家贫，无以为报。不识子欲何图也？子必有告。幸请言之，愿尽愚图报，少答厚意。"婉卿曰："吾久不言，诚恐激君子之怒。今君恳言，吾方敢发。窃知意哥〔歌〕非君之子⑤。我爱其容色。

子能以此售我,不惟今日重酬子,异日亦获厚利。无使其居子家,徒受寒饥。子意若何?"文曰:"文揣知君意久矣,方欲先白。如是,敢不从命。"是时方十岁,知文与婉卿之意,怒诘文曰:"我非君之子,安忍弃于娼家乎?子能嫁我,虽贫穷家,所愿也。"文竟以意归婉卿。

过门,意哥〔歌〕大号泣曰:"我孤苦一身,流落万里,势力微弱,年龄幼小。无人怜救,不得从良人。"闻者莫不嗟恸。婉卿日以百计诱之。以珠翠饰其首,轻暖披其体,甘鲜足其口,既久益勤,若慈母之待婴儿。辰夕浸没⑥,则心自爱夺,情由利迁。意哥〔歌〕忘其初志。未及笄,为择佳配。肌清骨秀,发绀眸长⑦,黉手纤纤⑧,宫腰搦搦⑨,独步于一时。车马骈溢,门馆如市。加之性明敏慧,解音律,尤工诗笔。年少千金买笑,春风惟恐居后,郡官宴聚,控骑迎之。

时运使周公权府会客⑩,意先至府,医博士及有故至府⑪,升厅拜公。及美髯可爱,公因笑曰:"有句,子能对乎?"及曰:"愿闻之。"公曰:"医士拜时须拂地。"及未暇对答,意从旁曰:"愿代博士对。"公曰:"可。"意曰:"郡侯宴处幕侵天。"公大喜。

意疾既愈,庭见府官,多自称诗酒于刺⑫。蒋田见其言,颇笑之。因令其对句,指其面曰:"冬瓜霜后频添粉。"意乃执其公裳袂,对曰:"木枣秋来也着绯。"公且惭且喜,众口嗡然称赏⑬。

魏谏议之镇长沙。游岳麓时,意随轩。公知意能诗,呼意曰:"子可对吾句否?"公曰:"朱衣吏,引登青障。"

意对曰："红袖人，扶下白云。"公喜，因为之立名文婉，字才姬。意再拜曰："某，微品也。而公为之名字，荣逾万金之赐。"

刘相之镇长沙，云一日登碧湘门纳凉⑭，幕官从焉。公呼意对。意曰："某，贱品也，安敢敌公之才？公有命，不敢拒。"尔时迤逦望江外湘渚间，竹屋茅舍，有渔者携双鱼入修巷。公相曰："双鱼入深巷。"意对曰："尺素寄谁家。"公喜，赞美久之。

他日，又从公轩游岳麓，历抱黄洞望山亭吟诗⑮，坐客毕和。意为诗以献曰："真仙去后已千载，此构危亭四望赊。灵迹几迷三岛路，凭高空想五云车⑯。清猿啸月千岩晓，古木吟风一径斜。鹤驾何时还古里⑰，江城应少旧人家。"公见诗愈惊叹，坐客传观，莫不心服。公曰："此诗之妖也。"公问所从来，意哥以实对。公怆然悯之。意乃告曰："意入籍驱使迎候之列有年矣，不敢告劳。今幸遇公，倘得脱籍为良人箕帚之役，虽死必谢。"公许其脱。异日，诣投牒⑱，公诺其请。

意乃求良匹，久而未遇。会汝州民张正字为潭茶官，意一见谓人曰："吾得婿矣。"人询之，意曰："彼风调才学，皆中吾意。"张闻之，亦有意。一日，张约意会于江亭。于时亭高风怪，江空月明。陡帐垂丝，清风射牖，疏帘透月，银鸭喷香⑲。玉枕相连，绣衾低覆，密语调簧⑳，春心飞絮。如仙葩之并蒂，若双鱼之同泉，相得之欢，虽死未已。翌日，意尽挈其装囊归张。有情者赠之以诗曰："才识相逢方得意，风流相遇事尤佳。牡丹移入仙都去，从此湘东无好花。"

后二年，张调官，复来见。意乃治行，饯之郊外。张登途，意把臂嘱曰："子本名家，我乃娼类，以贱偶贵，诚非佳婚。况室无主祭之妇，堂有垂白之亲。今之分袂，决无后期。"张曰："盟誓之言，皎如日月，苟或背此，神明非欺。"意曰："我腹有君之息数月矣。此君之体也，君宜念之。"相与极恸，乃舍去。

意闭户不出，虽比屋莫见意面。既久，意为书与张云："阴老春回，坐移岁月。羽伏鳞潜^㉑，音问两绝。首春气候寒热，切宜保爱。逆旅都辇，所见甚多。但幽远之人，摇心左右，企望回辕，度日如岁。因成小诗，裁寄所思。兹外千万珍重。"其诗曰："潇湘江上探春回，消尽寒冰落尽梅。愿得儿夫似春色，一年一度一归来。"

逾岁，张尚未回，亦不闻张娶妻。意复有书曰："相别入此新岁，湘东地暖，得春尤多。溪梅堕玉，槛杏吐红，旧燕初归，暖莺已啭。对物如旧，感事自伤。或勉为笑语，不觉泪冷。数月来颇不喜食，似病非病，不能自愈。孺子无恙(意子年二岁)，无烦流念。向尝面告，固匪自欺。君子不能违亲之言，又不能废己之好，仰结高援，其无□焉。或俯就微下，曲为始终，百岁之恩，没齿何报？虽亡若存，摩顶至足，犹不足答君意。反覆其心，虽秃十兔毫^㉒，磐三江楮^㉓，亦不能□兹稠叠，上浼君听^㉔。执笔不觉堕泪几砚中。郁郁之意，不能自已。千万对时善育，无或以此为至念也。短唱二阕，固非君子齿牙间可吟，盖欲摅情耳。"曲名《极相思令》一首："湘东最是得春先，和气暖如绵。清明过了，残花巷陌，犹见秋千。　　对景感时情绪乱，这密意，翠羽空传。风前月下，花时永昼，洒泪何言。"又作《长相思令》一首："旧燕初归，梨花满院，迤逦天气融和。新晴巷陌，是处轻车轿马，褉饮笙歌㉕。旧赏人非，对佳时，一向乐少愁多。远意沉沉，幽闺独自颦蛾。　　正消黯无言，自感凭高远意，空寄烟波。从来美事。因甚天教两处多磨？开怀强笑，向新来宽却衣罗。似恁地人怀憔悴，甘心总为伊呵。"

张得意书辞，情悰久不快，亦私以意书示其所亲，有情者莫不嗟叹。张内逼慈亲之教，外为物议之非，更期月，亲已约孙贲殿丞女为姻。定问已行，媒妁素定，促其吉期，不日佳赴。张回肠危结，感泪自零。好天美景，对乐成悲。凭高怅望，默然自已。终不敢为记报意。

逾岁，意方知，为书云："妾之鄙陋，自知甚明。事由君子，安敢深扣？一入闺帏，克勤妇道。晨昏恭顺，岂敢告劳？自执箕帚，三改岁□。苟有未至，固当垂诲。遽此见弃，致我失图。求之人情，似伤薄恶。揆之天理，亦所不容。业已许君，不可贻咎。有义则企，常风服于前书。无故见离，深自伤于微弱。盟顾可欺，则不复道。稚子今已三岁，方能移步。期于成人，此犹可待。妾囊中尚有数百缗，当售附郭之田亩，日与老农耕耨别穣㉖，卧漏复甍㉗，凿井灌园。教其子知诗书之训，礼义之重。愿其有成，终身休庇妾之此身，如此而已。其他清风馆宇，明月亭轩，赏心乐事，不致如心久矣。今有此言，君固未信，俟在他日，乃知所怀。燕尔方初㉘，宜君子之多喜。拔葵在地，徒向日之有心[29]。自兹弃废，莫敢凭高。思入白云，魂游天末。幽怀蕴积，不能穷极。得官何地，因风寄声。固无他意，贵知动止。饮泣为书，意绪无极。千万自爱。”

张得意书，日夕叹怅。后三年，张之妻孙氏谢世，湖外莫通信耗。会有客自长沙替归，遇于南省书理间[30]。张询客意哥行没。客抚掌大骂曰：“张生乃木人石心也。使有情者见之，罪不容诛。”张曰：“何以言之？”客曰：“意自张之去，则掩户不出，虽比屋莫见其面。闻张已别娶，意之心愈坚，方买郭外田百亩以自给。治家清肃，异议纤毫不可入。亲教其子。吾谓古之李住满女[31]，不能远过此。吾或见张，当唾其面而非之。”张惭怩久之，召客饮于肆，云：“吾乃张生。子责我皆是。但子不知吾家有亲，势不得已。”客曰：“吾不知子乃张君也。”久乃散。

张生乃如长沙。数日，既至，则微服游于肆，询意之所为。言意之美者不容刺口[32]。默询其邻，莫有见者。门户潇洒，庭宇清肃。张固已恻然。意见张，急闭户不出。张曰：“吾无故涉重河，跨大岭，行数千里之地，心固在子。子何见拒之深也？岂昔相待之薄欤？”意云：“子已有室，我方端洁以全其素志。君宜去，无浼我。”张云：“吾妻已亡矣。曩者之事，君勿复为念，以理推之可也。吾不得子，誓死于此矣。”意云：“我向慕君，忽遽入君之门，则弃之也容易。君若不弃焉，君当通媒妁，为行吉礼，然后妾敢闻命。不然，无相见之期。”竟不出。

张乃如其请，纳彩问名，一如秦晋之礼焉。事已，乃挈意归京师。意治闺门，深有礼法；处亲族皆有恩意，内外和睦,家道已成。意后又生一子,以进士登科,终身为命妇。夫妇偕老,子孙繁茂。呜呼,贤哉!

【注释】

① 英州:今广东英德。　② 官妓:唐宋时代,有专门服务于官府的歌舞妓乐机构,其中的伎人为官妓。官府对他们专门造册编籍管理,称为乐籍。　③ 贶(kuàng):赠送。　④ 遗(wèi):馈赠。
⑤ 意哥:原文中多处"意哥",属流传中的讹误,应与标题统一为"意歌"。　⑥ 辰夕浸没:从早到晚,都采取这种方法。　⑦ 发绀(gàn):深青带点儿红的发色,形容发色好看。　⑧ 荑(tí)手:出自《诗经·卫风·硕人》"手如柔荑",形容手柔软白皙如茅草嫩芽。　⑨ 宫腰搦(nuò)搦:腰只有一握那么细。《后汉书·马廖传》:"楚王好细腰,宫中多饿死。"　⑩ 运使:转运使的简称。唐代转运使负责盐铁、谷物、漕运的调拨。宋代转运使成为各路的长官,经管财赋、监察官吏等,其官署称转运使司,也称转运司。权府:代理州府事务。　⑪ 医博士:教授医学知识的学官。　⑫ 多自称诗酒于刺:在名刺上多写自己能作诗、能喝酒。　⑬ 噏(xī)然称赏:交口称赞。　⑭ 碧湘门:长沙府城的门。　⑮ 抱黄洞:在岳麓山上,下有洞真观,是东晋道士邓郁修内外丹之处,据说他后来在南岳升仙。　⑯ 五云车:仙人乘坐的五色祥云的车子。　⑰ 鹤驾:指仙人。据《搜神后记》,丁令威学道有成,化鹤飞回家乡辽东,作诗曰:"有鸟有鸟丁令威,去家千年今始归。城郭如故人民非,何不学仙冢累累?"　⑱ 投牒:递交呈文。
⑲ 银鸭:银质鸭形香炉。　⑳ 密语调簧:私语情话,动听如音乐。
㉑ 羽伏鳞潜:鱼雁不传书。　㉒ 兔毫:毛笔。　㉓ 三江楮(chǔ):

三江出产的楮纸。　　㉔ 浼(měi):污染。　　㉕ 禊(xì)饮:三月三日上巳节,被禊宴饮。　　㉖ 耕耨(nòu)别穰(ráng):耕田除草。耨,锄草。穰,稻、麦等的杆儿。　　㉗ 卧漏复毳(cuì):住在漏雨的房屋里,盖着粗糙毛毡,指艰苦的生活。复,同"覆"。　　㉘ 燕尔:新婚。《诗经·邶风·谷风》:"宴尔新昏,如兄如弟。"　　㉙ "拔葵在地"两句:把葵花拔掉,白白辜负了它向日而转的心。比喻意歌原本一心向着张生,现在没有了希望,犹如向日葵被拔掉。　　㉚ 南省书理间:宋代尚书省的办公处。　　㉛ 李住满女:应为品德端方的女子,暂未查到具体事迹。　　㉜ 不容剌口:不让插话,指赞美之词滔滔不绝,以至于旁听者都插不上话。

李师师外传

宋 佚名

【题解】

选自清代胡珽辑校《琳琅秘室丛书》，作者名字佚失。《李师师外传》是一篇完整的传记，讲述了北宋名妓李师师由生到死的短暂一生，其最重要的际遇是得到了宋徽宗垂青。徽宗第一次拜访师师的过程，铺垫得特别有戏剧性：每每以为要见面了，结果都只是换个地方等而已。李师师自矜身份的清高，以及妓院故意逗弄客人好奇心的手段，跃然纸上。徽宗第二次再去，原本的清幽雅致，换成龙凤锦绣之煞风景，颇有喜剧效果。皇帝狎妓留下艳谈，这几乎是中国历史上的独一份。当然，这样的皇帝也得到了国破身亡的相应下场。李师师的自尊、聪敏以及大义，塑造得比较成功。

李师师者，汴京东二厢永庆坊染局匠王寅之女也①。寅妻既产女而卒，寅以菽浆代乳乳之②，得不死，在襁褓未尝啼。汴俗凡男女生，父母爱之，必为舍身佛寺。寅怜其女，乃为舍身宝光寺。女时方知孩笑。一老僧目之曰："此何地，尔乃来耶？"女至是忽啼，僧为摩其顶，啼乃止。寅窃喜曰："是女真佛弟子。"为佛弟子者，俗呼为师,故名之曰师师。

师师方四岁,寅犯罪系狱死。师师无所归,有倡籍李姥者收养之。比长,色艺绝伦,遂名冠诸坊曲。徽宗即位③,好事奢华,而蔡京、章惇、王黼之徒④,遂假绍述为名⑤,劝帝复行青苗诸法⑥,长安中粉饰为饶乐气象⑦,市肆酒税,日计万缗;金玉缯帛,充溢府库。于是童贯、朱勔辈⑧,复导以声色狗马宫室苑囿之乐。凡海内奇花异石,搜采殆遍。筑离宫于汴城之北,名曰艮岳,帝般乐其中,久而厌之,更思微行为狎邪游。

内押班张迪者⑨,帝所亲幸之寺人也,未宫时为长安狎客,往来诸坊曲,故与李姥善。为帝言陇西氏色艺双绝⑩,帝艳心焉。翌日,命迪出内府紫茸二匹⑪,霞氎二端⑫,瑟瑟珠二颗,白金廿镒⑬,诡云大贾赵乙愿过庐一顾。姥利金币,喜诺。

暮夜,帝易服,杂内寺四十余人中,出东华门二里许,至镇安坊。镇安坊者,李姥所居之里也。帝麾止余人,独与迪翔步而入。堂户卑庳⑭,姥出迎,分庭抗礼,慰问周至。进以时果数种,中有香雪藕、水晶苹婆⑮,而鲜枣大如卵,皆大官所未供者,帝为各尝一枚。姥复款洽良久,独未见师师出拜。帝延伫以待。时迪已辞退,姥乃引帝至一小轩,棐几临窗⑯,缥缃数帙。窗外新篁,参差弄影。帝悠然兀坐,意兴闲适,独未见师师出侍。

少顷,姥引帝到后堂,陈列鹿炙、鸡酢、鱼脍、羊签等肴,饭以香子稻米,帝为进一餐。姥侍旁款语移时,而师师终未出见。帝方疑异,而姥忽复请浴,帝辞之。姥至帝前耳语曰："儿性好洁，勿忤。"帝不得已，随姥至一小楼下湢室中⑰。浴竟，姥复引帝坐后堂，肴核水陆，杯盏新洁，劝帝欢饮，而师师终未一见。

良久，姥才执烛引帝至房，帝褰帷而入。一灯荧然，亦绝无师师在，帝益异之。为倚徙几榻间又良久，见姥拥一姬姗姗而来，不施脂粉，衣绢素，无艳服。新浴方罢，娇艳如出水芙蓉。见帝意似不屑，貌殊倨不为礼。姥与帝耳语曰："儿性颇愎⑱，勿怪。"帝于灯下凝睇物色之，幽姿逸韵，闪烁惊眸。问其年，不答。复强之，乃迁坐于他所。姥复附帝耳曰："儿性好静坐，唐突勿罪。"遂为下帷而出。师师乃起解玄绢褐袄，衣轻绨⑲，卷右袂，援壁间琴，隐几端坐⑳，而鼓《平沙落雁》之曲，轻拢慢捻，流韵淡远。帝不觉为之倾耳，遂忘倦。比曲三终，鸡唱矣。帝亟披帷出，姥闻亦起，为进杏酥饮、枣糕、怀饦诸点品㉑。帝饮杏酥杯许，旋起去。内侍从行者皆潜候于外，即拥卫还宫。时大观三年八月十七日事也。

姥语师师曰："赵人礼意不薄，汝何落落乃尔。"师师怒曰："彼贾奴耳，我何为者。"姥笑曰："儿强项㉒，可令御史里行㉓。"已而长安人言籍籍㉔，皆知驾幸陇西氏。姥闻大恐，日夕惟涕泣。泣谓师师曰："洵是夷吾族矣㉕。"师师曰："无恐。上肯顾我，岂忍杀我。且畴昔之夜，幸不见逼。上意必怜我，惟是我所窃自悼者，实命不犹㉖，流落下贱，使不洁之名，上累至尊，此则死有余辜耳。若夫天威震怒，横被诛戮，事起佚游，上所深讳，必不至此，可无虑也。"

次年正月，帝遣迪赐师师蛇跗琴。蛇跗琴者，琴古而漆瓯㉗,则有纹如蛇之跗㉘,盖大内珍藏宝器也。又赐白金五十两。

三月,帝复微行如陇西氏。师师仍淡妆素服,俯伏门阶迎驾。帝喜,为执其手令起。帝见其堂户忽华敞,前所御处,皆以蟠龙锦绣覆其上。又小轩改造杰阁㉙,画栋朱栏都无幽趣。而李姥见帝至,亦匿避。宣至,则体颤不能起,无复向时调寒送暖情态。帝意不悦,为霁颜,以老娘呼之,谕以一家子无拘畏。姥拜谢,乃引帝至大楼。楼初成,师师伏地叩帝赐额。时楼前杏花盛放,帝为书"醉杏楼"三字赐之。少顷置酒,师师侍侧,姥匍匐传樽为帝寿。帝赐师师隔坐,命鼓所赐蛇跗琴,为弄《梅花三叠》。帝衔杯饮听,称善者再。然帝见所供肴馔,皆龙凤形,或镂或绘,悉如宫中式。因问之,知出自尚食房厨夫手,姥出金钱倩制者。帝亦不怿,谕姥今后悉如前,无矜张显著。遂不终席,驾返。

帝尝御画院㉚,出诗句试诸画工,中式者岁间行一二。是年九月,以"金勒马嘶芳草地,玉楼人醉杏花天"名画一幅,赐陇西氏,又赐藕丝灯、暖雪灯、芳苡灯㉛、火凤衔珠灯各十盏;鸬鹚杯、琥珀杯、琉璃盏、镂金偏提各十事㉜;月团、凤团、蒙顶等茶百斤㉝;怀饦、寒具、银馅饼数盒㉞;又赐黄白金各千两。时宫中已盛传其事。郑后闻而谏曰:"妓流下贱,不宜上接圣躬。且暮夜微行,亦恐事生叵测,愿陛下自爱。"帝颔之。阅岁者,再不复出。然通问赏赐,未尝绝也。

宣和二年,帝复幸陇西氏,见悬所赐画于醉杏楼,观玩久之，忽回顾见师师戏语曰："画中人乃呼之竟出耶？"即日，赐师师辟寒金钿、映月珠环、舞鸾青镜、金虬香鼎。次日，又赐师师端溪凤味砚^㉟、李廷珪墨^㊱、玉管宣毫笔^㊲、剡溪绫纹纸，又赐李姥钱百千缗。迪私言于上曰："帝幸陇西，必易服夜行，故不能常继。今艮岳离宫东偏有官地，袤延二三里，直接镇安坊。若于此处为潜道，帝驾往还殊便。"帝曰："汝图之。"于是迪等疏言：离宫宿卫人，向多露处，臣等愿捐赀若干，于官地营室数百楹，广筑围墙，以便宿卫。帝可其奏。于是羽林巡军等，布列至镇安坊止。而行人为之屏迹矣。

四年三月，帝始从潜道幸陇西，赐藏阄、双陆等具^㊳，又赐片玉棋盘碧白二色玉棋子，画院宫扇，九折五花之簟，鳞文蓐叶之席，湘竹绮帘五采珊瑚钩。是日帝与师师双陆不胜，围棋又不胜，赐白金二千两。嗣后师师生辰，又赐珠钿、金条脱各二事^㊴，玑琲一篋^㊵，叠锦数端，鹭毛缯翠羽缎百匹，白金千两。后又以灭辽庆贺，大赍州郡，加恩官府，乃赐师师紫绡绢幕、五彩流苏、冰蚕神锦被、却尘锦褥，麸金千两，良酝则有桂露、流霞、香蜜等名，又赐李姥大府钱万缗计。前后赐金银钱缯帛器用食物等不下十万。

帝尝于宫中集宫眷等宴坐。韦妃私问曰："何物李家儿，陛下悦之如此？"帝曰："无他。但令尔等百人改艳妆，服玄素，令此娃杂处其中，迥然自别，其一种幽姿逸韵，要在色容之外耳。"无何，帝禅位，自号为道君教主，退处太乙宫，佚游之兴，于是衰矣。师师语姥曰："吾母子嘻嘻，不知祸之将及。"姥曰："然则奈何？"师师曰："汝第勿与知,唯我所欲。"是时金人方启衅,河北告急,师师乃集前后所赐金钱,呈牒开封尹,愿入官助河北饷。复赂迪等代请于上皇,愿弃家为女冠。上皇许之,赐北郭慈云观居之。

未几,金人破汴,主帅闼嬾索师师。云金主知其名,必欲生得之。乃索累日不得,张邦昌为踪迹之^㊶,以献金营。师师骂曰:"吾以贱妓,蒙皇帝眷,宁一死无他志。若辈高爵厚禄,朝廷何负于汝?乃事事为斩灭宗社计,今又北面事丑虏,冀得一当为呈身之地^㊷,吾岂作若辈羔雁贽耶?"乃脱金簪自刺其喉,不死,折而吞之,乃死。道君帝在五国城^㊸,知师师死状,犹不自禁其涕泣之汍澜也^㊹。

论曰:李师师以娼妓下流,猥蒙异数,所谓处非其据矣。然观其晚节,烈烈有侠士风,不可谓非庸中佼佼者也。道君奢侈无度,卒召北辕之祸,宜哉。

【注释】

① 汴京东二厢永庆坊:北宋都城汴梁城划分为若干厢,每厢内有数目不等的坊。染局:负责纺织染色的机构或工场。　② 菽浆:豆浆。
③ 徽宗:赵佶(1082—1135),神宗之子,哲宗之弟。他是一位多才多艺的书画家,也是重用奸佞的昏庸皇帝。靖康元年(1126),禅位于钦宗。次年,徽、钦二宗同被金人俘虏,北宋灭亡。八年后,徽宗死于五国城。
④ 蔡京、章惇、王黼(fǔ):蔡京,徽宗时任宰相。章惇,宋哲宗时任宰相,徽宗即位后封申国公,后被贬谪。王黼,徽宗时也曾任宰相。这几人都属于著名的祸国奸佞。　⑤ 绍述:哲宗、徽宗都继续推行神宗时

代的新法,史称"绍述之政"。其实,推行新法与否,往往沦为打击异己的政治手段。　⑥ 青苗诸法:王安石变法中的一条,又称常平新法,熙宁二年(1069)实行。其本意是在青黄不接的时候救济百姓,但在执行过程中,变质为官府强制借贷的苛政。元祐元年(1086)叫停。　⑦ 长安:代指都城。　⑧ 童贯、朱勔(miǎn):童贯,徽宗时的大宦官,主管枢密院事,统领多处军事重镇。当时人嘲笑蔡京为"公相",童贯为"媪相"。朱勔,深受徽宗宠信的佞幸,大肆搜求"花石纲",祸国殃民。⑨ 内押班:内侍省宦官的官职。　⑩ 陇西氏:陇西李氏为望族,故以陇西氏代指李氏。　⑪ 紫茸:细软的毛皮。　⑫ 霞氍(dié):彩色的细棉布。　⑬ 白金:银子。廿镒:二十镒。镒,古代重量单位,二十两或二十四两。　⑭ 卑庳(bì):低矮。　⑮ 苹婆:苹果。⑯ 棐(fěi)几:香榧木做的几案。　⑰ 湢(bì)室:浴室。　⑱ 愎(bì):任性,固执。　⑲ 绨(tí):厚实光滑的丝织物。　⑳ 隐几:靠着几案。　㉑ 饽(bó)饦(tuō):傅饦,一种面食点心。　㉒ 强项:指刚强顽固。据《后汉书·酷吏列传》,董宣为洛阳令,格杀了湖阳公主的恶奴。光武帝让小宦官强压着董宣向公主叩头谢罪,他两手据地,坚决不低头。由此,董宣被称为"强项令"。　㉓ 御史里行:相当于实习,办御史的事情,非正式官职,俸禄也相对减少。　㉔ 人言籍籍:议论纷纷。　㉕ 洵是:确实是。　㉖ 实命不犹:命运比一般人差。《诗经·召南·小星》:"抱衾与裯,寔命不犹。"　㉗ 觘(yuè):黄黑色。㉘ 跗(fū):即"蚹",蛇腹下的横鳞。　㉙ 杰阁:高大的楼阁。㉚ 画院:宫廷中的绘画机构,始于五代。宋徽宗宣和时代,由于徽宗的亲自参与,画院的管理制度完备,画家水平高,"宣和画院"成为画院史上的典范。　㉛ 芳苡灯:参见《汉武洞冥记》"燃芳苡灯,光色紫,有白凤、黑龙、鼻足来,戏于阁边。"　㉜ 镂金偏提:镂金的酒壶。

㉝ 月团、凤团：唐宋时代，为便于保存运输，会把茶叶制成干燥的茶饼。茶饼形状如满月称月团，茶饼上有凤凰纹样称凤团。蒙顶：四川蒙顶山出产的茶叶。　㉞ 寒具：多用于寒食节的食品，油炸馓子。银馂饼：一种馅饼。　㉟ 端溪：溪名，在今广东肇庆，此地石头制成的端砚，是砚中上品。凤咮（zhòu）砚：泛指好砚。咮为喙。参见苏轼《凤咮砚铭》序："北苑龙焙山如翔凤下饮之状。当其咮，有石苍黑，致如玉。熙宁中，太原王颐以为砚，余名之曰凤咮。"　㊱ 李廷珪墨：李廷珪原名奚廷珪，祖籍易州（今河北易县），唐末迁居歙州。所制墨深得南唐后主李煜赏识，赐予国姓"李"。北宋庆历年间，其墨价值万钱，被誉为"天下第一品"。　㊲ 宣毫笔：宣州（今安徽宣城）出产的毛笔。㊳ 藏阄（jiū）：一方藏物，另一方猜的游戏。双陆：唐宋盛行的棋类游戏，清末失传。其形制大概为：棋盘上左右皆十二路，称为梁。白黑各十五马，用二枚骰子。各依据掷采行棋，白马自右归左，黑马自左归右。以前一梁为门，后六梁为宫。马归梁称为入宫，宫中有子则胜，无子则不胜。　㊴ 金条脱：金手镯。　㊵ 玑琲（bèi）：珠串，珠链。　㊶ 张邦昌：徽宗、钦宗时的权臣、宰相，力主对金国议和。靖康之难后，被金国立为皇帝，国号楚。后还政给宋高宗赵构，终被赐死。　㊷ 冀得一当：想获得一个机会。呈身：自荐，效忠表白。　㊸ 五国城：五国头城。辽代生女真人建立了越里吉、奥里米、剖阿里、盆奴里、越里笃五大部落，史称五国部。依兰是五国部会盟之城，被称为国头城，在今黑龙江依兰。　㊹ 汍（wán）澜：流泪。

二　侠

谢小娥传

唐 李公佐

【题解】

选自《太平广记》卷491，题注"李公佐撰"。李公佐，字颛蒙，郡望陇西。据他的传世作品《古岳渎经》《庐江冯媪》《谢小娥传》等得知，他元和年间任江淮从事、江西判官等。李公佐另有传奇名篇《南柯太守传》。他不仅自己爱听爱写传奇，还鼓动朋友写。如《李娃传》结尾，白行简就提到李公佐的鼓励。基于作品的质量和影响，鲁迅《中国小说史略》将元稹与李公佐并列为"传奇诸作者中，特有关系者"。《谢小娥传》采取了史传写法，以白描洗练的笔墨，顺序纪事；不渲染心理活动，不描绘外貌体态，也没有传神的对话细节。但是，故事本身的要素足够奇特，足够吸引人：猜谜知凶手，女扮男装隐忍多年，最终手刃仇敌。谢小娥实在是智勇双全。《新唐书》卷205《列女传》中引此篇，文字做了简化，小说人物而入正史，主要看重的是其道德力量。

小娥姓谢氏，豫章人①，估客女也。生八岁，丧母，嫁历阳侠士段居贞②。居贞负气重义，交游豪俊。小娥父畜巨产，隐名商贾间，常与段婿同舟货，往来江湖。时小娥年十四，始及笄，父与夫俱为盗所杀，尽掠金帛。段之弟兄，谢之生侄，与童仆辈数十，悉沉于江。小娥亦伤胸折足，漂流水中，为他船所获。经夕而活。因流转乞食至上元县③，依妙果寺尼净悟之室。

初，父之死也，小娥梦父谓曰："杀我者，车中猴，门东草。"又数日，复梦其夫谓曰："杀我者，禾中走，一日夫。"小娥不自解悟，常书此语，广求智者辨之，历年不能得。

至元和八年春，余罢江西从事④，扁舟东下，淹泊建业⑤，登瓦官寺阁。有僧齐物者，重贤好学，与余善，因告余曰："有孀妇名小娥者，每来寺中，示我十二字谜语，某不能辨。"余遂请齐公书于纸，乃凭槛书空，凝思默虑，坐客未倦，了悟其文。令寺童疾召小娥前至，询访其由。小娥呜咽良久，乃曰："我父及夫，皆为贼所杀。迩后尝梦父告曰：'杀我者，车中猴，门东草。'又梦夫告曰：'杀我者，禾中走，一日夫。'岁久无人悟之。"余曰："若然者，吾审详矣，杀汝父是申兰，杀汝夫是申春。且'车中猴⑥'，'车'字，去上下各一画，是'申'字，又申属猴，故曰'车中猴'；'草'下有'门'，'门'中有'东'，乃'兰'字也⑦；又'禾中走'，是穿田过，亦是'申'字也。'一日夫'者，'夫'上更一画，下有日，是'春'字也。杀汝父是申兰，杀汝夫是申春，足可明矣。"小娥恸哭再拜，书"申兰、申春"四字于衣中，誓将访杀二贼，以复其冤。娥因问余姓氏官族，垂涕而去。

尔后小娥便为男子服,佣保于江湖间,岁余,至浔阳郡[8],见竹户上有纸牓子[9],云召佣者。小娥乃应召诣门,问其主,乃申兰也。兰引归,娥心愤貌顺,在兰左右,甚见亲爱。金帛出入之数,无不委娥。已二岁余,竟不知娥之女人也。先是,谢氏之金宝锦绣,衣物器具,悉掠在兰家。小娥每执旧物,未尝不暗泣移时。

兰与春,宗昆弟也[10],时春一家住大江北独树浦,与兰往来密洽。兰与春同去经月,多获财帛而归。每留娥与兰妻梁氏同守家室[11],酒肉衣服,给娥甚丰。或一日,春携文鲤兼酒诣兰,娥私叹曰:"李君精悟玄鉴,皆符梦言,此乃天启其心[12],志将就矣。"是夕,兰与春会群贼,毕至,酣饮。暨诸凶既去,春沉醉,卧于内室,兰亦露寝于庭。小娥潜锁春于内,抽佩刀,先断兰首,呼号邻人并至。春擒于内,兰死于外,获赃收货,数至千万。初,兰、春有党数十,暗记其名,悉擒就戮。时浔阳太守张公,善娥节行,为具其事上旌表[13],乃得免死。时元和十二年夏岁也。

复父夫之仇毕,归本里,见亲属。里中豪族争求聘,娥誓心不嫁,遂剪发披褐,访道于牛头山[14],师事大士尼蒋律师[15]。娥志坚行苦,霜春雨薪,不倦筋力。十三年四月,始受具戒于泗州开元寺[16],竟以小娥为法号,不忘本也。

其年夏月,余始归长安,途经泗滨,过善义寺,谒大德尼令操。见新戒者数十,净发鲜帔,威仪雍容,列侍师之左右。中有一尼问师曰:"此官岂非洪州李判官二十三郎者乎[17]?"师曰:"然。"曰:"使我获报家仇,得雪冤耻,是判官恩德也。"顾余悲泣。余不之识,询访其由。娥对曰:

"某名小娥,顷乞食孀妇也。判官时为辨申兰、申春二贼名字,岂不忆念乎?"余曰:"初不相记,今即悟也。"娥因泣。具写记申兰、申春,复父夫之仇,志愿粗毕,经营终始艰苦之状。小娥又谓余曰:"报判官恩,当有日矣,岂徒然哉。"

嗟乎!余能辨二盗之姓名,小娥又能竟复父夫之仇冤,神道不昧,昭然可知。小娥厚貌深辞,聪敏端特,炼指跛足^⑱,誓求真如。爰自入道,衣无絮帛,斋无盐酪;非律仪禅理,口无所言。后数日,告我归牛头山。扁舟泛淮,云游南国,不复再遇。

君子曰:誓志不舍,复父夫之仇,节也;佣保杂处,不知女人,贞也。女子之行,唯贞与节,能终始全之而已,如小娥,足以徼天下逆道乱常之心^⑲,足以观天下贞夫孝妇之节。余备详前事,发明隐文^⑳,暗与冥会,符于人心。知善不录,非《春秋》之义也,故作传以旌美之。

【注释】

① 豫章:唐代豫章郡,也称洪州,今江西南昌一带。 ② 历阳:唐代历阳郡,也称和州,今安徽和县一带。 ③ 上元县:今属江苏南京。 ④ 江西从事:江南西道的属官。 ⑤ 建业:今江苏南京。 ⑥ 车:繁体字形为"車",中间是"申"字。 ⑦ 兰:繁体字形为"蘭",与字谜相应。 ⑧ 浔阳郡:唐代也称江州,在今江西九江一带。 ⑨ 纸牓子:写在纸上的告示。 ⑩ 宗昆弟:同宗的堂兄弟。 ⑪ 兰妻梁氏:谈恺刻本《太平广记》作兰氏,陈校本《太平广记》作染氏,《全唐文》作梁氏。综合常用姓及相近字形考虑,改为梁氏。 ⑫ 天启其

心:指李公佐解谜得到了上天的启示。　⑬ 旌表:官府为忠孝节义的人颁赐匾额,或者树立牌坊。　⑭ 牛头山:唐代禅宗圣地,今江苏南京牛首山。　⑮ 律师:精通戒律的僧人。　⑯ 具戒:具足戒,指正式出家。佛教要求信徒遵守清规戒律,正式剃度的比丘、比丘尼所受戒律最多。泗州:今江苏盱眙一带。　⑰ 洪州李判官:指李公佐曾担任过的江西从事,为地方大员如节度使、采访使的属官。　⑱ 炼指跋足:古代僧尼的苦修行为,以伤残肢体的舍身来证明奉佛之虔诚。⑲ 儆(jǐng):警示,警诫。逆道乱常:违逆道德,淆乱纲常。　⑳ 发明隐文:指前文所述的揭示字谜。

聂隐娘

唐 裴铏

【题解】

选自《太平广记》卷194，注"出《传奇》"。《传奇》是晚唐裴铏的小说集，另有学者考证《聂隐娘》的作者应为撰有《甘泽谣》的袁郊。《新唐书·艺文志三》著录"裴铏《传奇》三卷"，原注"高骈从事"。高骈在唐懿宗、僖宗时，做过多地的节度使、观察使等。故裴铏应在晚唐咸通、乾符年间。《聂隐娘》塑造了一位本领高强的侠女。她幼时被比丘尼师父盗走，学成绝艺，专门刺杀有罪官僚。归来后，自主择婿，自选职业，在尽职尽责之后，安排好一切，独自离去，飘然归隐。聂隐娘的一生，不追求名利，不牵绊于感情，极其潇洒而有为，在中国古代小说中，是卓然有异彩的女性形象。

聂隐娘者，唐贞元中魏博大将聂锋之女也①。年方十岁，有尼乞食于锋舍，见隐娘悦之。云："问押衙乞取此女教。"锋大怒，叱尼。尼曰："任押衙铁柜中盛，亦须偷去矣。"及夜，果失隐娘所向。锋大惊骇，令人搜寻，曾无影响。父母每思之，相对涕泣而已。

后五年，尼送隐娘归。告锋曰："教已成矣，子却领取。"尼嫩亦不见^②。一家悲喜。问其所学，曰："初但读经念咒，余无他也。"锋不信，恳诘，隐娘曰："真说又恐不信，如何？"锋曰："但真说之。"曰：隐娘初被尼挈，不知行几里。及明，至大石穴之嵌空^③，数十步，寂无居人，猿狄极多^④，松萝益邃。已有二女，亦各十岁，皆聪明婉丽，不食，能于峭壁上飞走，若捷猱登木，无有蹶失。尼与我药一粒，兼令长执宝剑一口，长二尺许，锋利，吹毛令斫^⑤。逐二女攀缘，渐觉身轻如风。一年后，刺猿狄，百无一失。后刺虎豹，皆决其首而归。三年后能飞，使刺鹰隼，无不中。剑之刃渐减五寸。飞禽遇之，不知其来也。至四年，留二女守穴，挈我于都市，不知何处也。指其人者，一一数其过曰："为我刺其首来，无使知觉。定其胆，若飞鸟之容易也。"受以羊角匕首，刀广三寸。遂白日刺其人于都市，人莫能见。以首入囊，返主人舍，以药化之为水。五年，又曰："某大僚有罪，无故害人若干。夜可入其室，决其首来。"又携匕首入室，度其门隙无有障碍，伏之梁上。至瞑，持得其首而归。尼大怒曰："何太晚如是！"某云："见前人戏弄一儿，可爱，未忍便下手。"尼叱曰："已后遇此辈，先断其所爱，然后决之。"某拜谢。尼曰："吾为汝开脑后藏匕首，而无所伤，用即抽之。"曰："汝术已成，可归家。"遂送还。云后二十年，方可一见。

锋闻语甚惧。后遇夜即失踪，及明而返。锋已不敢诘之，因兹亦不甚怜爱。忽值磨镜少年及门^⑥，女曰："此人可与我为夫。"白父，父不敢不从，遂嫁之。其夫但能淬镜，余无他能。父乃给衣食甚丰，外室而居。

数年后，父卒。魏帅稍知其异，遂以金帛署为左右吏。如此又数年。至元和间，魏帅与陈许节度使刘昌裔不协⑦，使隐娘贼其首⑧。隐娘辞帅之许。刘能神算，已知其来。召衙将，令来日早至城北，"候一丈夫、一女子，各跨白黑卫⑨。至门，遇有鹊前噪夫，夫以弓弹之，不中。妻夺夫弹，一丸而毙鹊者。揖之云：吾欲相见⑩，故远相祗迎也⑪。"

衙将受约束⑫，遇之。隐娘夫妻曰："刘仆射果神人⑬，不然者，何以洞吾也⑭，愿见刘公。"刘劳之。隐娘夫妻拜曰："合负仆射万死。"刘曰："不然，各亲其主，人之常事。魏今与许何异，顾请留此，勿相疑也。"隐娘谢曰："仆射左右无人，愿舍彼而就此，服公神明也。"知魏帅之不及刘。刘问其所须，曰："每日只要钱二百文足矣。"乃依所请。忽不见二卫所之，刘使人寻之，不知所向。后潜收布囊中，见二纸卫，一黑一白。

后月余，白刘曰："彼未知住，必使人继至。今宵请剪发，系之以红绡，送于魏帅枕前，以表不回。"刘听之。至四更却返曰："送其信了，后夜必使精精儿来杀某，及贼仆射之首。此时亦万计杀之，乞不忧耳。"刘豁达大度，亦无畏色。是夜明烛，半宵之后，果有二幡子⑮，一红一白，飘飘然如相击于床四隅。良久，见一人自空而蹈⑯，身首异处。隐娘亦出曰："精精儿已毙。"拽出于堂之下，以药化为水，毛发不存矣。

隐娘曰："后夜当使妙手空空儿继至。空空儿之神术，人莫能窥其用，鬼莫得蹑其踪。能从空虚之入冥，善无形而灭影。隐娘之艺,故不能造其境,此即系仆射之福耳。但以于阗玉周其颈[17],拥以衾,隐娘当化为蠛蠓[18],潜入仆射肠中听伺,其余无逃避处。"刘如言。至三更,瞑目未熟,果闻颈上铿然,声甚厉。隐娘自刘口中跃出。贺曰:"仆射无患矣。此人如俊鹘[19],一搏不中,即翩然远逝,耻其不中。才未逾一更,已千里矣。"后视其玉,果有匕首划处,痕逾数分。自此刘转厚礼之。

自元和八年,刘自许入觐[20]。隐娘不愿从焉,云自此寻山水,访至人,但乞一虚给与其夫[21]。刘如约。后渐不知所之。及刘薨于统军,隐娘亦鞭驴而一至京师,柩前恸哭而去。

开成年,昌裔子纵除陵州刺史[22],至蜀栈道,遇隐娘,貌若当时,甚喜相见,依前跨白卫如故。语纵曰:"郎君大灾,不合适此。"出药一粒,令纵吞之。云:"来年火急抛官归洛,方脱此祸。吾药力只保一年患耳。"纵亦不甚信,遗其缯彩,隐娘一无所受,但沉醉而去。后一年,纵不休官,果卒于陵州。自此无复有人见隐娘矣。

【注释】

① 魏博:魏博节度使,管辖魏州、博州、相州、贝州、卫州、澶州等,是河北三镇之一,大致范围在今河北南部和山东北部。 ② 欻(xū):快速。 ③ 嵌空:空凹,空阔。 ④ 猿狖(yòu):泛指猿猴。 ⑤ 刓(tuán):截断,割断。此处指将毛放在刀刃上,轻轻一吹,毛即断,说明刀刃锋利无比。 ⑥ 磨镜:唐代使用青铜镜,时间一长,镜面即模糊,

需专门的匠人来打磨。　　⑦ 陈许节度使：即忠武军节度使,辖陈州、许州等,大致范围在今河南中部。　　⑧ 贼：杀。　　⑨ 卫：驴子。　　⑩ 吾：指刘昌裔。　　⑪ 祗(zhī)迎：恭敬地迎接。　　⑫ 约束：命令。　　⑬ 刘仆射：刘昌裔的官职之一是检校右仆射。　　⑭ 洞：洞晓,明白。　　⑮ 幡子：长条形的旗子。　　⑯ 踣(bó)：跌倒。　　⑰ 于阗：西域古国,出产美玉,在今新疆和田一带。　　⑱ 蠛(miè)蠓(měng)：细小的飞虫。　　⑲ 俊鹘(hú)：矫健迅捷的鹰隼。　　⑳ 入觐：入朝廷为官。　　㉑ 虚给(jǐ)：挂名的虚衔,不用做事,可以领钱。　　㉒ 陵州：又称仁寿郡,在今四川仁寿一带。

红　线

唐　袁郊

【题解】

选自《太平广记》卷195，文末注"出《甘泽谣》"。据宋代陈振孙《直斋书录解题》，《甘泽谣》乃"唐刑部郎中袁郊撰。所记凡九条，咸通戊子自序，以其春雨泽应，故有甘泽成谣之语，遂以名其书"。由此可知，《甘泽谣》的撰成时间约在晚唐咸通九年（868）。《红线》讲述了侠女红线夜盗金盒，震慑敌对势力，消弭了战争，使两地百姓免遭荼毒的故事。红线的行为，既是报答家主薛嵩的恩情，也是"侠之大者，利国利民"的体现。

唐潞州节度使薛嵩家青衣红线者^①，善弹阮咸^②，又通经史。嵩乃俾其掌笺表，号曰内记室。时军中大宴，红线谓嵩曰："羯鼓之声，颇甚悲切，其击者必有事也。"嵩素晓音律，曰："如汝所言。"乃召而问之，云："某妻昨夜身亡，不敢求假。"嵩遽放归。

是时至德之后，两河未宁^③，以滏阳为镇^④，命嵩固守，控压山东。杀伤之余，军府草创。朝廷命嵩遣女嫁魏博节度使田承嗣男，又遣嵩男娶滑亳节度使令狐彰女^⑤。三镇交为姻娅，使使日浃往来^⑥。而田承嗣常患肺气，遇热增剧。每曰："我若移镇山东,纳其凉冷,可以延数年之命。"乃募军中武勇十倍者,得三千人,号外宅男,而厚其恤养。常令三百人夜直州宅,卜选良日,将并潞州。

嵩闻之,日夜忧闷,咄咄自语,计无所出。时夜漏将传⑦,辕门已闭⑧,杖策庭际,唯红线从焉。红线曰:"主自一月,不遑寝食。意有所属,岂非邻境乎?"嵩曰:"事系安危,非尔能料。"红线曰:"某诚贱品,亦能解主忧者。"嵩闻其语异,乃曰:"我知汝是异人,我暗昧也。"遂具告其事,曰:"我承祖父遗业,受国家重恩,一旦失其疆土,即数百年勋伐尽矣。"红线曰:"此易与耳,不足劳主忧焉。暂放某一到魏城,观其形势,觇其有无。今一更首途,二更可以复命。请先定一走马使,具寒暄书,其他即待某却回也。"嵩曰:"然事或不济,反速其祸,又如之何?"红线曰:"某之此行,无不济者。"乃入闺房,饬其行具。乃梳乌蛮髻⑨,贯金雀钗,衣紫绣短袍,系青丝轻履。胸前佩龙文匕首,额上书太一神名⑩。再拜而行,倏忽不见。

嵩乃返身闭户,背烛危坐。常时饮酒,不过数合,是夕举觥,十余不醉。忽闻晓角吟风⑪,一叶坠露,惊而起问,即红线回矣。嵩喜而慰劳曰:"事谐否?"红线曰:"不敢辱命。"又问曰:"无伤杀否?"曰:"不至是。但取床头金合为信耳。"红线曰:"某子夜前二刻⑫,即达魏城,凡历数门,遂及寝所。闻外宅儿止于房廊,睡声雷动。见中军士卒,徒步于庭,传叫风生。乃发其左扉,抵其寝帐。田亲家翁止于帐内,鼓跃酣眠⑬,头枕文犀⑭,髻包黄縠⑮,枕前露一七星剑。剑前仰开一金合,合内书生身甲子与北斗神名⑯。复有名香美珠,散覆其上。然则扬威玉帐,坦其心豁于生前;熟寝兰堂,不觉命悬于手下。宁劳擒纵,只益伤嗟。时则蜡炬烟微,炉香烬委,侍人四布,兵器交罗。或头触屏风,鼾而齁者⑰;或手持巾拂,寝而伸者。某乃拔其簪珥,縻其襦裳⑱,如病如昏,皆不能寤;遂持金合以归。出魏城西门,将行二百里,见铜台高揭⑲,漳水东流,晨鸡动野,斜月在林。忿往喜还,顿忘于行役;感知酬德,聊副于依归。所以当夜漏三时,往返七百里;入危邦一道,经过五六城。冀减主忧,敢言其苦。”

嵩乃发使入魏,遗田承嗣书曰:“昨夜有客从魏中来,云:自元帅床头获一金合,不敢留驻,谨却封纳。”专使星驰,夜半方到。见搜捕金合,一军忧疑。使者以马箠挝门⑳,非时请见。承嗣遽出,使者乃以金合授之。捧承之时,惊悚绝倒㉑。遂留使者止于宅中,狎以宴私,多其赐赍。明日,专遣使赍帛三万匹、名马二百匹、杂珍异等,以献于嵩曰:“某之首领,系在恩私。便宜知过自新,不复更贻伊戚㉒。专膺指使㉓,敢议亲姻。役当奉毂后车㉔,来在挥鞭前马。所置纪纲仆外宅儿者㉕,本防他盗,亦非异图。今并脱其甲裳,放归田亩矣。”由是一两个月内,河北、河南信使交至。

忽一日,红线辞去。嵩曰:“汝生我家,今欲安往?又方赖于汝,岂可议行?”红线曰:“某前本男子,游学江湖间,读神农药书,而救世人灾患。时里有孕妇,忽患蛊症,某以芫花酒下之,妇人与腹中二子俱毙,是某一举杀其三人。阴力见诛㉖,降为女子。使身居贱隶,气禀凡俚。幸生于公家,今十九年矣。身厌罗绮,口穷甘鲜,宠待有加,荣亦甚矣。况国家建极,庆且无疆。此即违天,理当尽弭。昨往魏邦,以是报恩。今两地保其城池,万人全其性命,使乱臣知惧,烈士谋安㉗。在某一妇人,功亦不小。固可赎其前罪,还其本形。便当遁迹尘中,栖心物外,澄清一气,生死长存。"嵩曰:"不然,以千金为居山之所。"红线曰:"事关来世,安可预谋。"

　　嵩知不可驻,乃广为饯别。悉集宾友,夜宴中堂。嵩以歌送红线酒,请座客冷朝阳为词,词曰:"采菱歌怨木兰舟,送客魂消百尺楼。还似洛妃乘雾去,碧天无际水空流。"歌竟,嵩不胜其悲。红线拜且泣,因伪醉离席,遂亡所在。

【注释】

① 潞州:今山西长治一带。薛嵩:曾任检校尚书右仆射、御史大夫、相州刺史、昭义军节度使等,封平阳郡王,为名将薛仁贵之孙。　　② 阮咸:又称阮,类似琵琶的弹拨乐器。晋代名士阮咸擅长弹奏,后世即以"阮咸"来命名该乐器。　　③ 两河未宁:河南、河北尚未安定。此时,安史之乱仍在持续,至德二载唐军刚收复洛阳。　　④ 滏阳:今河北邯郸的磁县一带。　　⑤ 滑亳:滑州、亳州,今河南滑县至安徽亳州一带。⑥ 日浃往来:经常来往。　　⑦ 夜漏将传:将要开始夜晚的打更报时。　　⑧ 辕门:军营大门。古代帝王在外驻扎,以车子作屏障,车辕相向,象征大门。后辕门引申为将帅驻地的大门。　　⑨ 乌蛮髻:西南乌蛮民族的发髻样式,盘在头顶,紧实利落,便于行动。　　⑩ 太

一神：汉代祭祀的至高神天帝，后为道教中的尊神。　⑪ 晓角吟风：风中传来拂晓时的号角声。　⑫ 子夜前二刻：古代一天分十二个时辰，每个时辰八刻。子时为半夜十一点至一点之间。　⑬ 鼓跗(fū)：翘脚。　⑭ 文犀：用有纹理的犀角制作的枕头。　⑮ 黄縠(hú)：黄纱。　⑯ 生身甲子：生辰八字。　⑰ 軃(duǒ)：此处指垂头。　⑱ 縻(mí)：拴，系。襦：短衣，短袄。裳：下裙。　⑲ 铜台高揭：铜雀台高高耸立。铜雀台为汉末曹操修建，红线由魏州回潞州，经过此处。　⑳ 马箠(chuí)：马鞭。挝(zhuā)：敲打。　㉑ 惊怛(dá)：惊恐。　㉒ 贻：留下。伊戚：烦恼。《诗经·小雅·小明》："心之忧矣，自诒伊戚。"　㉓ 膺(yīng)：接受。　㉔ 奉毂(gǔ)后车：跟随在车后侍奉。　㉕ 纪纲仆：据《左传》，晋公子重耳和夫人嬴氏归国，秦伯派三千人护卫随行，称为纪纲之仆。　㉖ 阴力见诛：被鬼神之力惩罚。　㉗ 烈士：行为壮烈的义士。

郭代公

唐 牛僧孺

【题解】

选自唐代牛僧孺《玄怪录》。牛僧孺（779—847），字思黯，临州狄道（今甘肃临洮一带）人。年轻时曾得到韩愈的赏识，后官高位显，穆宗、敬宗、文宗时都曾作宰相。中唐时期，"牛李党争"剧烈，所谓牛党，即是牛僧孺为首的官员派别。《玄怪录》本十卷，后散佚，今存辑本。《郭代公》写初唐名相郭元振未发达时，除妖救民的侠义事迹。他佯装与妖交好，趁其不备，断其手腕，又顺着血迹找到妖怪老巢，一举歼灭。这种叙事模式，后世神魔志怪小说多有借鉴。

代国公郭元振①，开元中下第②，自晋之汾③，夜行阴晦失道，久而绝远有灯火之光，以为人居也，径往投之。八九里有宅，门宇甚峻。既入门，廊下及堂下灯烛辉煌，牢馔罗列，若嫁女之家，而悄无人。公系马西廊前，历阶而升，徘徊堂上，不知其何处也。俄闻堂中东阁有女子哭声，呜咽不已。公问曰："堂中泣者，人耶，鬼耶？何陈设如此，无人而独泣？"曰："妾此乡之祠，有乌将军者，能祸福人。每岁求偶于乡人，乡人必择处女之美者而嫁焉。

妾虽陋拙，父利乡人之五百缗④，潜以应选。今夕，乡人之
女并为游宴者，到是，醉妾此室，共锁而去，以适于将军者
也。今父母弃之，就死而已，惴惴哀惧。君诚人耶，能相救
免，毕身为除扫之妇，以奉指使。"公大愤曰："其来当何
时？"曰："二更。"公曰："吾忝为大丈夫也，必力救之。
如不得，当杀身以徇汝⑤，终不使汝枉死于淫鬼之手也。"
女泣少止。于是坐于西阶上，移其马于堂北，令一仆侍立
于前，若为宾而待之。

　　未几，火光照耀，车马骈阗⑥，二紫衣吏入而复走出，
曰："相公在此。"逡巡，二黄衣吏入而出，亦曰："相公在
此。"公私心独喜："吾当为宰相，必胜此鬼矣。"既而将
军渐下，导吏复告之。将军曰："入。"有戈剑弓矢翼引以
入，即东阶下。公使仆前曰："郭秀才见。"遂行揖。将军
曰："秀才安得到此？"曰："闻将军今夕嘉礼，愿为小相
耳⑦。"将军者喜而延坐，与对食，言笑极欢。公囊中有利
刀，思取刺之，乃问曰："将军曾食鹿腊乎⑧？"曰："此地
难遇。"公曰："某有少许珍者，得自御厨，愿削以献。"将
军者大悦。公乃起，取鹿腊并小刀，因削之，置一小器，令
自取。将军喜，引手取之，不疑其他。公伺其无机，乃投其
脯，捉其腕而断之。将军失声而走，导从之吏，一时惊散。
公执其手，脱衣缠之，令仆夫出望之，寂无所见。乃启门谓
泣者曰："将军之腕已在于此矣，寻其血踪，死亦不久。汝
既获免，可出就食。"泣者乃出，年可十七八，而甚佳丽，拜
于公前曰："誓为仆妾。"公勉谕焉。天方曙，开视其手，
则猪蹄也。俄闻哭泣之声渐近，乃女之父母兄弟及乡中耆

老,相与舁榇而来⑨,将收其尸以备殡殓。见公及女,乃生人也。咸惊以问之,公具告焉。乡老共怒残其神,曰:"乌将军,此乡镇神,乡人奉之久矣,岁配以女,才无他虞。此礼少迟,即风雨雷雹为虐。奈何失路之客,而伤我明神?致暴于人,此乡何负!当杀公以祭乌将军。不尔,亦缚送本县。"挥少年将令执公。公谕之曰:"尔徒老于年,未老于事。我天下之达理者,尔众听吾言。夫神,承天而为镇也,不若诸侯受命于天子而疆理天下乎?"曰:"然。"公曰:"使诸侯渔色于国中,天子不怒乎?残虐于人,天子不伐乎?诚使尔呼将军者,真神明也,神固无猪蹄,天岂使淫妖之兽乎?且淫妖之兽,天地之罪畜也,吾执正以诛之,岂不可乎?尔曹无正人,使尔少女年年横死于妖畜,积罪动天。安知天不使吾雪焉?从吾言,当为尔除之,永无聘礼之患,如何?"乡人悟而喜曰:"愿从命。"公乃令数百人,执弓矢、刀枪、锹镬之属,环而自随,寻血而行。才二十里,血入大冢穴中。因围而斸之⑩,应手渐大如瓮口。公令束薪燃火,投入照之,其中若大室,见一大猪,无前左蹄,血卧其地,突烟走出,毙于围中。

乡人翻共相庆,会钱以酬公。公不受,曰:"吾为人除害,非鬻猎者。"得免之女辞其父母亲族曰:"多幸为人,托质血属⑪,闺闱未出,固无可杀之罪。今者贪钱五十万,以嫁妖兽,忍锁而去,岂人所宜!若非郭公之仁勇,宁有今日?是妾死于父母而生于郭公也。请从郭公,不复以旧乡为念矣。"泣拜而从公。公多歧援谕止之⑫,不获,遂纳为侧室,生子数人。

公之贵也,皆任大官之位。事已前定,虽生远地而弃焉,鬼神终不能害,明矣。

【注释】

① 郭元振(656—713):郭震,字元振,籍贯并州阳曲(今山西阳曲),生于魏州贵乡(今河北大名)。曾因《宝剑篇》得到武则天的欣赏。唐睿宗时两次拜相,封代国公,乃名相兼名将。玄宗时因"亏失军容",被配流新州(今广东新兴)。后起用为饶州(今江西鄱阳)司马,于途中病卒。

② 开元中下第:此处年号"开元"有误,郭元振于唐高宗咸亨四年(673)进士及第,玄宗开元元年(713)去世。 ③ 自晋之汾:从晋州(今山西临汾一带)到汾州(今山西介休、平遥一带)去。 ④ 缗:一千个铜钱穿成一串,五百缗是五十万钱。 ⑤ 徇汝:为你殉葬,和你一起死。 ⑥ 骈阗:盛多而聚集。 ⑦ 小相:婚礼上的傧相,"小相"是谦辞。 ⑧ 鹿腊(xī):干鹿肉。 ⑨ 舁(yú)櫬(chèn):抬着棺材。 ⑩ 斸(zhú):挖,掘。 ⑪ 托质血属:托生为有血缘关系的亲属。 ⑫ 多歧援谕:多方面援引道理。

李卫公靖

唐 李复言

【题解】

选自《太平广记》卷418，题《李靖》，注"出《续玄怪录》"。李复言《续玄怪录》，作者生平不可考，原书已佚失。宋代陈振孙《直斋书录解题》著录《玄怪录》十录，《解题》中说："又言李复言《续录》五卷。"后人多将《玄怪录》《续玄怪录》的辑本合刻在一起。《李卫公靖》的主人公，是初唐名将兼名相李靖。他少年微时，夜入龙宫，替龙行雨。这则小小的故事在民间信仰中，对于李靖由人到风雨神的转变起到了很大的作用。李靖好心办坏事，本想多下雨报答山民，没想到下得过多，导致山村全被淹没。神龙一家因此受罚，李靖却依然得到酬谢，未受任何惩罚，似乎是上天鉴别心迹、区分责任的结果。

卫国公李靖①，微时尝射猎霍山中②，寓食山村。村翁奇其为人，每丰馈焉③，岁久益厚。

忽遇群鹿，乃逐之。会暮，欲舍之不能。俄而阴晦迷路，茫然不知所归。怅怅而行，困闷益极。乃极目有灯火光，因驰赴焉。既至，乃朱门大第，墙宇甚峻。叩门久之，一人出问，公告其迷，且请寓宿。人曰："郎君皆已出，惟太夫人在，宿应不可。"公曰："试为咨白。"乃入告而出，曰："夫人初欲不许，且以阴黑，客又言迷，不可不作主人。"邀入厅中。有顷，一青衣出曰："夫人来。"年可五十余，青裙素襦，神气清雅，宛若士大夫家。公前拜之，夫人答拜，曰："儿子皆不在，不合奉留。今天色阴晦，归路又迷，此若不容，遣将何适？然此山野之居，儿子往还，或夜到而喧，勿以为惧。"公曰："不敢。"既而命食，食颇鲜美，然多鱼。食毕，夫人入宅，二青衣送床席裀褥，衾被香洁，皆极铺陈，闭户系之而去。

公独念山野之外，夜到而闹者何物也，惧不敢寝，端坐听之。夜将半，闻扣门声甚急，又闻一人应之曰："天符报，大郎子当行雨，周此山七百里，五更须足，无慢滞，无暴伤。"应者受符入呈。闻夫人曰："儿子二人未归，行雨符到，固辞不可，违时见责。纵使报之，亦已晚矣。僮仆无任专之理，当如之何？"一小青衣曰："适观厅中客，非常人也，盍请乎？"

夫人喜，因自扣厅门曰："郎觉否？请暂出相见。"公曰："诺。"遂下阶见之。夫人曰："此非人宅，乃龙宫也。妾长男赴东海婚礼，小男送妹。适奉天符，次当行雨。计两处云程，合逾万里，报之不及，求代又难，辄欲奉烦顷刻间，如何？"公曰："靖俗客，非乘云者，奈何能行雨？有方可教，即唯命耳。"夫人曰："苟从吾言，无有不可也。"遂敕黄头④："鞴青骢马来⑤。"又命取雨器，乃一小瓶子，系于鞍前。诫曰："郎乘马，无须衔勒，信其行，马蹴地嘶鸣，即取瓶中水一滴，滴马鬃上，慎勿多也。"

于是上马，腾腾而行，其足渐高，但讶其稳疾，不自知其云上也。风急如箭，雷霆起于步下。于是随所躅，辄滴之。既而电掣云开，下见所憩村，思曰："吾扰此村多矣，方德其人，计无以报。今久旱，苗稼将悴，而雨在我手，宁复惜之。"顾一滴不足濡⑥，乃连下二十滴。俄顷雨毕，骑马复归。

夫人者泣于厅曰："何相误之甚！本约一滴，何私感而二十之！天此一滴，乃地上一尺雨也。此村夜半平地水深二丈，岂复有人？妾已受谴，杖八十矣。"祖视其背，血痕满焉。"儿子并连坐，如何？"公惭怖，不知所对。夫人复曰："郎君世间人，不识云雨之变，诚不敢恨。即恐龙师来寻⑦，有所惊恐，宜速去此。然而劳烦，未有以报。山居无物，有二奴奉赠。总取亦可，取一亦可，唯意所择。"于是命二奴出来。一奴从东廊出，仪貌和悦，怡怡然。一奴从西廊出，愤气勃然，拗怒而立。公曰："我猎徒，以斗猛为事，一旦取奴而取悦者，人以我为怯乎？"因曰："两人皆取则不敢。夫人既赐，欲取怒者。"夫人微笑曰："郎之所欲乃尔。"遂揖与别，奴亦随去。出门数步，回望失宅，顾问其奴，亦不见矣。独寻路而归。及明，望其村，水已极目，大树或露梢而已，不复有人。

其后竟以兵权静寇难，功盖天下，而终不及于相⑧，岂非悦奴之不得乎？世言："关东出相，关西出将⑨。"岂东西而喻耶？所以言奴者，亦臣下之象。向使二奴皆取，位极将相矣。

【注释】

① 李靖(571—649):字药师,雍州三原(今陕西三原)人,籍贯陇西。出身于官宦世家,舅父为隋朝名将韩擒虎。他最初出仕隋朝,后效力唐朝,南征北战,功绩卓著,灭掉东突厥,大破吐谷浑。历任兵部尚书、尚书右仆射等。唐太宗时拜相,封卫国公,是凌烟阁二十四功臣之一。去世后,谥号景武,陪葬太宗昭陵。　　② 霍山:地点不可考,从李靖早年经历来看,霍山应在今陕西、山西境内。　　③ 丰馈:赠送的东西非常丰厚。④ 黄头:年轻的奴仆。　　⑤ 鞴(bèi):给马套上鞍、辔等。青骢(cōng)马:毛色青白间杂的骏马。　　⑥ 濡(rú):润湿。　　⑦ 龙师:此处指管理龙的神仙。　　⑧ 终不及于相:此说法不正确,历史上的李靖出将入相。在唐太宗时,他做尚书右仆射,参知政事。以足疾请假居家时,太宗也要求他只要病情稍好,就每三两日到门下、中书平章政事。这些都是实际上的宰相职务。　　⑨ "关东出相"两句:汉代的谚语,函谷关以东的人尚文,多出宰相;函谷关以西的人尚武,多出将军。

虬髯客

唐 杜光庭

【题解】

选自《太平广记》卷193,题为《虬髯客》,未署作者,文末注"出《虬髯传》"。其实,此文的题目和作者,均存有疑问。如《道藏》收杜光庭《神仙感遇传》,其卷4有《虬须客》,文字更简略,似为改写本;《宋史·艺文志》著录杜光庭《虬须客传》一卷;《说郛》卷34录张说《扶余国主》,其内容就是《虬髯客》;《阳山顾氏文房小说》收杜光庭撰《虬髯客传》。究竟是"虬髯客"还是"虬须客"? 究竟是杜光庭还是张说? 虽然这些信息还未完全确定,但是并不妨碍我们欣赏风尘三侠——红拂妓、李靖和虬髯客。这个故事中,似乎人人有慧眼。红拂妓识李靖,又与虬髯客彼此识;李靖、虬髯客、道兄又识李世民。识得英雄,则真心奉赞英雄。其潇洒的胸襟、磊落的气度,风采昂扬,令人神往。

隋炀帝之幸江都也①,命司空杨素守西京②。素骄贵,又以时乱,天下之权重望崇者,莫我若也,奢贵自奉,礼异人臣。每公卿入言,宾客上谒,未尝不踞床而见③,令美人捧出,侍婢罗列,颇僭于上④。末年益甚。

一日,卫公李靖以布衣来谒,献奇策。素亦踞见之。

公前揖曰:"天下方乱,英雄竞起。公为帝室重臣,须以收罗豪杰为心,不宜踞见宾客。"素敛容而起,与语大悦,收其策而退。当靖之骋辩也,一妓有殊色,执红拂,立于前,独目靖。靖既去,而拂妓临轩,指吏问曰:"去者处士第几?住何处?"吏具以对。妓颔而去。

靖归逆旅。其夜五更初,忽闻叩门而声低者,靖起问焉。乃紫衣戴帽人,杖揭一囊⑤。靖问:"谁?"曰:"妾,杨家之红拂妓也。"靖遽延入。脱衣去帽,乃十八九佳丽人也。素面华衣而拜。靖惊,答拜。曰:"妾侍杨司空久,阅天下之人多矣,未有如公者。丝萝非独生,愿托乔木,故来奔耳。"靖曰:"杨司空权重京师,如何?"曰:"彼尸居余气⑥,不足畏也。诸妓知其无成,去者众矣。彼亦不甚逐也。计之详矣,幸无疑焉。"问其姓,曰:"张。"问伯仲之次,曰:"最长。"观其肌肤、仪状、言词、气性,真天人也。靖不自意获之,益喜惧,瞬息万虑不安,而窥户者足无停屦⑦。既数日,闻追访之声,意亦非峻。乃雄服乘马⑧,排闼而去,将归太原。

行次灵石旅舍⑨,既设床,炉中烹肉且熟。张氏以发长委地,立梳床前。靖方刷马。忽有一人,中形,赤髯而虬⑩,乘蹇驴而来。投革囊于炉前,取枕欹卧,看张氏梳头。靖怒甚,未决,犹刷马。张氏熟视其面,一手握发,一手映身摇示⑪,令勿怒。急急梳头毕,敛衽前问其姓。卧客曰:"姓张。"对曰:"妾亦姓张,合是妹。"遽拜之。问第几,曰:"第三。"问妹第几,曰:"最长。"遂喜曰:"今多幸,遇一妹。"张氏遥呼曰:"李郎且来拜三兄。"靖骤拜。遂环坐。曰："煮者何肉？"曰："羊肉，计已熟矣。"客曰："饥甚。"靖出市买胡饼。客抽匕首，切肉共食。食竟，余肉乱切送驴前食之^⑫，甚速。客曰："观李郎之行，贫士也。何以致斯异人^⑬？"曰："靖虽贫，亦有心者焉。他人见问，固不言。兄之问，则无隐矣。"具言其由。曰："然则何之？"曰："将避地太原耳。"客曰："然，吾故〔疑〕非君所能致也^⑭。"曰："有酒乎？"靖曰："主人西，则酒肆也。"靖取酒一斗。酒既巡，客曰："吾有少下酒物，李郎能同之乎？"曰："不敢。"于是开革囊，取出一人头并心肝，却收头囊中，以匕首切心肝共食之。曰："此人乃天下负心者也，衔之十年，今始获，吾憾释矣。"又曰："观李郎仪形器宇，真丈夫。亦知太原之异人乎？"曰："尝见一人，愚谓之真人^⑮。其余，将相而已。""其人何姓？"曰："同姓^⑯。"曰："年几？"曰："近二十。""今何为？"曰："州将之爱子也^⑰。"曰："似矣。亦须见之。李郎能致吾一见否？"曰："靖之友刘文静者^⑱，与之狎。因文静见之可也。兄欲何为？"曰："望气者言太原有奇气^⑲，使吾访之。李郎明发，何时到太原？"靖计之，某日当到。曰："达之明日，方曙，我于汾阳桥待耳。"讫，乘驴而其行若飞，回顾已远。靖与张氏且惊惧，久之曰："烈士不欺人，固无畏。"但速鞭而行。

及期，入太原。候之相见。大喜，偕诣刘氏。诈谓文静曰："以善相^⑳，思见郎君，迎之。"文静素奇其人，一旦闻客有知人者，其心可知。遽致酒延焉。既而太宗至，不衫不履，裼裘而来^㉑，神气扬扬，貌与常异。虬髯默居坐末,见之心死。饮数杯,起招靖曰:"真天子也!"靖以告刘,刘益喜自负。既出,而虬髯曰:"吾见之,十八九定矣。亦须道兄见之。李郎宜与一妹复入京。某日午时,访我于马行东酒楼下[22]。下有此驴及一瘦骡,即我与道兄俱在其所也。"

公到,即见二乘。揽衣登楼,即虬髯与一道士方对饮,见靖惊喜,召坐。环饮十数巡,曰:"楼下柜中有钱十万。择一深隐处,驻一妹毕。某日复会我于汾阳桥。"

如期登楼,道士、虬髯已先坐矣。共谒文静,时方弈棋,揖起而语心焉[23]。文静飞书迎文皇看棋[24]。道士对弈,虬髯与靖旁立为侍者。俄而文皇来,长揖而坐。神清气朗,满坐风生,顾盼炜如也[25]。道士一见惨然,下棋子曰:"此局输矣,输矣!于此失却局,奇哉!救无路矣。知复奚言。"罢弈请去,既出,谓虬髯曰:"此世界非公世界,他方可图。勉之,勿以为念。"因共入京。虬髯曰:"计李郎之程,某日方到。到之明日,可与一妹同诣某坊曲小宅。愧李郎往复相从,一妹悬然如磬[26]。欲令新妇祇谒[27],略议从容,无令前却。"言毕,吁嗟而去。

靖亦策马遄征[28]。俄即到京,与张氏同往,乃一小板门。扣之,有应者,拜曰:"三郎令候一娘子李郎久矣。"延入重门,门益壮丽。婢三十余人,罗列于前。奴二十人,引靖入东厅。厅之陈设,穷极珍异,箱中妆奁冠镜首饰之盛[29],非人间之物。巾妆梳栉毕,请更衣,衣又珍奇。既毕,传云:"三郎来!"乃虬髯者,纱帽裼裘,有龙虎之姿。相见欢然,催其妻出拜,盖天人也。遂延中堂,陈设盘筵之盛，虽王公家不侔也。四人对坐，牢馔毕，陈女乐二十人，列奏于前，似从天降，非人间之曲度。食毕行酒。而家人自西堂舁出二十床，各以锦绣帕覆之。既呈，尽去其帕，乃文簿钥匙耳。虬髯谓曰："尽是珍宝货泉之数^㉚。吾之所有，悉以充赠。何者？某本欲于此世界求事，或当龙战三二年，建少功业。今既有主，住亦何为？太原李氏，真英主也！三五年内，即当太平。李郎以英特之才，辅清平之主，竭心尽善，必极人臣。一妹以天人之姿，蕴不世之略，从夫之贵，荣极轩裳。非一妹不能识李郎，非李郎不能荣一妹。圣贤起陆之渐^㉛，际会如期，虎啸风生，龙吟云萃，固当然也。将余之赠，以奉真主，赞功业，勉之哉！此后十余年，东南数千里外有异事，是吾得志之秋也。妹与李郎可沥酒相贺。"顾谓左右曰："李郎一妹，是汝主也。"言毕，与其妻戎装乘马，一奴乘马从后，数步不见。靖据其宅，遂为豪家，得以助文皇缔构之资，遂匡大业。

　　贞观中，靖位至仆射。东南蛮奏曰："有海贼以千艘，甲兵十万人，入扶余国^㉜，杀其主自立。国内已定。"靖知虬髯成功也。归告张氏，具礼相贺，沥酒东南祝拜之。

　　乃知真人之兴，非英雄所冀，况非英雄乎！人臣之谬思乱，乃螳螂之拒走轮耳。或曰："卫公之《兵法》，半乃虬髯所传也。"

【注释】

① 隋炀帝（569—618）：杨广，隋朝第二位皇帝，奢侈荒淫，滥用民力，

导致天下溃乱,最终被部将杀死。江都:即扬州,隋炀帝非常喜爱扬州,为了通行方便,特疏浚大运河,三次巡幸。　②司空杨素(544—606):字处道,弘农华阴人。隋朝权臣,曾任尚书令、太子太师、司徒、司空等。　③踞(jù)床:踞坐于座榻上。踞坐很不礼貌,其姿势是双脚底、臀部着座,两膝拱起。　④僭(jiàn)于上:超越了本分,不像臣子,倒像帝王。　⑤揭:举。　⑥尸居余气:也就比尸体多一口气,形容没有生机、无所作为。　⑦窥户者足无停屦(jù):门外一直有偷听偷看的人,脚步声就没停过。　⑧雄服:矫健的装扮。　⑨灵石:今山西灵石。　⑩虬:卷曲。　⑪映身:放在身后。　⑫《太平广记》为"余肉乱切炉前食之",根据通行的一些版本,改为"余肉乱切送驴前食之"。如此修改,与前文一致,"食竟"已经明确人都吃完了,再写食肉,就是明显的语意龃龉;改成驴子吃肉,更增加传奇色彩。　⑬异人:指异常美丽的红拂妓。　⑭吾故〔疑〕非君所能致也:为语意更通畅,补充"疑"字。虬髯客张三一眼就看出红拂妓不同寻常,怀疑李靖这么贫穷的小子怎么能得到她。听李靖讲了原委后,他说这句话,就相当于:怪不得呢,是人家主动私奔你的,不是你自己本领大,追求来的。　⑮真人:此处是真命天子的意思。⑯同姓:与李靖同姓。　⑰州将:李世民之父李渊此时担任太原留守。　⑱刘文静(568—619):字肇仁,京兆武功(今陕西武功)人。他协助李渊、李世民起兵反隋,屡立功劳。李渊登基后,他曾任宰相。后因谗言中伤,被李渊处斩。　⑲望气:古代的一种法术,据说通过看人、看山水环境,能察觉到特殊的气息,从而知道有异人、异宝。　⑳善相:善于相面的人。　㉑裼(xī)裘:一种服饰礼仪,袒外衣,露里面的裘衣,显示内美、表达尊敬的意思。裘为皮毛衣服。据《礼记·玉藻》,根据身份地位,不同的皮服搭配不同的外衣。如狐白裘用锦衣,羔裘豹饰用缃衣等。　　㉒ 马行（háng）：马匹市场。　　㉓ 揖起而语心：站起作揖行礼，并说明想法，此处指想见李世民。　　㉔ 文皇：唐太宗的谥号为"文"。　　㉕ 炜如：很有光彩。　　㉖ 悬然如磬：出自《国语·鲁语》"室如悬磬，野无青草，何恃而不恐？"形容家贫，一无所有，唯有房梁似悬磬。　　㉗ 新妇：虬髯客指自己的妻子。　　㉘ 遄（chuán）征：快速赶路。　　㉙ "厅之陈设……首饰之盛"，这一句《太平广记》所引文本中没有，现根据《阳山顾氏文房小说》补充，以使句意完整。　　㉚ 泉：钱币。　　㉛ 起陆之渐：《易经》的《渐》卦，以鸿雁逐渐高飞，象征稳妥前进，趋于吉祥。此处指圣贤之人的渐进发展。

㉜ 扶余国：假托的国名。公元前2世纪至494年，中国东北、朝鲜半岛北部有扶余国，与文中所说"东南方向"及贞观中灭亡不相符。

吴保安

唐 牛肃

【题解】

选自《太平广记》卷166,注"出《纪闻》"。《纪闻》原书已经佚失,据清代丁丙《善本书室藏书志》,撰者为唐代牛肃。牛肃生卒年不详,约为盛唐时代人,卒于唐代宗时。《吴保安》讲述的是:吴保安为赎友人郭仲翔,不惜弃家十年;而郭仲翔脱难后,又竭力报答吴保安。按今天的价值观衡量,吴保安有其偏颇之处,不过,其重义守诺的确非常人所及。《新唐书》亦采纳此文,为吴保安立传。

吴保安,字永固,河北人。任遂州方义尉①。其乡人郭仲翔,即元振从侄也②。仲翔有才学,元振将成其名宦。会南蛮作乱,以李蒙为姚州都督③,帅师讨焉。蒙临行,辞元振。元振乃见仲翔④,谓蒙曰:"弟之孤子,未有名宦。子姑将行,如破贼立功,某在政事,当接引之,俾其縻薄俸也⑤。"蒙诺之。仲翔颇有干用,乃以为判官,委之军事。

至蜀,保安寓书于仲翔曰:"幸共乡里,籍甚风猷⑥。虽旷不展拜⑦,而心常慕仰。吾子国相犹子⑧,幕府硕才。果以良能,而受委寄。李将军秉文兼武,受命专征,亲缩大兵⑨,将平小寇。以将军英勇,兼足下才能,师之克殄⑩,功在旦夕。保安幼而嗜学,长而专经。才乏兼人⑪,官从一尉。僻在剑外,地迩蛮陬⑫。乡国数千,关河阻隔。况此官已满,后任难期。以保安之不才,厄选曹之格限⑬。更思微禄,岂有望焉? 将归老丘园,转死沟壑。侧闻吾子,急人之忧,不遗乡曲之情,忽垂特达之眷,使保安得执鞭弭⑭,以奉周旋。录及细微,薄沾功效。承兹凯入⑮,得预末班。是吾子丘山之恩,即保安铭镂之日。非敢望也,愿为图之。唯照其款诚,而宽其造次,专策驽蹇⑯,以望招携。"仲翔得书,深感之。即言于李将军,召为管记⑰。

　　未至而蛮贼转逼,李将军至姚州,与战破之。乘胜深入,蛮覆而败之。李身死军没,仲翔为虏。蛮夷利汉财物,其没落者,皆通音耗,令其家赎之,人三十匹。保安既至姚州,适值军没,迟留未返。而仲翔于蛮中,间关致书于保安曰:"永固无恙(保安之字)。顷辱书未报,值大军已发。深入贼庭,果逢挠败。李公战没,吾为囚俘。假息偷生,天涯地角。顾身世已矣,念乡国睿然。才谢钟仪⑱,居然受絷。身非箕子⑲,且见为奴。海畔牧羊,有类于苏武⑳;宫中射雁㉑,宁期于李陵㉒。吾自陷蛮夷,备尝艰苦。肌肤毁剔,血泪满池。生人至艰,吾身尽受。以中华世族,为绝域穷囚。日居月诸,暑退寒袭。思老亲于旧国,望松槚于先茔㉓。忽忽发狂,膈臆流恸㉔,不知涕之无从。行路见吾,犹为伤愍。吾与永固,虽未披款,而乡里先达,风味相亲。想睹光仪,不离梦寐。昨蒙枉问,承间便言。李公素知足下才名,则请为管记。大军去远,足下来迟。乃足下自后于戎行，非仆遗于乡曲也。足下门传余庆，天祚积善。果事期不入，而身名并全。向若早事麾下，同参幕府，则绝域之人，与仆何异？吾今在厄，力屈计穷。而蛮俗没留，许亲族往赎。以吾国相之侄，不同众人，仍苦相邀，求绢千匹。此信通闻，仍索百缣。愿足下早附白书[25]，报吾伯父。宜以时到，得赎吾还。使亡魂复归，死骨更肉，唯望足下耳。今日之事，请不辞劳。若吾伯父已去庙堂，难可咨启，即愿足下，亲脱石父[26]，解夷吾之骖[27]；往赎华元[28]，类宋人之事。济物之道，古人犹难。以足下道义素高，名节特著，故有斯请，而不生疑。若足下不见哀矜，猥同流俗，则仆生为俘囚之竖，死则蛮夷之鬼耳。更何望哉！已矣吴君，无落吾事。"保安得书，甚伤之。

时元振已卒，保安乃为报，许赎仲翔。仍倾其家，得绢二百匹往。因住巂州[29]，十年不归。经营财物，前后得绢七百匹，数犹未至。保安素贫窭，妻子犹在遂州。贪赎仲翔，遂与家绝。每于人有得，虽尺布升粟，皆渐而积之。后妻子饥寒，不能自立，其妻乃率弱子，驾一驴，自往泸南，求保安所在，于途中粮尽，犹去姚州数百。其妻计无所出，因哭于路左，哀感行人。时姚州都督杨安居乘驿赴郡，见保安妻哭，异而访之。妻曰："妾夫遂州方义尉吴保安，以友人没蕃，丐而往赎，因住姚州，弃妾母子，十年不通音问。妾今贫苦，往寻保安，粮乏路长，是以悲泣。"安居大奇之。谓曰："吾前至驿，当候夫人，济其所乏。"既至驿，安居赐保安妻钱数千，给乘令进。

安居驰至郡，先求保安见之，执其手升堂。谓保安曰："吾常读古人书，见古人行事，不谓今日亲睹于公。何分义情深^㉚，妻子意浅，捐弃家室，求赎友朋，而至是乎？吾见公妻来，思公道义，乃心勤仁，愿见颜色。吾今初到，无物助公，且于库中假官绢四百匹，济公此用。待友人到后，吾方徐为填还。"保安喜，取其绢，令蛮中通信者持往。

向二百日，而仲翔至姚州，形状憔悴，殆非人也。方与保安相识，语相泣也。安居曾事郭尚书，则为仲翔洗沐，赐衣装，引与同坐，宴乐之。安居重保安行事，甚宠之。于是令仲翔摄治下尉。

仲翔久于蛮中，且知其款曲，则使人于蛮洞市女口十人，皆有姿色。既至，因辞安居归北，且以蛮口赠之。安居不受曰："吾非市井之人，岂待报耶？钦吴生分义，故因人成事耳。公有老亲在北，且充甘膳之资。"仲翔谢曰："鄙身得还，公之恩也。微命得全，公之赐也。翔虽瞑目，敢忘大造？但此蛮口，故为公求来。公今见辞，翔以死请。"安居难违，乃见其小女曰："公既频繁有言，不敢违公雅意。此女最小，常所钟爱。今为此女，受公一小口耳。"因辞其九人。而保安亦为安居厚遇，大获资粮而去。

仲翔到家，辞亲凡十五年矣。却至京，以功授蔚州录事参军^㉛，则迎亲到官。两岁，又以优授代州户曹参军^㉜，秩满，内忧^㉝。葬毕，因行服墓次^㉞，乃曰："吾赖吴公见赎，故能拜职养亲。今亲殁服除，可以行吾志矣。"乃行求保安。

而保安自方义尉选授眉州彭山丞^㉟。仲翔遂至蜀访之。保安秩满，不能归，与其妻皆卒于彼，权窆寺内^㊱。仲翔闻之，哭甚哀。因制衰麻^㊲，环绖加杖^㊳，自蜀郡徒跣^㊴，哭不绝声。至彭山，设祭酹毕⑩，乃出其骨，每节皆墨记之（墨记骨节，书其次第，恐葬殓时有失之也），盛于练囊。又出其妻骨，亦墨记贮于竹笼。而徒跣亲负之，徒行数千里，至魏郡⑪。

保安有一子，仲翔爱之如弟。于是尽以家财二十万，厚葬保安。仍刻石颂美。仲翔亲庐其侧，行服三年。既而为岚州长史⑫，又加朝散大夫⑬。携保安子之官，为娶妻，恩养甚至。仲翔德保安不已。天宝十二年，诣阙，让朱绂及官于保安之子以报⑭。时人甚高之。

初，仲翔之没也，赐蛮首为奴。其主爱之，饮食与其主等。经岁，仲翔思北，因逃归。追而得之，转卖于南洞。洞主严恶，得仲翔，苦役之，鞭笞甚至。仲翔弃而走，又被逐得，更卖南洞中。其洞号菩萨蛮，仲翔居中经岁，因厄复走，蛮又追而得之，复卖他洞。洞主得仲翔，怒曰："奴好走，难禁止邪？"乃取两板，各长数尺，令仲翔立于板，以钉自足背钉之，钉达于木。每役使，常带二木行。夜则纳地槛中，亲自锁闭。仲翔二足，经数年，疮方愈。木锁地槛，如此七年，仲翔初不堪其忧。保安之使人往赎也，初得仲翔之首主。展转为取之，故仲翔得归焉。

【注释】

① 遂州方义：今四川遂宁船山区一带。　② 元振：初唐名臣郭元振。
③ 姚州：剑南道姚州，在今云南姚安一带。　④ 见：引见，使……出见。　⑤ 縻薄俸：获得微薄的俸禄。　⑥ 籍甚风猷：风采出众，

名声卓著。　⑦旷不展拜：很久都没有拜谒。　⑧犹子：侄子。
⑨绾：控制，约束。　⑩克殄：胜利地消灭（敌人）。　⑪兼人：
过人之处。　⑫地迩蛮陬：靠近偏远蛮荒的地区。　⑬选曹：掌
管铨选、评定的官吏。格限：规定的资格。唐代官员的职务任期约三到
四年，连续考核及格才能转其他官职。　⑭鞭弭（mǐ）：马鞭和弓，此
处指加入幕府的军队。　⑮凯入：凯旋。　⑯专策驽骞：特意鞭
策劣马，此处是吴保安自谦，虽才能平庸，却诚心效命。　⑰管记：
古代军队中的掌书记、记室参军之类文职官员。　⑱钟仪：春秋时
楚国的官员，楚郑之战中，被俘虏并献给晋国。囚禁中，他一直戴南方
样式的帽子，弹琴也只弹楚国的音调。后被放归，成为楚晋和好的使者。
⑲箕子：商纣王的叔父，痛心于纣王无道，佯狂以泄愤，被囚禁为奴。
周武王灭商后，他率领一批故旧避往朝鲜，创立了侯国，并得到周朝的承
认。　⑳苏武：汉武帝时的中郎将，出使匈奴被扣留，誓不投降，被
罚至北海（今俄罗斯贝加尔湖）牧羊。直到十九年后，方被释放回汉朝。
㉑宫中射雁：据《汉书·苏武传》，汉使向匈奴单于追讨苏武时，说汉
朝皇帝在上林苑射中大雁，雁足上系着帛书，讲苏武等人在某大泽中。
单于惊讶不已，于是释放了苏武等人。　㉒李陵：西汉名将李广的
长孙，出征匈奴时，兵败投降。汉武帝得知消息，遂夷灭其三族。李陵
心灰意冷，遂彻底投降匈奴。　㉓望松槚（jiǎ）于先茔：无法为先人
扫墓，只能遥望想象坟上的松树、槚树。　㉔腷臆：愤懑，郁结。
㉕白书：禀告。　㉖石父：春秋时越石父被关押，晏婴在途中遇到，
解下左边的马，赎出越石父，待为上客。　㉗夷吾：春秋齐国相管仲
名夷吾。晏婴也是齐国国相，其年代晚于管仲。此处以"夷吾"代"齐
相"，指晏子。　㉘华元：春秋时宋国的大夫。宋国、郑国交战，宋
军大败，华元被俘。宋文公用一百辆战车、四百匹骏马去赎华元，东西

还没有全部送到,华元就自己逃回了宋国。　　㉙ 巂(xī)州:今四川西昌一带。　　㉚ 分义:情分,情义。　　㉛ 蔚州:今河北蔚(yù)县一带。录事参军:唐代各州、府的录事参军,负责监察、监督。㉜ 以优授代州户曹参军:以考核优等,被任命为代州户曹参军。代州,今山西代县一带。户曹参军,管户籍的州、县属官。　　㉝ 内忧:母亲去世。　　㉞ 行服墓次:在墓地穿孝服居丧。　　㉟ 眉州彭山:今四川眉山彭山区一带。丞:县丞。　　㊱ 权窆(biǎn):暂且葬在。古人死后,如果暂时不能回故乡安葬,往往将灵柩寄于寺庙,等以后有财力了,再迁葬回故乡。　　㊲ 衰(cuī)麻:粗麻布、毛边的丧服。　　㊳ 环绖(dié)加杖:头上、腰间系麻带子,拄着丧棒。　　㊴ 蜀郡:今四川成都一带。徒跣(xiǎn):赤足徒步。　　㊵ 祭酹(lèi):祭祀时以酒洒地,泛指祭奠。　　㊶ 魏郡:此处指吴保安的家乡河北一带。　　㊷ 岚州:今山西岚县一带。　　㊸ 朝散大夫:从五品下的文散官,是等级称号,非实职。　　㊹ 朱绂(fú):红色官服。

廖有方

唐 范摅

【题解】

选自《太平广记》卷167,题为《廖有方》,注"出《云溪友议》"。《新唐书·艺文志》著录"范摅《云溪友议》三卷",注曰:"咸通时,自称五云溪人。"五云溪是浙江绍兴若耶溪的别名。晚唐李咸用《悼范摅处士》:"家在五云溪畔住,身游巫峡作闲人。安车未至柴关外,片玉已藏坟土新。虽有公卿闻姓字,惜无知己脱风尘。到头积善成何事,天地茫茫秋又春。"宋代计有功《唐诗纪事》卷71记载"吴人范摅处士"。综合可知,范摅生活于唐僖宗时代,家住越州,或为吴地人,终生不曾做官。《廖有方》讲述的故事是廖有方为陌生的贫病书生料理后事,书生之妹及妹婿报恩,廖有方义不图报。

廖有方,元和乙未岁^①,下第游蜀。至宝鸡西,适公馆^②。忽闻呻吟之声,潜听而微惙也^③。乃于间室之内,见一贫病儿郎。问其疾苦行止,强而对曰:"辛勤数举^④,未偶知音。"昽眛叩头,久而复语:"唯以残骸相托。"余不能言。拟求救疗,是人俄忽而逝。遂贱鬻所乘鞍马于村豪,备棺瘗之,恨不知其姓字。苟为金门同人^⑤,临歧凄断。

复为铭曰⑥："嗟君殁世委空囊，几度劳心翰墨场。半面为君申一恸，不知何处是家乡。"

后廖君自西蜀回，取东川路，至灵龛驿。驿将迎归私第⑦。及见其妻，素衣，再拜呜咽，情不可任，徘徊设辞，有同亲懿⑧。淹留半月，仆马皆饫。掇熊虎之珍，极宾主之分。有方不测何缘，悚惕尤甚。临别，其妻又悲啼，赠赆缯锦一驮⑨，其价值数百千。驿将曰："郎君今春所葬胡绾秀才，即某妻室之季兄也。"始知亡者姓字。复叙平生之吊，所遗物终不纳焉。少妇及夫，坚意拜上。有方又曰："仆为男子，粗察古今。偶然葬一同流，不可当兹厚惠。"遂促辔而前。驿将奔骑而送。复逾一驿，尚未分离。廖君不顾其物，驿将执袂。各恨东西⑩，物乃弃于林野。乡老以义事申州。州将以表奏朝廷。文武宰寮，愿识有方，共为导引。

明年，李逢吉知举，有方及第，改名游卿，声动华夷，皇唐之义士也。其主驿戴克勤，堂帖本道节度⑪，甄升至于极职⑫。克勤名义，与廖君同远矣。

【注释】

① 元和乙未岁：唐宪宗元和十年，815年。 ② 公馆：驿站。 ③ 惙（chuò）：同"辍"，停止，指呻吟声断断续续。 ④ 数举：数次参加科举考试。 ⑤ 金门同人：同为参加科举、求功名的人。金门，汉代宫廷的金马门，才学之士在此待诏，等候重用。 ⑥ 铭：墓志铭。唐代墓志散文部分为死者传记，记录姓名、籍贯、生平事迹等；韵文部分为

墓志铭,表达悼念之情,刻于石上,放在墓中。　　⑦ 驿将:管理驿站的军官。　　⑧ 亲懿:至亲。　　⑨ 赠赆(jìn):分别时赠送给旅人路费、礼物。　　⑩ 各恨东西:遗憾地各奔东西。　　⑪ 堂帖:唐代宰相签押下达的文书。本道节度:所在道的节度使。　　⑫ 甄升:晋升。极职:最高职位。

义　侠

唐　皇甫氏

【题解】

选自《太平广记》卷195，注"出《原化记》"。宋代《秘书省续编到四库阙书目》《绀珠集》等记载，皇甫氏撰《原化记》。此书已佚失，皇甫氏也无考。《义侠》讲述了一个独特的侠义故事：仕人好意放走一贼，贼后来做了县令，为了不报恩，欲杀仕人。他聘请的杀手得知真相后，反把忘恩负义的雇主县令杀死。这个故事颇能体现侠以"义"为本。

顷有仕人为畿尉①，常任贼曹②。有一贼系械，狱未具③。此官独坐厅上，忽告曰："某非贼，颇非常辈。公若脱我之罪，奉报有日。"此公视状貌不群，词采挺拔，意已许之，佯为不诺。夜后，密呼狱吏放之，仍令狱卒逃窜。既明，狱中失囚，狱吏又走，府司谴罚而已。

后官满，数年客游，亦甚羁旅。至一县，忽闻县令与所放囚姓名同。往谒之，令通姓字。此宰惊惧，遂出迎拜，即所放者也。因留厅中，与对榻而寝。欢洽旬余，其宰不入宅。

忽一日归宅。此客遂如厕。厕与令宅，唯隔一墙。

客于厕室,闻宰妻问曰:"公有何客,经于十日不入?"宰曰:"某得此人大恩,性命昔在他手,乃至今日,未知何报。"妻曰:"公岂不闻,大恩不报,何不看时机为?"令不语,久之乃曰:"君言是矣。"此客闻已,归告奴仆,乘马便走,衣服悉弃于厅中。

至夜,已行五六十里,出县界,止宿村店。仆从但怪奔走,不知何故。此人歇定,乃言此贼负心之状。言讫吁嗟。奴仆悉涕泣之次。忽床下一人,持匕首出立。此客大惧。乃曰:"我义士也,宰使我来取君头,适闻说,方知此宰负心。不然,枉杀贤士。吾义不舍此人也。公且勿睡,少顷,与君取此宰头,以雪公冤。"此人怕惧愧谢。此客持剑出门如飞。二更已至,呼曰:"贼首至。"命火观之,乃令头也。剑客辞诀,不知所之。

【注释】

① 畿尉:京城或者京城附近县的县尉。　② 贼曹:司法参军,负责执法理狱、督捕盗贼等。　③ 狱未具:尚未判刑入狱。

义　激

唐　崔蠡

【题解】

出自《全唐文》卷718。崔蠡，字越卿，中唐人。其仕宦经历约从元和至大和年间，历任礼部侍郎、华州刺史、平卢军节度使等。《义激》所讲述的蜀妇人复仇之事，应该是当时真实发生的，颇引发了一些影响。陇西李端言首先作传，崔蠡随后作此文，以示表彰。皇甫氏《原化记》之《崔慎思》，薛用弱《集异记》之《贾人妻》，与此文情节相似，或许都是对同一事源的改写。比较来看，《义激》之蜀妇人混迹市井、竭力隐忍，描写得更真实可信。《崔慎思》《贾人妻》则多了些艺术加工，如刻意描写美丽外貌、衣饰等，反而使人物行为不符合逻辑。

长安里中多空舍，有妇人佣以居者。始来，主人问其姓，则曰："生三岁，长于人①。及长，闻父母逢岁饥，不能育，弃之涂②。故姓不自知。"视其貌，常人也；视其服，又常人也。归主人居，佣无有阙，亦常佣居之妇人也。旦暮多闭关，虽居如无人。居且久，又无有称宗族故旧来讯问者。故未自道，终莫有知其实者焉。凡为左右前后邻者，皆疑其为他。且窥见其饮食动息，又与里中无有异。唯是织纴缄绗③，妇人当工者，皆不为。罕有得与言语者。其色庄，其气颛④，庄颛之声四驰，虽里中男子狂而少壮者，无敢侮。

居一岁，惧人之大我异也⑤，遂归于同里人。其夫问所自，其云如对主人之词。观其付夫之意，似没身不敢贰者。其夫自谓得妻也，所付亦如妇人付之之意。既生一子，谓妇人所付愈固，而不萌异虑。是后则忽有所如往，宵漏半而去⑥，未辨色来归⑦，于再于三。其夫疑有以动其心者，怒愿去之。以有其子，子又乳也，尚依违焉⑧。妇人前志不衰。

他夜既归，色甚喜，若有得者。及诘之，乃举先置人首于囊者，撤其囊，面如生。其夫大恐，恚且走⑨。妇人即卑下辞气，和貌怡色，言且前曰："我生于蜀，长于蜀，父为蜀小吏，有罪，非死罪也，法当笞。遇在位而酷者，阴以非法绳之，卒弃市。当幼，力不任其心，未果杀。今长矣，果杀之，力符其心者也。愿无骇。"又执其子曰："尔渐长，人心渐贱尔，曰其母杀人，其子必无状。既生之，使其贱之，非勇也。不如杀而绝。"遂杀其子，而谢其夫曰："勉仁与义也，无先己而后人也。异时子遇难，必有以报者。"辞已，与其夫决。既出户，望其疾如翼而飞云。

按：蜀妇人求复父仇有年矣，卒如心，又杀其子，捐其夫，子不得为恩⑩，夫不得为累。推之于孝，斯孝已；推之于义，斯义已。孝且义已，孝妇人也。自国初到于今，仅二百年，忠义孝烈妇人女子，其事能使千万岁无以过，孝有高愍女、庚义妇、杨烈妇⑪，今蜀妇人宜与三妇人齿。前以陇西李端言始异之作传。传备，博陵崔蠡又作文，目其题曰《义激》，将与端言共激诸义而感激者。蜀妇人在长安凡三年，来于贞元二十年，嫁于二十一年，去于元和初。

【注释】

① 长于人：由别人抚育长大。　② 涂：通"途"，道路。　③ 织纴绒缬（xiè）：纺织、缝纫等。　④ 颛（zhuān）：同"专"，不旁骛，不分散，指端庄严肃。　⑤ 惧人之大我异：担心别人觉得我太奇怪。⑥ 宵漏半：夜半。　⑦ 未辨色：天不亮。　⑧ 依违：依从和违背，指犹豫不决。　⑨ 恚（huì）：恼怒。　⑩ 子不得为恩：儿子不用报恩。唐代的伦理观念是孝敬父母乃天经地义，父母因故杀子也是允许的。《李娃传》中荥阳公打杀不成器的儿子，《义激》中蜀妇人不希望儿子为母所累而杀子，作者对这些行为都没有任何异议。　⑪ 高愍女、庚义妇、杨烈妇：参见李翱《高愍女碑》《杨烈妇传》，和《新唐书·列女传》。庚义妇事迹暂不详。

三 变

张 逢

唐 李复言

【题解】

选自《太平广记》卷429，注"出《续玄怪录》"。《张逢》这个故事中，张逢只是在草地上打几个滚，睡了一觉，就变成了老虎。他再变成人，也是回到那块草地，打几个滚，就一切如旧。这个过程中，他变虎，似乎就为了吃掉郑录事，而且此行为完全不由自主。结合唐代的宗教观念，或许可以做善恶因果方面的解释。但此文并无意进行说教，就是讲一则奇闻而已。

南阳张逢，贞元末，薄游岭表①，行次福州福唐县横山店②。时初霁，日将暮，山色鲜媚，烟岚霭然。策杖寻胜，不觉极远。忽有一段细草，纵广百余步，碧蔼可爱。其旁有一小树，遂脱衣挂树，以杖倚之，投身草上，左右翻转。既而酣睡，若兽蹑然③。意足而起，其身已成虎也，文彩烂然。自视其爪牙之利，胸膊之力，天下无敌。遂腾跃而起，越山超壑，其疾如电。

夜久颇饥，因傍村落徐行，犬彘驹犊之辈，悉无可取。

意中恍惚,自谓当得福州郑录事④,乃旁道潜伏。未几,有人自南行,乃候吏迎郑者。见人问曰:"福州郑录事名璠,计程当宿前店,见说何时发?"来人曰:"吾之主人也。闻其饰装,到亦非久。"候吏曰;"只一人来,且复有同行?吾当迎拜时,虑其误也。"曰:"三人之中,绀绿者是⑤。"

其时逢方伺之,而彼详问,若为逢而问者。逢既知之,攒身以俟之⑥。俄而郑到,导从甚众,衣绀绿,甚肥,昂昂而来。适到,逢衔之,走而上山。时天未曙,人虽多,莫敢逐。得恣食之,唯余肠、发。

既而行于山林,孑然无侣。乃忽思曰:"我本人也,何乐为虎,自囚于深山,盍求初化之地而复焉?"乃步步寻求,日暮方到其所。衣服犹挂,杖亦在,细草依然。翻复转身于其上,意足而起,即复人形矣。

于是衣衣策杖而归,昨往今来,一复时矣。初,其仆夫惊失乎逢也,访之于邻,或云策杖登山。多岐寻之,杳无形迹。及其来,惊喜问其故。逢绐之曰:"偶寻山泉,到一山院,共谈释教⑦,不觉移时。"仆夫曰:"今旦侧近有虎,食福州郑录事,求余不得。山林故多猛兽,不易独行,郎之未回,忧负实极。且喜平安无他。"逢遂行。

元和六年,旅次淮阳⑧,舍于公馆。馆吏宴客,坐有为令者曰⑨:"巡若到⑩,各言己之奇事,事不奇者罚。"巡到逢,逢言横山之事。末坐有进士郑遐者,乃郑璠之子也,怒目而起,持刀将杀逢,言复父仇,众共隔之。遐怒不已,遂入白郡将。于是送遐南行,敕津吏勿复渡⑪。

使逢西迈,且劝改名以避之。

或曰："闻父之仇,不可以不报。然此仇非故杀,若必死杀逢,遏亦当坐⑫。"遂遁去而不复其仇焉。吁!亦可谓异矣。

【注释】

① 薄游岭表:在岭南地区漫游。　② 福州福唐县:今福建福清。横山,据《闽侯县志·山川》记载:"横山在嘉崇里,城南二里。西南为惠泽山,一名独山。"横山店,横山的驿站。　③ 若兽矔(niǎn)然:像野兽那样伸张四肢、翻滚身体。　④ 录事:录事参军,州府负责监察的属官。　⑤ 缪(cǎn)绿:惨绿,此处指浅绿色衣服。　⑥ 攒(cuán)身:蜷缩身体以隐藏。　⑦ 释教:佛教,此称呼源自教祖之名释迦牟尼。　⑧ 淮阳:今河南周口一带。　⑨ 为令者:酒席游戏,推举一人为令官,主持行酒令。　⑩ 巡:巡酒,宴席上依次敬酒。　⑪ 津吏:负责渡口事务的小吏。　⑫ 坐:定罪。

李　徵

唐　张读

【题解】

　　选自《太平广记》卷427，注"出《宣室志》"。《新唐书·艺文志》著录"张读《宣室志》十卷"，又录"张读《建中西狩录》十卷"，注曰："字圣用，僖宗时吏部侍郎。"《新唐书·张荐传附张读传》，"字圣用，幼颖解。大中时第进士，郑薰辟署宣州幕府，累迁礼部侍郎。中和初为吏部，选牒精允。调者丐留二年，诏可，榜其事曹门。后兼弘文馆学士，判院事。卒。"又，宋末元初马端临《文献通考》"小说家"记载："《宣室志》十卷晁氏曰：唐张读圣朋〔用〕撰，纂辑仙鬼灵异事。名曰宣室志者，取汉文召见贾生论鬼神之义。苗台符为之序。"《李徵》讲述不得志的士人李徵化成老虎，遇到故人时，按捺虎性，托付家人和文稿。这不仅是个奇特的变形故事，还有对怀才不遇的深切同情。

　　陇西李徵，皇族子，家于虢略①。徵少博学，善属文。弱冠，从州府贡焉，时号名士。天宝十载春，于尚书右丞杨没榜下登进士第②。后数年，调补江南尉。徵性疏逸，恃才倨傲，不能屈迹卑僚。尝郁郁不乐，每同舍会，既酣，顾谓其群官曰："生乃与君等为伍耶！"其僚佐咸嫉之。及谢秩，则退归闭门，不与人通者近岁余。

后迫衣食，乃具妆东游吴楚之间，以干郡国长吏。吴楚人闻其声固久矣。及至，皆开馆以俟之，宴游极欢。将去，悉厚遗以实其囊橐。徵在吴楚且周岁，所获馈遗甚多。西归虢略，未至，舍于汝坟逆旅中③。忽被疾发狂，鞭捶仆者，仆者不胜其苦。如是旬余，疾益甚。无何，夜狂走，莫知其适。家僮迹其去而伺之，尽一月而徵竟不回。于是仆者驱其乘马，挈其囊橐而远遁去。

至明年，陈郡袁傪以监察御史奉诏使岭南，乘传至商於界④。晨将发，其驿者白曰："道有虎暴而食人，故过于此者，非昼而莫敢进。今尚早，愿且驻车，决不可前。"傪怒曰："我天子使，众骑极多，山泽之兽能为害耶？"遂命驾去。行未尽一里，果有一虎自草中突出。傪惊甚。俄而虎匿身草中，人声而言曰："异乎哉，几伤我故人也！"

傪聆其音似李徵。傪昔与徵同登进士第，分极深，别有年矣。忽闻其语，既惊且异，而莫测焉。遂问曰："子为谁？得非故人陇西子乎？"虎呻吟数声，若嗟泣之状。已而谓傪曰："我李徵也。君幸少留，与我一语。"傪即降骑，因问曰："李君，李君，何为而至是也？"虎曰："我自与足下别，音问旷阻且久矣。幸喜得无恙乎，今又去何适？向者见君，有二吏驱而前，驿隶挈印囊以导，庸非为御史而出使乎？"傪曰："近者幸得备御史之列，今乃使岭南。"

虎曰："吾子以文学立身，位登朝序，可谓盛矣。况宪台清峻⑤，分纠百揆⑥，圣明慎择，尤异于人。心喜故人居此地,甚可贺。"俦曰:"往者吾与执事同年成名⑦,交契深密,异于常友。自声容间阻,时去如流,想望风仪,心目俱断。不意今日,获君念旧之言,虽然,执事何为不我见,而自匿于草莽中? 故人之分,岂当如是耶? "虎曰:"我今不为人矣,安得见君乎? "俦即诘其事。

虎曰:"我前身客吴楚,去岁方还。道次汝坟,忽婴疾发狂走山谷中⑧。俄以左右手据地而步,自是觉心愈狠,力愈倍。及视其肱髀⑨,则有厘毛生焉。又见冕衣而行于道者、负而奔者、翼而翔者、毳而驰者,则欲得而啖之。既至汉阴南,以饥肠所迫,值一人腯然其肌⑩,因擒以咀之立尽,由此率以为常。非不念妻孥、思朋友,直以行负神祇,一日化为异兽,有腼于人,故分不见矣。嗟夫! 我与君同年登第,交契素厚,今日执天宪,耀亲友,而我匿身林薮,永谢人寰,跃而吁天,俯而泣地,身毁不用,是果命乎? "因呼吟咨嗟,殆不自胜,遂泣。

俦且问曰:"君今既为异类,何尚能人言耶? "虎曰:"我今形变而心甚悟,故有撞突⑪,以悚以恨,难尽道耳。幸故人念我,深恕我无状之咎,亦其愿也。然君自南方回车,我再值君,必当昧其平生耳。此时视君之躯,犹吾机上一物⑫。君亦宜严其警从以备之,无使成我之罪,取笑于士君子。"

又曰:"我与君真忘形之友也,而我将有所托,其可乎? "俦曰:"平昔故人,安有不可哉? 恨未知何如事,愿尽教之。"虎曰:"君不许我,我何敢言? 今既许我,岂有隐耶? 初我于逆旅中,为疾发狂。既入荒山,而仆者驱我乘马衣囊悉逃去。吾妻孥尚在虢略，岂念我化为异类乎？君若自南回，为赍书访妻子，但云我已死，无言今日事。幸记之！"又曰："吾于人世且无资业，有子尚稚，固难自谋。君位列周行[13]，素秉夙义，昔日之分，岂他人能右哉？必望念其孤弱，时赈其乏，无使殍死于道途[14]，亦恩之大者。"言已又悲泣。傪亦泣曰："傪与足下休戚同焉，然则足下子亦傪子也，当力副厚命，又何虞其不至哉？"

虎曰："我有旧文数十篇未行于代，虽有遗稿，尽皆散落，君为我传录，诚不敢列人之阃，然亦贵传于子孙也。"傪即呼仆命笔，随其口书，近二十章，文甚高，理甚远，傪阅而叹者再三。虎曰："此吾平生之素也，安敢望其传乎？"又曰："君衔命乘传，当甚奔迫。今久留驿隶，兢悚万端。与君永诀，异途之恨，何可言哉？"傪亦与之叙别，久而方去。

傪自南回，遂专命持书及赗赙之礼[15]，寄于徵子。月余，徵子自虢略来京诣傪门，求先人之柩。傪不得已，具疏其事。后傪以己俸均给徵妻子，免饥冻焉。傪后官至兵部侍郎。

【注释】

① 虢略：虢国地界，今河南嵩县一带。　② 杨没：天宝十二载礼部侍郎阳浚知贡举。疑"杨没"为"阳浚"之误。又《登科记考》卷9列李徵、袁傪为天宝十五载进士。当然，小说不必与历史完全一致。

③ 汝坟：汝河岸边，今河南境内。　④ 乘传（zhuàn）：乘坐驿站的

马车。商於界：商（今陕西商县一带）、於（今河南西峡一带）之间的地区。　　⑤宪台：御史的官署，御史台。　　⑥百揆：百官。　　⑦执事：管事的人，不直接说对方的名字，以示尊敬，犹如"您"。　　⑧婴疾：患病。　　⑨肱（gōng）髀（bì）：上臂和大腿。　　⑩腯（tú）然：肥胖。　　⑪摚（chēng）突：冲撞。　　⑫机：通"几"，几案。　　⑬周行（háng）：周朝官员的行列，指朝官。　　⑭殍（piǎo）：饿死。　　⑮赗（fèng）赙（fù）：助人办丧事而赠送的财物。

薛　伟

唐 李复言

【题解】

选自《太平广记》卷471,注"出《续玄怪录》"。《薛伟》讲述了人灵魂出窍,变成大鱼,而眼睁睁看着鱼被钓起、被宰杀,对一切都无能为力。薛伟从鱼的角度体会了世界,再回复成人,即同情鱼之任人宰割的命运,不再吃鲙。

薛伟者,乾元元年任蜀州青城县主簿①,与丞邹滂、尉雷济、裴寮同时。

其秋,伟病七日,忽奄然若往者②,连呼不应,而心头微暖。家人不忍即殓,环而伺之。经二十日,忽长吁起坐,谓其人曰:"吾不知人间几日矣?"曰:"二十日矣。"曰:"即与我觑群官,方食鲙否③?言吾已苏矣,甚有奇事,请诸公罢箸来听也。"仆人走视群官,实欲食鲙,遂以告,皆停餐而来。

伟曰:"诸公敕司户仆张弼求鱼乎?"曰:"然。"又问弼曰:"渔人赵幹藏巨鲤,以小者应命。汝于苇间得藏者,携之而来。方入县也,司户吏坐门东,纠曹吏坐门西,方弈棋。入及阶,邹、雷方博,裴啖桃实。弼言幹之藏巨鱼也,裴五令鞭之,既付食工王士良者,喜而杀之,皆然乎?"递相问,诚然。众曰:"子何以知之?"曰:"向杀之鲤,我也。"众骇曰:"愿闻其说。"

曰:"吾初疾困,为热所逼,殆不可堪。忽闷,忘其疾,恶热求凉,策杖而去,不知其梦也。既出郭,其心欣欣然,若笼鸟槛兽之得逸,莫我如也。渐入山,山行益闷,遂下游于江畔。见江潭深净,秋色可爱,轻涟不动,镜涵远空。忽有思浴意,遂脱衣于岸,跳身便入。自幼狎水,成人已来,绝不复戏,遇此纵适,实契宿心。且曰:'人浮不如鱼快也,安得摄鱼而健游乎④?'旁有一鱼:'顾足下不愿耳。正授亦易,何况求摄? 当为足下图之。'决然而去。未顷,有鱼头人长数尺,骑鲵来导,从数十鱼,宣河伯诏曰:'城居水游,浮沉异道,苟非其好,则昧通波。薛主簿意尚浮深,迹思闲旷。乐浩汗之域,放怀清江;厌嶻嶭之情⑤,投簪幻世⑥。暂从鳞化,非遽成身,可权充东潭赤鲤。呜呼!恃长波而倾舟,得罪于晦⑦;昧纤钩而贪饵,见伤于明⑧。无或失身,以羞其党,尔其勉之。'

"听而自顾,即已鱼服矣。于是放身而游,意往斯到,波上潭底,莫不从容,三江五湖,腾跃将遍。然配留东潭,每暮必复。俄而饥甚,求食不得,循舟而行,忽见赵幹垂钓,其饵芳香,心亦知戒,不觉近口,曰:'我人也,暂时为鱼,不能求食,乃吞其钩乎?'舍之而去。有顷,饥益甚。思曰:'我是官人,戏而鱼服。纵吞其钩,赵幹岂杀我?固当送我归县耳。'遂吞之。赵幹收纶以出。幹手之将及也,伟连呼之。幹不听,而以绳贯我腮,乃系于苇间。

"既而张弼来,曰:'裴少府买鱼⑨,须大者。'幹曰:'未得大鱼,有小者十余斤。'弼曰:'奉命取大鱼,安用小者。'乃自于苇间寻得伟而提之。

"又谓弼曰:'我是汝县主簿,化形为鱼游江,何得不拜我?'弼不听,提之而行。骂之不已,弼终不顾。入县门,见县吏坐者弈棋,皆大声呼之,略无应者。唯笑曰:'可畏鱼,直三四斤余。'

"既而入阶,邹、雷方博,裴啖桃实,皆喜鱼大,促命付厨。弼言幹之藏巨鱼,以小者应命。裴怒鞭之。我叫诸公曰:'我是公同官,今而见擒,竟不相舍,促杀之,仁乎哉?'大叫而泣。三君不顾而付鲙手。王士良者,方持刃,喜而投我于机上。我又叫曰:'王士良,汝是我之常使鲙手也,因何杀我?何不执我白于官人?'士良若不闻者,按吾颈于砧上而斩之。彼头适落,此亦醒悟。遂奉召尔。"

诸公莫不大惊,心生爱忍。然赵幹之获、张弼之提、县司之弈吏、三君之临阶、王士良之将杀,皆见其口动,实无闻焉。于是,三君并投鲙,终身不食。伟自此平愈。后累迁华阳丞,乃卒。

【注释】

① 乾元元年:758年,唐肃宗的年号。主簿:负责县里的文书事务。
② 奄然若往者:昏沉如死去。　③ 鲙:同"脍",细切的鱼肉。　④ 摄:假借,代理。　⑤ 嶮(yǎn)崿(è):山峰。　⑥ 投簪:丢弃固定冠的簪子,指弃官。　⑦ 得罪于晦:在昏暗的时候犯罪过,借波涛倾覆

船只,即使不知道的情况下,也是犯罪。　⑧ 见伤于明:在明白的时候被伤害。知道是钩还要吞,就是明摆着要受害。　⑨ 少府:唐代县令称明府,县尉称少府。

四　仙

杜子春

唐　李复言

【题解】

　　选自《太平广记》卷16，注"出《续玄怪录》"。《杜子春》是一则试炼故事，其原型为《大唐西域记》中的"烈士池"。主人公杜子春先以对待钱财的态度，通过了老人的选拔。继而在炼丹炉前，通过了一个个严酷的考验。自家性命和妻子，杜子春全都不在乎。但是，转世为女人后，在丈夫摔死孩子时，他痛苦出声，导致炼丹失败。如老道人所说"所未臻者，爱而已"。这个故事发人深思，喜怒哀惧恶欲爱，哪个才是我们自己的坎儿？

　　杜子春者，盖周、隋间人。少落拓，不事家产，然以志气闲旷，纵酒闲游。资产荡尽，投于亲故，皆以不事事见弃^①。方冬，衣破腹空，徒行长安中，日晚未食，彷徨不知所往。于东市西门，饥寒之色可掬，仰天长吁。有一老人策杖于前，问曰："君子何叹？"子春言其心，且愤其亲戚之疏薄也，感激之气，发于颜色。老人曰："几缗则丰用？"子春曰："三五万则可以活矣。"老人曰："未也，更言之。""十万。"曰："未也。"乃言百万。曰："未也。"曰："三百万。"乃曰："可矣。"于是袖出一缗，曰："给子今夕，明日午时，候子于西市波斯邸②，慎无后期。"及时，子春往，老人果与钱三百万，不告姓名而去。

子春既富，荡心复炽。自以为终身不复羁旅也，乘肥衣轻，会酒徒，征丝管，歌舞于倡楼，不复以治生为意。一二年间，稍稍而尽。衣服车马，易贵从贱，去马而驴，去驴而徒，倏忽如初。

既而复无计，自叹于市门。发声而老人到，握其手曰："君复如此，奇哉！吾将复济子，几缗方可？"子春惭不应，老人因逼之，子春愧谢而已。老人曰："明日午时，来前期处。"子春忍愧而往，得钱一千万。未受之初，愤发，以为从此谋身治生，石季伦、猗顿小竖耳③。钱既入手，心又翻然，纵适之情，又却如故。不一二年间，贫过旧日。

复遇老人于故处，子春不胜其愧，掩面而走。老人牵裾止之，又曰："嗟乎拙谋也。"因与二千万，曰："此而不痊，则子贫在膏肓矣。"子春曰："吾落拓邪游，生涯罄尽，亲戚豪族，无相顾者，独此叟三给我，我何以当之？"因谓老人曰："吾得此，人间之事可以立，孤孀可以衣食，于名教复圆矣。感叟深惠，立事之后，唯叟所使。"老人曰："吾心也。子治生毕，来岁中元，见我于老君双桧下。"

子春以孤孀多寓淮南，遂转资扬州，买良田百顷，郭中起甲第，要路置邸百余间，悉召孤孀，分居第中。婚嫁甥侄，迁袝旅榇④。恩者煦之，仇者复之。

既毕事，及期而往。老人者方啸于二桧之阴，遂与登华山云台峰。入四十里余，见一处室屋严洁，非常人居，彩云遥覆，鸾鹤飞翔其上。有正堂，中有药炉，高九尺余，紫焰光发，灼焕窗户。玉女九人，环炉而立。青龙白虎，分据前后。其时日将暮，老人者不复俗衣，乃黄冠绛帔士也⑤。持白石三丸、酒一卮，遗子春，令速食之讫。取一虎皮铺于内西壁，东向而坐，戒曰："慎勿语，虽尊神、恶鬼、夜叉、猛兽、地狱，及君之亲属为所困缚，万苦皆非真实，但当不动不语，宜安心莫惧，终无所苦。当一心念吾所言。"言讫而去。子春视庭，唯一巨瓮，满中贮水而已。

道士适去，旌旗戈甲，千乘万骑，遍满崖谷，呵叱之声，震动天地。有一人称大将军，身长丈余，人马皆着金甲，光芒射人。亲卫数百人，皆杖剑张弓，直入堂前，呵曰："汝是何人，敢不避大将军！"左右竦剑而前，逼问姓名，又问作何物，皆不对。问者大怒，摧斩争射之声如雷，竟不应。将军者极怒而去。

俄而猛虎、毒龙、狻猊、狮子、蝮蝎万计，哮吼拿攫而争前，欲搏噬，或跳过其上。子春神色不动，有顷而散。

既而大雨滂澍，雷电晦暝，火轮走其左右，电光掣其前后，目不得开。须臾，庭际水深丈余，流电吼雷，势若山川开破，不可制止。瞬息之间，波及坐下。子春端坐不顾，未顷而散。

将军者复来，引牛头狱卒，奇貌鬼神，将大镬汤而置子春前，长枪刀叉，四面周匝，传命曰："肯言姓名即放，不肯言，即当心叉取置之镬中。"又不应。因执其妻来，拽于阶下，指曰："言姓名免之。"又不应。乃鞭捶流血，或射或斫,或煮或烧,苦不可忍。其妻号哭曰:"诚为陋拙,有辱君子。然幸得执巾栉,奉事十余年矣,今为尊鬼所执,不胜其苦,不敢望君匍匐拜乞,但得公一言,即全性命矣。人谁无情,君乃忍惜一言。"雨泪庭中,且咒且骂,子春终不顾。将军曰:"吾不能毒汝妻耶?"令取锉碓⑥,从脚寸寸锉之。妻叫哭愈急,竟不顾之。

将军曰:"此贼妖术已成,不可使久在世间。"敕左右斩之。斩讫,魂魄被领见阎罗王,王曰:"此乃云台峰妖民乎?"捉付狱中,于是熔铜、铁杖、碓捣、硙磨⑦、火坑、镬汤、刀山、剑林之苦,无不备尝。然心念道士之言,亦似可忍,竟不呻吟。

狱卒告受罪毕,王曰:"此人阴贼,不合得作男,宜令作女人。"配生宋州单父县丞王劝家⑧,生而多病,针灸医药,略无停日。亦尝坠火堕床,痛苦不齐,终不失声。俄而长大,容色绝代,而口无声。其家目为哑女,亲戚狎者,侮之万端,终不能对。同乡有进士卢珪者,闻其容而慕之,因媒氏求焉。其家以哑辞之,卢曰:"苟为妻而贤,何用言矣,亦足以戒长舌之妇。"乃许之。卢生备六礼,亲迎为妻,数年,恩情甚笃,生一男,仅二岁,聪慧无敌。卢抱儿与之言,不应。多方引之,终无辞。卢大怒曰:"昔贾大夫之妻鄙其夫⑨,才不笑尔。然观其射雉,尚释其憾。今吾陋不及贾,而文艺非徒射雉也,而竟不言。大丈夫为妻所鄙,安用其子!"乃持两足,以头扑于石上,应手而碎,血溅数步。子春爱生于心,忽忘其约,不觉失声云:"噫!"

"噫"声未息,身坐故处,道士者亦在其前,初五更矣。见其紫焰穿屋上，大火起四合，屋室俱焚。道士叹曰："措大误余乃如是！"因提其发，投水瓮中，未顷火息。道士前曰："吾子之心，喜怒哀惧恶欲，皆忘矣。所未臻者，爱而已。向使子无'噫'声，吾之药成，子亦上仙矣。嗟乎，仙才之难得也！吾药可重炼，而子之身犹为世界所容矣。勉之哉！"遥指路使归。子春强登基观焉，其炉已坏，中有铁柱，大如臂，长数尺。道士脱衣，以刀子削之。

子春既归，愧其忘誓，复自效以谢其过^⑩，行至云台峰，绝无人迹，叹恨而归。

【注释】

① 不事事：不从事正经事儿。　　② 波斯邸：波斯人开的店铺。　　③ 石季伦：石崇字季伦，西晋官员、大富豪。在洛阳建金谷园，后因政治斗争被杀。猗顿：春秋战国时的巨富。本为鲁国人，在猗氏(今山西临猗)南部畜牧牛羊。小竖：小仆人。　　④ 迁祔(fù)旅榇(chèn)：将在外的灵柩迁葬回故乡。　　⑤ 黄冠绛帔士：道士的装束。　　⑥ 锉碓(duì)：斩断肢体的刑具。　　⑦ 硙(wèi)磨：用磨盘磨。　　⑧ 宋州单父县：今山东单县一带。　　⑨ 贾大夫之妻鄙其夫：春秋时晋国灭掉贾国，贾国的上大夫逃至黄海边。据《左传·昭公二十八年》："昔贾大夫恶，娶妻而美，三年不言不笑。御以如皋，射雉，获之，其妻始笑而言。"　　⑩ 自效：贡献力量和生命。

裴　航

唐 裴铏

【题解】

　　选自《太平广记》卷50，注"出《传奇》"。《裴航》介绍了一种快捷的成仙方式，即与仙女成婚。那么，如何追求仙女呢？裴航倾其所有，购买对方指定的聘礼玉杵臼，又舍得自己的劳动力，甘心捣药百日，这才终于进入仙境。此文对于女子美貌的描写，多用丽词骈句，显然是受到了前人如曹植《洛神赋》的影响。而玉兔持杵臼捣药的场景，"雪光辉室，可鉴毫芒"，则为文学史增添了一个经典的神话场景。

　　唐长庆中^①，有裴航秀才，因下第游于鄂渚^②，谒故旧友人崔相国。值相国赠钱二十万，远挈归于京。因佣巨舟，载于湘汉。

　　同载有樊夫人，乃国色也。言词问接，帷帐昵洽。航虽亲切，无计道达而会面焉。因赂侍妾袅烟而求达诗一章，曰："同为胡越犹怀想，况遇天仙隔锦屏。倘若玉京朝会去^③，愿随鸾鹤入云青^④。"诗往，久而无答。航数诘袅烟，烟曰："娘子见诗若不闻，如何？"航无计，因在道求名醢珍果而献之，夫人乃使袅烟召航相识。及褰帷，而玉莹光寒，花明丽景，云低鬟鬓，月淡修眉，举止烟霞外人，肯与尘俗为偶。航再拜揖，睥睨良久之⑤。夫人曰："妾有夫在汉南⑥，将欲弃官而幽栖岩谷，召某一诀耳。深哀草扰，虑不及期，岂更有情留盼他人，的不然耶？但喜与郎君同舟共济，无以谐谑为意耳。"航曰："不敢。"饮讫而归。操比冰霜，不可干冒。夫人后使袅烟持诗一章，曰："一饮琼浆百感生，玄霜捣尽见云英。蓝桥便是神仙窟，何必崎岖上玉清？"航览之，空愧佩而已，然亦不能洞达诗之旨趣。后更不复见，但使袅烟达寒暄而已。遂抵襄汉⑦，与使婢挈妆奁，不告辞而去，人不能知其所造。航遍求访之，灭迹匿形，竟无踪兆。

　　遂饰妆归辇下⑧，经蓝桥驿侧近⑨，因渴甚，遂下道求浆而饮。见茅屋三四间，低而复隘，有老姬绩麻苎。航揖之，求浆，姬咄曰："云英，擎一瓯浆来，郎君要饮。"航讶之，忆樊夫人诗有云英之句，深不自会。俄于苇箔之下，出双玉手，捧瓷〔瓯〕。航接饮之，真玉液也，但觉异香氤郁，透于户外。因还瓯，遽揭箔，睹一女子，露裛琼英⑩，春融雪彩，脸欺腻玉，鬟若浓云，娇而掩面蔽身，虽红兰之隐幽谷，不足比其芳丽也。

　　航惊怛，植足而不能去，因白姬曰："某仆马甚饥，愿憩于此，当厚答谢，幸无见阻。"姬曰："任郎君自便。"且遂饭仆秣马。良久，谓姬曰："向睹小娘子，艳丽惊人，姿容擢世⑪，所以踌躇而不能适，愿纳厚礼而娶之，可乎？"姬曰："渠已许嫁一人，但时未就耳。我今老病，只有此女孙。昨有神仙遗灵丹一刀圭⑫，但须玉杵臼捣之百日，方可就吞，当得后天而老。君约取此女者，得玉杵臼，吾当与之也。其余金帛，吾无用处耳。"航拜谢曰："愿以百日为期，必携杵臼而至，更无他许人。"姬曰："然。"

航恨恨而去。及至京国，殊不以举事为意，但于坊曲闹市喧衢，而高声访其玉杵臼，曾无影响。或遇朋友，若不相识，众言为狂人。数月余日，或遇一货玉老翁曰："近得虢州药铺卞老书云'有玉杵臼货之'⑬。郎君恳求如此，此君吾当为书导达。"航愧荷珍重，果获杵臼。卞老曰："非二百缗不可得。"航乃泻囊，兼货仆货马，方及其数。

遂步骤独挈而抵蓝桥⑭，昔日姬大笑曰："有如是信士乎？吾岂爱惜女子而不酬其劳哉。"女亦微笑曰："虽然，更为吾捣药百日，方议姻好。"姬于襟带间解药，航即捣之，昼为而夜息，夜则姬收药臼于内室。航又闻捣药声，因窥之，有玉兔持杵臼，而雪光辉室，可鉴毫芒。于是航之意愈坚。

如此日足，姬持而吞之曰："吾当入洞而告姻戚，为裴郎具帐帏。"遂挈女入山，谓航曰："但少留此。"逡巡，车马仆隶，迎航而往。别见一大第连云，珠扉晃日，内有帐幄屏帏，珠翠珍玩，莫不臻至，愈如贵戚家焉。仙童侍女，引航入帐就礼讫。航拜姬，悲泣感荷。姬曰："裴郎自是清冷裴真人子孙，业当出世⑮，不足深愧老姬也。"及引见诸宾，多神仙中人也。后有仙女，鬟髻霓衣，云是妻之姊耳。航拜讫，女曰："裴郎不相识耶？"航曰："昔非姻好，不醒拜侍。"女曰："不忆鄂渚同舟回而抵襄汉乎？"航深惊悒，恳悃陈谢，后问左右，曰："是小娘子之姊云翘夫人，刘纲仙君之妻也，已是高真⑯，为玉皇之女吏。"姬遂遣航将妻入玉峰洞中,琼楼珠室而居之,饵以绛雪琼英之丹,体性清虚,毛发绀绿,神化自在,超为上仙。

至太和中,友人卢颢遇之于蓝桥驿之西,因说得道之事。遂赠蓝田美玉十斤,紫府云丹一粒。叙话永日,使达书于亲爱。卢颢稽颡曰[17]:"兄既得道,如何乞一言而教授?"航曰:"老子曰:'虚其心,实其腹。'今之人,心愈实,何由得道之理?"卢子憬然,而语之曰:"心多妄想,腹漏精溢,即虚实可知矣。凡人自有不死之术、还丹之方[18],但子未便可教,异日言之。"卢子知不可请,但终宴而去。后世人莫有遇者。

【注释】

① 长庆:唐穆宗李恒的年号,821年至824年。　② 鄂渚:今湖北武昌附近长江中的洲渚,此处指鄂渚一带。　③ 玉京:天帝神仙所居之处。　④ 入云青:《太平广记》原文为"入青云",格律有误,不押韵,"入云青"则格律全对。疑为流传中的讹误,特为更改。　⑤睋(è)眙(chì):惊愕直视。　⑥ 汉南:汉水南岸。　⑦ 襄汉:襄水、汉水共同流经的区域,在今湖北襄阳一带。　⑧ 辇下:京城。　⑨ 蓝桥驿:蓝田、商洛之间的驿站,接近长安。　⑩ 裛(yì):润湿。露裛琼英:形容云英像瑶花着露。　⑪ 擢世:出众。　⑫ 一刀圭:一副,刀圭是中药的量器名。　⑬ 虢州:今河南灵宝一带。　⑭ 步骤:快步行走。　⑮ 业:此处指命定。　⑯ 高真:等级高的仙人。　⑰ 稽(qǐ)颡(sǎng):屈膝下拜,以额头触地,非常恭敬虔诚的礼仪。　⑱ 还丹之方:修炼身体或炼制丹药的方法。

太阴夫人

唐 卢肇

【题解】

选自《太平广记》卷64,注"出《逸史》"。宋代叶梦得《避暑录话》提到"卢肇《逸史》"。《新唐书·艺文志》著录《逸史》三卷,列于《卢子史录》之后,并注"大中时人"。又据《新唐书·艺文志》著录《注林绚大统赋》二卷之注,卢肇,字子发,袁州(今江西宜春)人。咸通年间,曾任歙州刺史。《太阴夫人》讲述了一个出人意料的故事。娶仙女并成仙,简直是多少人做梦都梦不到的好事。卢杞却宁可放弃,他选择做人间宰相。这是否反映了唐代人的乐观自信:我们大唐就是天地间最好的地方? 另据史书记载,卢杞的确做了宰相,却是个进入正史《奸臣传》的奸相。而且,他的相貌极其丑陋。仙女太阴夫人居然看中他,还被他拒绝! 这篇小故事也因此带上了几分反讽意味。

卢杞少时^①,穷居东都,于废宅内赁舍。邻有麻氏妪孤独,杞遇暴疾,卧月余,麻婆来作羹粥。疾愈后,晚从外归,见金犊车子在麻婆门外。卢公惊异,窥之,见一女年十四五,真神人。明日潜访麻婆,麻婆曰:"莫要作婚姻否? 试与商量。"杞曰:"某贫贱,焉敢辄有此意?"麻曰："亦何妨。"既夜，麻婆曰："事谐矣。请斋三日，会于城东废观。"既至，见古木荒草，久无人居。逡巡，雷电风雨暴起，化出楼台，金殿玉帐，景物华丽。有辐辏降空，即前时女子也。与杞相见曰："某即天人，奉上帝命，遣人间自求匹偶耳。君有仙相，故遣麻婆传意。更七日清斋，当再奉见。"女子呼麻婆，付两丸药。须臾，雷电黑云，女子已不见，古木荒草如旧。

　　麻婆与杞归，清斋七日，劚地种药②，才种已蔓生。未顷刻，二葫芦生于蔓上，渐大如两斛瓮。麻婆以刀刳其中③，麻婆与杞各处其一，仍令具油衣三领④。风雷忽起，腾上碧霄，满耳只闻波涛之声。久之觉寒，令着油衫，如在冰雪中，复令着至三重，甚暖。麻婆曰："去洛已八万里。"

　　长久，葫芦止息，遂见宫阙楼台，皆以水晶为墙垣，被甲伏戈者数百人。麻婆引杞入见。紫殿从女百人，命杞坐，具酒馔。麻婆屏立于诸卫下。

　　女子谓杞："君合得三事，任取一事：常留此宫，寿与天毕；次为地仙，常居人间，时得至此；下为中国宰相。"杞曰："在此处实为上愿。"女子喜曰："此水晶宫也。某为太阴夫人，仙格已高，足下便是白日升天。然须定，不得改移，以致相累也。"乃赍青纸为表，当庭拜奏，曰："须启上帝。"少顷，闻东北间声云："上帝使至！"太阴夫人与诸仙趋降。俄有幢节香幡，引朱衣少年立阶下，朱衣宣帝命曰："卢杞，得太阴夫人状云，欲住水晶宫。如何？"杞无言。夫人但令疾应，又无言。夫人及左右大惧，驰入，取鲛绡五匹，以赂使者，欲其稽缓。食顷间又问⑤："卢杞！

欲水晶宫住？作地仙？及人间宰相？此度须决！"杞大呼曰："人间宰相！"朱衣趋去。太阴夫人失色曰："此麻婆之过。速领回！"推入葫芦。

又闻风水之声，却至故居，尘榻宛然。时已夜半，葫芦与麻婆并不见矣。

【注释】

① 卢杞：字子良，滑州灵昌（今河南滑县）人。《旧唐书》本传云："杞貌陋而色如蓝，人皆鬼视之。"他于唐德宗时任宰相，心怀险恶，嫉贤妒能，搜刮聚敛，后贬死在澧州。 　② 斸（zhú）：挖。 　③ 刳（kū）：从中间破开再挖空。 　④ 油衣：古代的避雨衣服，布料外涂油脂。

⑤ 食顷：一顿饭的时间。

柳毅传

唐 李朝威

【题解】

选自《太平广记》卷419,注"出《异闻集》",原题《柳毅》。鲁迅编《唐宋传奇集》增加了"传"字,沿用至今。据文中自述,作者李朝威为陇西人,生平不详。本文讲述的是落第书生柳毅帮助龙女传递书信,解救她的困厄,获得龙宫的巨额财富回报,并经历波折后,与龙女成婚并升仙的故事。凡人进入龙宫的途径、龙宫的美丽神奇等,都具有写作上的示范意义。众多人物形象中,钱塘龙君嫉恶如仇的暴躁性格和知错即改的坦率正直,描写得尤其鲜明。

　　唐仪凤中^①,有儒生柳毅者,应举下第^②,将还湘滨^③。念乡人有客于泾阳者^④,遂往告别。至六七里,鸟起马惊,疾逸道左^⑤。又六七里,乃止。见有妇人,牧羊于道畔。毅怪视之,乃殊色也^⑥。然而蛾脸不舒^⑦,巾袖无光,凝听翔立,若有所伺。毅诘之曰:"子何苦而自辱如是?"妇始楚而谢^⑧,终泣而对曰:"贱妾不幸,今日见辱问于长者^⑨。然而恨贯肌骨,亦何能愧避,幸一闻焉。妾,洞庭龙君小女也。父母配嫁泾川次子,而夫婿乐逸,为婢仆所惑,日以厌

薄。既而将诉于舅姑⑩，舅姑爱其子，不能御。迨诉频
切⑪，又得罪舅姑，舅姑毁黜以至此⑫。"言讫，歔欷流涕⑬，悲
不自胜⑭。又曰："洞庭于兹⑮，相远不知其几多也？长天
茫茫，信耗莫通⑯。心目断尽，无所知哀。闻君将还吴，密
通洞庭。或以尺书寄托侍者，未卜将以为可乎？"毅曰：
"吾义夫也。闻子之说，气血俱动，恨无毛羽，不能奋飞，
是何可否之谓乎！然而洞庭深水也，吾行尘间，宁可致意
耶？惟恐道途显晦，不相通达，致负诚托，又乖恳愿⑰，子
有何术可导我邪？"女悲泣且谢曰："负载珍重⑱，不复
言矣。脱获回耗⑲，虽死必谢。君不许，何敢言？既许而
问，则洞庭之与京邑，不足为异也。"毅请闻之。女曰：
"洞庭之阴⑳，有大橘树焉，乡人谓之'社橘'㉑。君当解
去兹带，束以他物，然后叩树三发，当有应者。因而随之，
无有碍矣。幸君子书叙之外，悉以心诚之话倚托，千万无
渝㉒！"毅曰："敬闻命矣。"女遂于襦间解书㉓，再拜以
进，东望愁泣，若不自胜。毅深为之戚，乃致书囊中，因复
问曰："吾不知子之牧羊，何所用哉？神祇岂宰杀乎？"
女曰："非羊也，雨工也。""何为雨工？"曰："雷霆之
类也。"数顾视之，则皆矫顾怒步㉔，饮龁甚异㉕，而大小
毛角，则无别羊焉。毅又曰："吾为使者，他日归洞庭，幸
勿相避。"女曰："宁止不避，当如亲戚耳。"语竟，引别东
去。不数十步，回望女与羊，俱亡所见矣。

其夕，至邑而别其友，月余到乡还家，乃访于洞庭。
洞庭之阴，果有社橘。遂易带向树㉖，三击而止。俄有武
夫出于波间，再拜请曰："贵客将自何所至也？"毅不告

其实，曰："走谒大王耳。"武夫揭水指路㉗，引毅以进，谓毅曰："当闭目，数息可达矣㉘。"毅如其言，遂至其宫。始见台阁相向，门户千万，奇草珍木，无所不有。夫乃止毅停于大室之隅，曰："客当居此以伺焉。"毅曰："此何所也？"夫曰："此灵虚殿也。"谛视之，则人间珍宝毕尽于此。柱以白璧，砌以青玉，床以珊瑚，帘以水精，雕琉璃于翠楣㉙，饰琥珀于虹栋。奇秀深杳，不可殚言㉚。然而王久不至，毅谓夫曰："洞庭君安在哉？"曰："吾君方幸玄珠阁，与太阳道士讲《火经》，少选当毕。"毅曰："何谓《火经》？"夫曰："吾君，龙也。龙以水为神，举一滴可包陵谷。道士乃人也，人以火为神圣，发一灯可燎阿房㉛。然而灵用不同，玄化各异。太阳道士精于人理，吾君邀以听焉。"语毕而宫门辟，景从云合㉜，而见一人披紫衣，执青玉。夫跃曰："此吾君也！"乃至前以告之。

君望毅而问曰："岂非人间之人乎？"毅对曰："然。"既而设拜，君亦拜，命坐于灵虚之下。谓毅曰："水府幽深，寡人暗昧，夫子不远千里，将有为乎？"毅曰："毅，大王之乡人也。长于楚，游学于秦。昨下第，闲驱泾水之涘㉝，见大王爱女牧羊于野，风鬟雨鬓，所不忍视。毅因诘之，谓毅曰：'为夫婿所薄，舅姑不念，以至于此。'悲泗淋漓，诚怛人心㉞。遂托书于毅，毅许之，今以至此。"因取书进之。洞庭君览毕，以袖掩面而泣曰："老父之罪，不能鉴听，坐贻聋瞽㉟，使闺窗孺弱，远罹构害㊱。公乃陌上人也，而能急之，幸被齿发㊲，何敢负德！"词毕，又哀咤良久㊳，左右皆流涕。时有宦人密侍君者㊴，君以书授之，令达宫中。须臾，宫中皆恸哭。君惊谓左右曰："疾告宫中，无使有声，恐钱塘所知。"毅曰："钱塘何人也？"曰："寡人之爱弟，昔为钱塘长^⑪，今则致政矣^⑪。"毅曰："何故不使知？"曰："以其勇过人耳。昔尧遭洪水九年者，乃此子一怒也。近与天将失意，塞其五山。上帝以寡人有薄德于古今，遂宽其同气之罪^⑫。然犹縻系于此，故钱塘之人日日候焉。"语未毕，而大声忽发，天拆地裂，宫殿摆簸，云烟沸涌。俄有赤龙长千余尺，电目血舌，朱鳞火鬣^⑬，项掣金锁，锁牵玉柱。千雷万霆，激绕其身，霰雪雨雹，一时皆下，乃擘青天而飞去^⑭。毅恐蹶仆地^⑮，君亲起持之曰："无惧，固无害。"毅良久稍安，乃获自定，因告辞曰："愿得生归，以避复来。"君曰："必不如此。其去则然，其来则不然，幸为少尽缱绻^⑯。"因命酌互举^⑰，以款人事^⑱。

俄而祥风庆云，融融怡怡，幢节玲珑^⑲，《箫》《韶》以随^⑳。红妆千万，笑语熙熙。后有一人，自然蛾眉，明珰满身^㉑，绡縠参差^㉒。迫而视之，乃前寄辞者。然若喜若悲，零泪如丝。须臾，红烟蔽其左，紫气舒其右，香气环旋，入于宫中。君笑谓毅曰："泾水之囚人至矣。"君乃辞归宫中。须臾，又闻怨苦^㉓，久而不已。有顷，君复出，与毅饮食。又有一人，披紫裳，执青玉，貌耸神溢^㉔，立于君左。君谓毅曰："此钱塘也。"毅起，趋拜之^㉕。钱塘亦尽礼相接，谓毅曰："女侄不幸，为顽童所辱。赖明君子信义昭彰，致达远冤。不然者，是为泾陵之土矣。飧德怀恩^㉖，词不悉心。"毅拚退辞谢^㉗，俯仰唯唯^㉘。然后回告兄曰："向者辰发灵虚，已至泾阳，午战于彼，未还于此^㉙。中间驰至九天，以告上帝。帝知其冤而宥其失^{⑥⑩}，前所谴责，因而获免。然而刚肠激发，不遑辞候^{⑥①}，惊扰宫中，复伫宾客^{⑥②}，愧惕惭惧，不知所失。"因退而再拜。君曰："所杀几何？"曰："六十万。""伤稼乎？"曰："八百里。""无情郎安在？"曰："食之矣。"君怃然曰^{⑥③}："顽童之为是心也，诚不可忍，然汝亦太草草^{⑥④}。赖上帝显圣，谅其至冤，不然者，吾何辞焉？从此已去，勿复如是。"钱塘复再拜。是夕，遂宿毅于凝光殿。

明日，又宴毅于凝碧宫。会友戚，张广乐^{⑥⑤}，具以醪醴^{⑥⑥}，罗以甘洁^{⑥⑦}。初，箛角鼙鼓^{⑥⑧}，旌旗剑戟，舞万夫于其右。中有一夫前曰："此《钱塘破阵乐》^{⑥⑨}。"旌铖杰气^{⑦⑩}，顾骤悍慄^{⑦①}。坐客视之，毛发皆竖。复有金石丝竹，罗绮珠翠，舞千女于其左，中有一女前进曰："此《贵主还宫乐》。"清音宛转，如诉如慕，坐客听之，不觉泪下。二舞既毕，龙君大悦。锡以纨绮，颁于舞人，然后密席贯坐^{⑦②}，纵酒极娱。酒酣，洞庭君乃击席而歌曰^{⑦③}："大天苍苍兮，大地茫茫，人各有志兮，何可思量？狐神鼠圣兮，薄社依墙^{⑦④}。雷霆一发兮，其孰敢当？荷贞人兮信义长^{⑦⑤}，令骨肉兮还故乡，齐言惭愧兮何时忘！"洞庭君歌罢，钱塘君再拜而歌曰："上天配合兮，生死有途。此不当妇兮，彼不当夫。腹心辛苦兮，泾水之隅。风霜满鬓兮，雨雪罗襦。赖明公兮引素书^{⑦⑥}，令骨肉兮家如初。永言珍重兮无时无。"钱塘君歌阕^{⑦⑦}，洞庭君俱起，奉觞于毅。毅踧踖而受爵^{⑦⑧}，饮讫，复以二觞奉二君，乃歌曰："碧云悠悠兮，泾水东流。伤美人兮，雨泣花愁。尺书远达兮，以解君忧。

哀冤果雪兮,还处其休^⑦。荷和雅兮感甘羞^⑧,山家寂寞兮难久留,欲将辞去兮悲绸缪^⑧。"歌罢,皆呼万岁。洞庭君因出碧玉箱,贮以开水犀。钱塘君复出红珀盘,贮以照夜玑。皆起进毅,毅辞谢而受。然后宫中之人,咸以绡彩珠璧,投于毅侧,重叠焕赫,须臾埋没前后。毅笑语四顾,愧谢不暇。洎酒阑欢极^⑧,毅辞起,复宿于凝光殿。

翌日,又宴毅于清光阁。钱塘因酒作色,踞谓毅曰^⑧:"不闻猛石可裂不可卷,义士可杀不可羞耶?愚有衷曲^⑧,欲一陈于公。如可,则俱在云霄^⑧;如不可,则皆夷粪壤^⑧。足下以为何如哉?"毅曰:"请闻之。"钱塘曰:"泾阳之妻,则洞庭君之爱女也。淑性茂质^⑧,为九姻所重^⑧。不幸见辱于匪人,今则绝矣。将欲求托高义,世为亲戚,使受恩者知其所归,怀爱者知其所付,岂不为君子始终之道者?"毅肃然而作,欻然而笑曰^⑧:"诚不知钱塘君孱困如是^⑩!毅始闻跨九州,怀五岳,泄其愤怒;复见断金锁,擎玉柱,赴其急难。毅以为刚决明直,无如君者。盖犯之者不避其死,感之者不爱其生^⑨,此真丈夫之志。奈何箫管方洽,亲宾正和,不顾其道,以威加人,岂仆之素望哉!若遇公于洪波之中、玄山之间,鼓以鳞须,被以云雨,将迫毅以死,毅则以禽兽视之,亦何恨哉!今体被衣冠,坐谈礼义,尽五常之志性^⑨,负百行之微旨^⑨,虽人世贤杰,有不如者,况江河灵类乎?而欲以蠢然之躯,悍然之性,乘酒假气,将迫于人,岂近直哉^⑨!且毅之质,不足以藏王一甲之间。然而敢以不伏之心,胜王不道之气。惟王筹之^⑨!"钱塘乃逡巡致谢曰^⑨:"寡人生长宫房,不闻正论。向者词述疏狂,搪突高明。退自循顾,戾不容责[97]。幸君子不为此乖间可也[98]。"其夕,复饮宴,其乐如旧。毅与钱塘遂为知心友。

明日,毅辞归。洞庭君夫人别宴毅于潜景殿,男女仆妾等悉出预会。夫人泣谓毅曰:"骨肉受君子深恩,恨不得展愧戴[99],遂至睽别[100]。"使前泾阳女当席拜毅以致谢。夫人又曰:"此别岂有复相遇之日乎?"毅其始虽不诺钱塘之情,然当此席,殊有叹恨之色。宴罢,辞别,满宫凄然。赠遗珍宝[101],怪不可述。毅于是复循途出江岸,见从者十余人,担囊以随,至其家而辞去。

毅因适广陵宝肆,鬻其所得,百未发一,财已盈兆,故淮右富族咸以为莫如。遂娶于张氏,亡。而又娶韩氏,数月,韩氏又亡。徙家金陵。常以鳏旷多感[102],或谋新匹。有媒氏告之曰:"有卢氏女,范阳人也。父名曰浩,尝为清流宰[103]。晚岁好道,独游云泉,今则不知所在矣。母曰郑氏。前年适清河张氏,不幸而张夫早亡。母怜其少,惜其慧美,欲择德以配焉,不识何如?"毅乃卜日就礼[104]。既而男女二姓俱为豪族,法用礼物,尽其丰盛。金陵之士,莫不健仰[105]。居月余,毅因晚入户,视其妻,深觉类于龙女,而艳逸丰厚,则又过之。因与话昔事,妻谓毅曰:"人世岂有如是之理乎?"

经岁余,有一子,毅益重之。既产,逾月,乃秾饰换服[106],召毅于帘室之间,笑谓毅曰:"君不忆余之于昔也?"毅曰:"夙非姻好[107],何以为忆?"妻曰:"余即洞庭君之女也。泾川之冤,君使得白。衔君之恩[108],誓心求报。洎钱塘季父论亲不从，遂至睽违。天各一方，不能相问。父母欲配嫁于濯锦小儿某⑩，某惟以心誓难移，亲命难背。既为君子弃绝，分无见期。而当初之冤，虽得以告诸父母，而誓报不得其志。复欲驰白于君子。值君子累娶，当娶于张，已而又娶于韩，迨张、韩继卒，君卜居于兹，故余之父母乃喜余得遂报君之意。今日获奉君子，咸善终世⑩，死无恨矣。"因呜咽，泣涕交下，对毅曰："始不言者，知君无重色之心。今乃言者，知君有感余之意。妇人匪薄，不足以确厚永心，故因君爱子，以托相生，未知君意如何？愁惧兼心，不能自解。君附书之日，笑谓妾曰：'他日归洞庭，慎无相避。'诚不知当此之际，君岂有意于今日之事乎？其后季父请于君，君固不许。君乃诚将不可邪，抑忿然邪？君其话之。"毅曰："似有命者。仆始见君于长泾之隅，枉抑憔悴，诚有不平之志。然自约其心者⑪，达君之冤，余无及也。以言'慎勿相避'者，偶然耳，岂思哉？洎钱塘逼迫之际，唯理有不可直⑫，乃激人之怒耳。夫始以义行为之志，宁有杀其婿而纳其妻者邪？一不可也。某素以操真为志尚⑬，宁有屈于己而伏于心者乎？二不可也。且以率肆胸臆，酬酢纷纶，唯直是图，不遑避害。然而将别之日，见君有依然之容，心甚恨之。终以人事扼束，无由报谢。吁，今日君卢氏也，又家于人间，则吾始心未为惑矣⑭。从此以往，永奉欢好，心无纤虑也。"妻因深感娇泣，良久不已。有顷，谓毅曰："勿以他类，遂为无心，固当知报耳。夫龙寿万岁，今与君同之。水陆无往不适。君不以为妄也。"毅嘉之曰："吾不知国容乃复为神仙之饵⑮！"乃相与觏洞庭⑯。既至而宾主盛礼，不可具纪。

后居南海⑰，仅四十年，其邸第舆马，珍鲜服玩，虽侯伯之室，无以加也。毅之族咸遂濡泽⑱。以其春秋积序⑲，容状不衰，南海之人，靡不惊异。

洎开元中，上方属意于神仙之事，精索道术。毅不得安，遂相与归洞庭，凡十余岁，莫知其迹。至开元末，毅之表弟薛嘏为京畿令，谪官东南。经洞庭，晴昼长望，俄见碧山出于远波。舟人皆侧立曰："此本无山，恐水怪耳。"指顾之际，山与舟相逼，乃有彩船自山驰来，迎问于嘏。其中有一人呼之曰："柳公来候耳。"嘏省然记之⑳，乃促至山下，摄衣疾上㉑。山有宫阙如人世，见毅立于宫室之中，前列丝竹，后罗珠翠，物玩之盛，殊倍人间。毅词理益玄，容颜益少㉒。初迎嘏于砌，持嘏手曰："别来瞬息，而发毛已黄。"嘏笑曰："兄为神仙，弟为枯骨，命也。"毅因出药五十丸遗嘏，曰："此药一丸，可增一岁耳。岁满复来，无久居人世以自苦也。"欢宴毕，嘏乃辞行。自是已后，遂绝影响。嘏常以是事告于人世。殆四纪㉓，嘏亦不知所在。

陇西李朝威叙而叹曰："五虫之长㉔，必以灵著，别斯见矣㉕。人，裸也㉖，移信鳞虫。洞庭含纳大直，钱塘迅疾磊落，宜有承焉㉗。嘏咏而不载，独可邻其境㉘。愚义之，为斯文。"

【注释】

① 仪凤：唐高宗李治的年号，676至679年。　② 应举：由州郡选

拔,以贡生或学校生员的身份去京城参加科举考试。下第:考核等第为低等,没有考上。　　③ 湘滨:湘江边,此处指柳毅的家乡。
④ 客:作客,客居。泾阳:县名,在唐代京城长安附近,今属于陕西咸阳市。　　⑤ 逸:奔跑。道左:路边,此处指偏离了原来的道路。　　⑥ 殊色:绝色,特别美丽的容颜。　　⑦ 蛾脸不舒:皱着眉头,脸色愁苦。蛾,蛾眉,形容眉毛细长如蛾的触须。　　⑧ 楚:悲哀。　　⑨ 见:被。辱问:委屈自己的身份来询问。此处用语表达了对柳毅的客气和恭敬。《太平广记》原文为"见辱于长者",语意不通,故增加"问"字。
⑩ 舅姑:唐代女子对公爹、婆母的称呼。　　⑪ 迨(dài):等到。
⑫ 毁黜(chù):责罚驱逐。　　⑬ 歔(xū)欷(xī):悲伤地抽泣。
⑭ 悲不自胜(shēng):悲伤得无法承受。胜,能承受,能承担。　　⑮ 兹:这里。　　⑯ 信耗:消息,音信。耗,音信。　　⑰ 乖:违背,不顺。恳愿:诚挚的愿望。　　⑱ 负载:背负了期望,承担了托付。珍重:此处指请您多珍重。　　⑲ 脱:倘若,如果。　　⑳ 阴:水之南、山之北称为阴,此处指洞庭湖南岸。　　㉑ 社橘:供社日祭祀的橘树。
㉒ 渝:违背,改变。　　㉓ 襦(rú):上身所穿的短衣。　　㉔ 矫顾怒步:昂头阔步,身姿矫健。　　㉕ 饮龁(hé):饮水吃东西。龁,咬。
㉖ 易带:此处指解带子。　　㉗ 揭:开,分开。　　㉘ 息:呼吸的气息,此处代指呼吸。　　㉙ 楣:门框上方的横木。　　㉚ 殚(dān):竭尽,完全穷尽。　　㉛ 阿(ē)房(páng):阿房宫,秦始皇所造壮丽的宫殿群,后被项羽率军烧毁。　　㉜ 景从云合:云雾缭绕。景,同"影"。　　㉝ 涘(sì):水边。　　㉞ 怛(dá):悲伤,忧惧。　　㉟ "不能鉴听"两句:因为不能看到听到,导致像聋子盲人。坐,因为,由于。贻,留下。　　㊱ 罹(lí):遭受苦难。　　㊲ 被:古同"披",此处指具有牙齿、头发。　　㊳ 哀咤(zhà):悲哀而生气地感叹出声。

㊴ 宦人：宦官，宫中的内侍。 ㊵ 长（zhǎng）：首领。 ㊶ 致政：交还行政事务，解除职务。 ㊷ 同气：此处指同胞兄弟姐妹。 ㊸ 鬣（liè）：颈上的长毛、长须。 ㊹ 擘（bò）：分开，劈开。 ㊺ 蹶（jué）：跌倒。 ㊻ 少尽缱（qiǎn）绻（quǎn）：稍微表达一下情意，此处是洞庭君要招待柳毅的谦虚说法。 ㊼ 命酌互举：命人斟满酒杯，互相举杯敬酒。 ㊽ 款：招待。人事：人与人之间的关系礼仪。 ㊾ 幢节：旗帜和仪仗。 ㊿《箫》《韶》：舜时的音乐，此处指美妙的音乐。 (51) 明珰：珠宝饰品。 (52) 绡縠（hú）：丝织品，此处指丝绸轻纱衣物。参（cēn）差（cī）：长短不一，此处形容衣饰复杂考究。 (53) 怨苦：哀怨的诉苦之声。 (54) 貌耸神溢：相貌出众，神采奕奕。 (55) 趋拜：小步快走上前拜见，形容尊敬。 (56) 飨（xiǎng）：享，得到。 (57) 㧑（huī）：谦抑。 (58) 俯仰：躬身作揖。唯唯：恭敬地应声。 (59) 辰：辰时，早晨七点至九点。未：未时，下午十三点至十五点。辰、巳、午、未是四个相连的时辰，每个时辰为两个小时。 (60) 宥（yòu）：宽恕，饶恕。 (61) 不遑（huáng）辞候：没有时间辞别并问候。 (62) 忤（wǔ）：不顺从，冒犯。 (63) 怃（wǔ）然：怅然，惊愕。 (64) 草草：草率，急躁。 (65) 广乐：盛大的音乐阵容。 (66) 醪（láo）醴（lǐ）：香醇的甜酒。 (67) 甘洁：甘美洁净的食物。 (68) 笳（jiā）角：吹奏乐器，如同军号。鼙（pí）鼓：军队使用的小鼓和大鼓。 (69) 钱塘破阵乐：借鉴了《秦王破阵乐》。唐太宗李世民登基之前，封号秦王，征伐四方，到处流传《秦王破阵乐》。李世民即位之后，让吕才、李百药等大臣进一步整理完善，使之成为常规曲目。表演者一百二十人，身披银饰铠甲，手持戟，歌唱舞蹈，慷慨激昂。 (70) 旌铧：表演者手执的旌旗、武器。杰气：昂扬的气概。 (71) 顾骤悍慄：动作迅猛，令人震撼。 (72) 密席贯坐：座位紧连，相

挨着落座。　　⑦击席：叩打坐席为节拍。　　⑭"狐神鼠圣兮"
两句：狐狸、老鼠把窝安在城墙、祭社里，人们不敢随意清除，怕损坏城
墙和祭社，于是狐狸、老鼠也俨然神圣起来。这个典故出自《晋书·谢鲲
传》。此处形容泾川龙君一家自以为有势力，不知忌惮、胡作非为。薄
（bó），靠近，迫近。　　⑮荷（hè）：承蒙。贞人：正直的人。　　⑯明
公：对有名位者的尊称，此处是对柳毅的尊称。　　⑰阙（quē）：空，
此处指停止。　　⑱蹙（cù）踖（jí）：恭敬而不安。爵：酒杯。　　⑲休：
美好，吉庆。　　⑳和雅：融洽热情的态度。甘羞：美味的食物。
㉑绸缪：情意缠绵，恋恋不舍。　　㉒洎（jì）：到，等到。阑：残，尽。
㉓踞：蹲坐，大大咧咧、不礼貌的坐姿。　　㉔衷曲：内心的想法。
㉕俱在云霄：都上天，形容都快乐。　　㉖皆夷粪壤：都埋进污秽的
土壤，形容都不幸福。　　㉗淑性茂质：和善的性格，美好的品质。
㉘九姻：九族姻亲，泛指亲戚家族。　　㉙欻（xū）然：忽然。　　㉚孱
（chán）困：软弱无能。　　㉛"犯之者不避其死"两句：为触犯
自己的事去抗争，不避死亡危险；为感动自己的事去行动，不惜性命。
㉜五常：仁、义、礼、智、信五种道德规范。　　㉝百行：各种品行，
尤其指士君子的优良品格。　　㉞直：正义。　　㉟筹：考虑。
㊱逡巡：恭顺谨慎的样子。　　㊲戾不容责：罪过多得都责备不过来，
形容罪过多。　　㊳乖间：疏远，隔阂。　　㊴展：表达。愧戴：惭愧，
爱戴。　　㊵暌（kuí）别：分别，离别。　　㊶遗（wèi）：赠送。
㊷鳏（guān）：男人丧妻。旷：长时间孤独。　　㊸清流宰：清流县的
县令。清流：古县名，位置在今天安徽滁州境内。　　㊹卜日：通过占
卜得到吉祥的日期。　　㊺健仰：非常羡慕。　　㊻秾（nóng）饰：
浓妆艳抹，隆重装扮。　　㊼夙（sù）：原来的，旧有的。　　㊽衔：含
在心中。　　㊾濯锦：濯锦江，指濯锦江居住的龙君一族。　　㊿咸：

全，都。　⑪ 自约其心：自己约束自己的心意，没有邪念。　⑫ 理有不可直：论道理有不正直的地方。　⑬ 操真：坚持高尚的情操。⑭ 始心：本心，初心。　⑮ 国容：国色，绝色。饵：诱饵，此处是柳毅惊叹娶了龙女竟然得到成仙的机会，好像神仙以龙女来诱导他成仙一样。　⑯ 觐（jìn）：拜见，朝见。　⑰ 南海：唐代的南海郡，在今天广东省一带。　⑱ 濡泽：如沾雨露一样受到恩惠。　⑲ 积序：增加年龄。　⑳ 省（xǐng）然：突然想起。　㉑ 摄衣：提着衣服，此处指撩起外衣，避免快跑时绊脚。　㉒ 少（shào）：年轻。　㉓ 殆：大概，差不多。　四纪：四十年。　㉔ 五虫：古人对动物的总称，倮虫为人类，羽虫为鸟类，毛虫为兽类，鳞虫为鱼类，介虫为龟类。长：五虫之精者，倮虫之精者是圣人，羽虫之精者是凤，毛虫之精者是麟，鳞虫之精者是龙，介虫之精者是龟。　㉕ 别斯见矣：在这里就能看出区别，指龙作为五虫之长，其灵异显著。　㉖ 裸：无毛羽鳞甲，同“倮”。　㉗ 宜有承焉：应该有所继承，此处指洞庭、钱塘龙君的好品质值得传承。㉘ 独可邻其境：只是靠近了神仙的边境。

灵应传

唐 佚名

【题解】

选自《太平广记》卷492，没有注明作者和出处。《灵应传》中龙女自述家世，袭用了《梁四公记》；讲姻亲族系，用了《柳毅传》的人物和故事。与《柳毅传》中的温顺龙女相比，《灵应传》中的九娘子可称"大女主"。她以"守节"为名义，拒绝婚姻，不惜与父母决裂，与求亲者兵戎相向。其原因究竟为何？文中对于九娘子治下的国家不吝夸奖，人间的将领郑承符心甘情愿入幽冥，为九娘子效力，以成就事业。由此可见，九娘子真正想做的是自由强大的女王，而非婚姻中的贤妻良母。这正是她感召郑承符和臣民的魅力。

泾州之东二十里^①，有故薛举城^②。城之隅有善女湫，广袤数里，兼葭丛翠，古木萧疏，其水湛然而碧，莫有测其浅深者。水族灵怪，往往见焉。乡人立祠于旁，曰"九娘子神"，岁之水旱祓禳，皆得祈请焉。

又州之西二百余里，朝那镇之北，有湫神，因地而名，曰"朝那神"。其胼蚃灵应^③，则居善女之右矣^④。

乾符五年^⑤，节度使周宝在镇日，自仲夏之初，数数有云气,状如奇峰者、如美女者、如鼠如虎者,由二湫而兴,至于激迅风,震雷电,发屋拔树,数刻而止,伤人害稼,其数甚多。宝责躬励己,谓为政之未敷,致阴灵之所谴也。至六月五日,府中视事之暇,昏然思寐,见一武士冠鍪被铠⑥,持钺而立于阶下,曰:"有女客在门,欲申参谒,故先听命。"宝曰:"尔为谁乎?"曰:"某即君之阍者,效役有年矣。"

宝将诘其由,已见二青衣历阶而升,长跪于前曰:"九娘子自郊墅特来告谒,故先使下执事致命于明公。"宝曰:"九娘子非吾通家亲戚,安敢造次相面乎?"言犹未终,而见祥云细雨,异香袭人。俄有一妇人,年可十七八,衣裙素淡,容质窈窕,凭空而下,立庭庑之间,容仪绰约,有绝世之貌。侍者十余辈,皆服饰鲜洁,有如妃主之仪⑦。顾步徊翔,渐及卧所,宝将少避之,以候其意。侍者趋进而言曰:"贵主以君之高义,可申诚信之托,故将冤抑之怀,诉诸明公,明公忍不救其急难乎?"宝遂命升阶相见,宾主之礼,颇甚肃恭。登榻而坐,祥烟四合,紫气充庭。敛态低鬟,若有忧戚之貌。宝命酌醴设馔,厚礼以待之。

俄而,敛袂离席,逡巡而言曰:"妾以寓止郊园,绵历多祀⑧,醉酒饱德,蒙惠诚深。虽以孤枕寒床,甘心没齿,茕嫠有托⑨,负荷逾多。但以显晦殊途⑩,行止乖互。今乃迫于情礼,岂暇缄藏?倘鉴幽情,当敢披露。"宝曰:"愿闻其说,所冀识其宗系。苟可展分⑪,安敢以幽显为辞?君子杀身以成仁,狥其毅烈,蹈赴汤火,旁雪不平,乃宝之志也。"

对曰："妾家世居会稽之鄮县⑫,卜筑于东海之潭,桑榆坟陇,百有余代。其后遭世不造⑬,瞰室贻灾⑭,五百人皆遭庾氏焚炙之祸。篡绍几绝⑮,不忍戴天,潜遁幽岩,沉冤莫雪。至梁天监中,武帝好奇,召人通龙宫,入枯桑岛,以烧燕奇味,结好于洞庭君宝藏主第七女,以求异宝。寻闻家仇庾毗罗,自鄮县白水郎,弃官解印,欲承命请行,阴怀不道。因使得入龙宫,假以求货,覆吾宗嗣。赖杰公敏鉴,知渠挟私请行,欲肆无辜之害,虑其反贻伊戚,辱君之命。言于武帝,武帝遂止,乃令合浦郡落黎县瓯越罗子春代行⑯。

"妾之先宗,羞共戴天,虑其后患,乃率其族,韬光灭迹,易姓变名,避仇于新平真宁县安村⑰,披榛凿穴,筑室于兹,先人弊庐,殆成胡越。今三世卜居,先为灵应君,寻受封应圣侯;后以阴灵普济,功德及民,又封普济王,威德临人,为世所重。妾即王之第九女也,笄年配于象郡石龙之少子⑱。良人以世袭猛烈,血气方刚,宪法不拘,严父不禁,残虐视事,礼教蔑闻。未及期年,果贻天谴,覆宗绝嗣,削迹除名,唯妾一身,仅以获免。

"父母抑遣再行⑲,妾终违命。王侯致聘,接轸交辕,诚愿既坚,遂欲自刭⑳。父母怒其刚烈,遂遣屏居于兹土之别邑,音问不通,于今三纪。虽慈颜未复,温清久违,离群索居,甚为得志。近年为朝那小龙,以季弟未婚,潜行礼聘,甘言厚币,峻阻复来,灭性毁形,殆将不可。朝那遂通好于家君,欲成其事,遂使其季弟权徙居于王畿之西,将质于我王,以成姻好。家君知妾之不可夺,乃令朝那纵兵相逼。妾亦率其家僮五十余人，付以兵仗，逆战郊原，众寡不敌，三战三北，师徒倦弊，掎角无怙㉑。

"将欲收拾余烬，背城借一㉒，而虑晋阳水急，台城火炎，一旦攻下，为顽童所辱，纵没于泉下，无面石氏之子。故《诗》云：'泛彼柏舟，在彼中河。髧彼两髦㉓，实维我仪。之死矢靡他。母也天只！不谅人只！'此卫世子媚妇自誓之词㉔。又云：'谁谓鼠无牙，何以穿我墉？谁谓女无家，何以速我讼？虽速我讼，亦不女从。'此邵伯听讼㉕，衰乱之俗微，贞信之教兴。强暴之男，不能侵凌贞女也。今则公之教，可以精通显晦，贻范古今。贞信之教，故不为姬奭之下者㉖。幸以君之余力，少假兵锋，挫彼凶狂，存其鳏寡，成贱妾终天之誓，彰明公赴难之心。辄具志诚，幸无见阻。"

宝心虽许之，讶其辨博，欲拒以他事，以观其词，乃曰："边徼事繁㉗，烟尘在望，朝廷以西陲陷虏，芜没者三十余州。将议举戈，复其土壤，晓夕恭命，不敢自安。匪夕伊朝㉘，前茅即举㉙。空多愤悱，未暇承命。"

对曰："昔者楚昭王以方城为城，汉水为池，尽有荆蛮之地。籍父兄之资，强国外连，三良内助㉚。而吴兵一举，鸟逝云奔，不暇婴城㉛，迫于走兔，宝玉迁徙㉜，宗社凌夷，万乘之灵，不能庇先王之朽骨。至申胥乞师于嬴氏㉝，血泪污于秦庭，七日长号，昼夜靡息。秦伯悯其祸败，竟为出师，复楚退吴，仅存亡国。况芈氏为春秋之强国㉞，申胥乃衰楚之大夫，而以矢尽兵穷，委身折节，肝脑涂地，感动于强秦。矧妾一女子㉟，父母斥其孤贞，狂童凌其寡弱，缀旒之急㊱,安得不少动仁人之心乎？"

宝曰："九娘子灵宗异派,呼吸风云,蠢尔黎元㊲,固在掌握,又焉得示弱于世俗之人,而自困如是者哉？"

对曰："妾家族望,海内咸知。只如彭蠡洞庭,皆外祖也；陵水罗水,皆中表也。内外昆季,百有余人,散居吴越之间,各分地土。咸京八水㊳,半是宗亲。若以遣一介之使,飞咫尺之书,告彭蠡洞庭,召陵水罗水,率维扬之轻锐,征八水之鹰扬㊴,然后檄冯夷㊵,说巨灵㊶,鼓子胥之波涛㊷,混阳侯之鬼怪㊸,鞭驱列缺㊹,指挥丰隆㊺,扇疾风,翻暴浪,百道俱进,六师鼓行,一战而成功。则朝那一鳞,立为齑粉；泾城千里,坐变污潴㊻,言下可观,安敢谬矣。

"顷者泾阳君与洞庭外祖㊼,世为姻戚。后以琴瑟不调,弃掷少妇,遭钱塘之一怒,伤生害稼,怀山襄陵㊽,泾水穷鳞,寻毙外祖之牙齿,今泾上车轮马迹犹在,史传具存,固非谬也。妾又以夫族得罪于天,未蒙上帝昭雪,所以销声避影,而自困如是。君若不悉诚款,终以多事为词,则向者之言,不敢避上帝之责也。"

宝遂许诺,卒爵撤馔,再拜而去。

宝及晡方寤㊾,耳闻目览,恍然如在。翼日㊿,遂遣兵士一千五百人,戍于湫庙之侧。是月七日,鸡初鸣,宝将晨兴,疏牖尚暗,忽于帐前有一人,经行于帷幌之间,有若侍巾栉者。呼之命烛,竟无酬对,遂厉而叱之,乃言曰："幽明有隔,幸不以灯烛见迫也。"宝潜知异,乃屏气息音,徐谓之曰："得非九娘子乎？"对曰："某即九娘子之执事者也。昨日蒙君假以师徒,救其危患,但以幽显事别,不能驱策。苟能存其始约,幸再思之。"俄而纱窗渐白,注目视之,悄无所见。

宝良久思之,方达其义。遂呼吏,命按兵籍,选亡没者名,得马军五百人,步卒一千五百人。数内选押衙孟远,充行营都虞候,牒送善女湫神。是月十一日,抽回戍庙之卒,见于厅事之前,转旋之际,有一甲士仆地,口动目瞬,问无所应,亦不似暴卒者。遂置于廊庑之间,天明方悟。遂使人诘之,对曰:"某初见一人,衣青袍,自东而来,相见甚有礼,谓某曰:'贵主蒙相公莫大之恩,拯其焚溺,然亦未尽诚款。假尔明敏,再通幽情,幸无辞免也。'某急以他词拒之,遂以袂相牵,懵然颠仆。但觉与青衣者继踵偕行,俄至其庙,促呼连步,至于帷薄之前。见贵主谓某云:'昨蒙相公悯念孤危,俾尔戍于弊邑,往返途路,得无劳止^{○51}。余近蒙相公再借兵师,深惬诚愿。观其士马精强,衣甲铦利,然都虞候孟远,才轻位下,甚无机略。今月九日,有游军三千余,来掠我近郊,遂令孟远领新到将士,邀击于平原之上,设伏不密,反为彼军所败。甚思一权谋之将,俾尔速归,达我情素。'言讫,拜辞而出,昏然似醉,余无所知矣。"

宝验其说,与梦相符。意欲质前事,遂差制胜关使郑承符以代孟远^{○52}。是月三日晚,衙于后毬场^{○53},沥酒焚香,牒请九娘子神收管。至十六日,制胜关申云:"今月十三日夜,三更已来,关使暴卒。"宝惊叹息,使人驰视之,至则果卒,唯心背不冷,暑月停尸,亦不败坏,其家甚异之。忽一夜,阴风惨洌,吹砂走石,发屋拔树,禾苗尽偃,及晓而止,云雾四布,连夕不解。至暮,有迅雷一声,划如天裂。

承符忽呻吟数息,其家剖棺视之,良久复苏。是夕,亲邻咸聚,悲喜相仍[54]。

信宿如故,家人诘其由,乃曰:"余初见一人,衣紫绶,乘骊驹,从者十余人,至门下马,命吾相见。揖让周旋,手捧一牒授吾云:'贵主得吹尘之梦[55],知君负命世之才,欲遵南阳故事[56],思殄邦仇。使下臣持兹礼币,聊展敬于君子。而冀再康国步[57],幸不以三顾为劳也。'余不暇他辞,唯称不敢。酬酢之际,已见聘币罗于阶下,鞍马、器甲、锦彩、服玩、橐鞬之属[58],咸布列于庭。吾辞不获免,遂再拜受之。即相促登车,所乘马异常骏伟,装饰鲜洁,仆御整肃。倏忽行百余里,有甲马三百骑已来,迎候驱殿。有大将军之行李,余亦颇以为得志。指顾间,望见一大城,其雉堞穹崇,沟洫深濬,余惚恍不知所自。俄于郊外,备帐乐,设享。宴罢入城,观者如堵,传呼小吏,交错其间,所经之门,不记重数。

"及至 处,如有公署,左右使余下马易衣,趋见贵主。贵主使人传命,请以宾主之礼见。余自谓既受公文、器甲、临戎之具[59],即是臣也,遂坚辞,具戎服入见。贵主使人复命,请去橐鞬,宾主之间,降杀可也。余遂舍器仗而趋入,见贵主坐于厅上,余拜谒,一如君臣之礼。拜讫,连呼登阶,余乃再拜,升自西阶。

"见红妆翠眉、蟠龙髻凤而侍立者,数十余辈;弹弦握管、秾花异服而执役者,又数十辈;腰金拖紫、曳组攒簪而趋隅者[60],又非止一人也;轻裘大带、白玉横腰而森罗于阶下者,其数甚多。次命女客五六人,各有侍者十数辈,差肩接迹，累累而进。余亦低视长揖，不敢施拜。坐定，有大校数人^⑥，皆令预坐，举酒进乐。

"酒至贵主，敛袂举觞，将欲兴词，叙向来征聘之意。俄闻烽燧四起，叫噪喧呼云：'朝那贼步骑数万人，今日平明，攻破堡寨，寻已入界，数道齐进，烟火不绝，请发兵救应。'侍坐者相顾失色，诸女不及叙别，狼狈而散。及诸校降阶拜谢，伫立听命。

"贵主临轩谓余曰：'吾受相公非常之惠，悯其孤惸^⑥，继发师徒，拯其患难。然以车甲不利，权略是思。今不弃弊陋，所以命将军者，正为此危急也。幸不以幽僻为辞，少匡不逮。'遂别赐战马二疋，黄金甲一副，旌旗旄钺，珍宝器用，充庭溢目，不可胜计。彩女二人，给以兵符，锡赉甚丰^⑥。余拜捧而出，传呼诸将，指挥部伍，内外响应。

"是夜出城，相次探报，皆云贼势渐雄。余素谙其山川地里，形势孤虚，遂引军夜出。去城百余里，分布要害，明悬赏罚，号令三军，设三伏以待之。迟明，排布已毕。贼汰其前功^⑥，颇甚轻进，犹谓孟远之统众也。余自引轻骑，登高视之，见烟尘四合，行阵整肃。余先使轻兵搦战^⑥，示弱以诱之。接以短兵，且战且行。金革之声，天裂地坼。余引兵诈北，彼亦尽锐前趋，鼓噪一声，伏兵尽起，千里转战，四面夹攻。彼军败绩，死者如麻，再战再奔。朝那狡童，漏刃而去，从亡之卒，不过十余人。余选健马三十骑追之，果生置于麾下。由是血肉染草木，脂膏润原野，腥秽荡空，戈甲山积。

"贼帅以轻车驰送于贵主，贵主登平朔楼受之。举国士民,咸来会集,引于楼前,以礼责问,唯称死罪,竟绝他词,遂令押赴都市腰斩。临刑,有一使乘传,来自王所,持急诏,令促赦之。曰:'朝那之罪,吾之罪也,汝可赦之,以轻吾过。'贵主以父母再通音问,喜不自胜,谓诸将曰:'朝那妄动,即父之命也。今使赦之,亦父之命也。昔吾违命,乃贞节也;今若又违,是不祥也。'遂命解转,使单骑送归,未及朝那,已羞而卒于路。

"余以克敌之功,大被宠锡。寻备礼拜平难大将军,食朔方一万三千户。别赐第宅,舆马宝器,衣服婢仆,园林邸第,旌幢铠甲。次及诸将,赏赉有差⑥。明日大宴,预坐者不过五六人,前者六七女皆来侍坐,风姿艳态,愈更动人。竟夕酣饮,甚欢。

"酒至贵主,捧觞而言曰:'妾之不幸,少处空闺,天赋孤贞。不从严父之命,屏居于此三纪矣。蓬首灰心,未得其死。邻童迫胁,几至颠危。若非相公之殊恩,将军之雄武,则息国不言之妇⑥,又为朝那之囚耳。永言斯惠,终天不忘。'遂以七宝钟酌酒,使人持送郑将军。

"余因避席,再拜而饮。余自是颇动归心,词理恳切,遂许给假一月,宴罢出。明日,辞谢讫,拥其麾下三十余人返于来路,所经之处,闻鸡犬,颇甚酸辛。俄顷到家,见家人聚泣,灵帐俨然。麾下一人,令余促入棺缝之中,余欲前,而为左右所篸⑥。俄闻震雷一声,醒然而悟。"

承符自此不事家产,唯以后事付妻孥,果经一月,无疾而终。其初欲暴卒时,告其所亲曰:"余本机钤入用⑥,效节戎行,虽奇功蔑闻,而薄效粗立⑥。洎遭衅累,谴谪于兹,平生志气，郁而未申。丈夫终当扇长风，摧巨浪，摧太山以压卵，决东海以沃萤㉑，奋其鹰犬之心，为人雪不平之事。吾朝夕当有所受，与子分襟㉒，固不久矣。"

其月十三日，有人自薛举城，晨发十余里，天初平晓，忽见前有车尘竞起，旌旗焕赫，甲马数百人，中拥一人，气概洋洋然。逼而视之，郑承符也。此人惊讶移时，因伫于路左，见瞥如风云㉓，抵善女湫。俄顷，悄无所见。

【注释】

① 泾州：今甘肃泾川一带。　② 薛举城：泾川圻塘城。唐初，秦王李世民在此打败薛举、薛仁杲的割据势力，将陇右收入版图。　③ 胦（xī）飨（xiǎng）：胦响，传播、散布的意思。　④ 居善女之右：比善女高明。从前文来看，百姓祈请的是九娘子，此处"右"应为"左"，其灵验劣于善女。　⑤ 乾符五年：878年。乾符是唐僖宗李儇的年号，874年至879年。　⑥ 鍪（móu）：头盔。　⑦ 妃主：妃嫔，公主。　⑧ 绵历多祀：祭祀的时间很长。　⑨ 茕（qióng）嫠（lí）：寡妇。　⑩ 显晦：与后文的"幽显"同义，显指人世、阳间，晦、幽指幽冥、阴间。本文中九娘子虽然是龙神，所处的世界却是幽冥。　⑪ 展分：表现情分，指为对方做一些事情。　⑫ 会稽之鄮县：今浙江宁波一带。以下九娘子对家世的介绍，出自《梁四公记》，见《太平广记》卷418《震泽洞》。　⑬ 不造：不幸。　⑭ 瞰室：窥视房舍，此处指窥视龙的洞穴。　⑮ 纂（zuǎn）绍：嗣统，家族传承。　⑯ 合浦郡落黎县：唐代合浦郡辖合浦、封山、蔡龙、大廉四个县，约为今广东西部、广西南部、海南。　⑰ 新平真宁县：唐代新平郡即邠州，辖新平、三水、永寿、

宜禄四县。真宁县为今甘肃正宁县。九娘子所说就是泾川这一带。

⑱ 象郡：秦代设置的郡，其区域大致为广西南部、云南东南部、越南北部、中部。　⑲ 再行：再嫁。　⑳ 自劓(yì)：自己割鼻子以毁容。

㉑ 掎(jǐ)角：两面受困，被两面夹击。无怙(hù)：没有依靠。　㉒ 借一：最后的决战。《左传·成公二年》："子又不许，请收合余烬，背城借一。"　㉓ 髧(dàn)彼两髦：垂下两边的头发，年轻人的发式。

㉔ 卫世子媵妇自誓之词：《诗经·鄘风·柏舟》，咏叹坚贞的爱情。

㉕ 邵伯听讼：《诗经·召南·行露》，描写女子坚决拒绝无理纠缠。据《毛诗序》，《行露》所写是邵伯审理的一个男子欺凌女子的案件。

㉖ 姬奭：即召公，也写作邵公、邵伯。　㉗ 边徼(jiào)：边境。　㉘ 匪夕伊朝：不止一个晚上和早晨，说不定什么时候，随时有可能。　㉙ 前茅：先头部队。　㉚ 三良：指国内的贤臣。　㉛ 婴城：萦城，环城守卫。　㉜ 宝玉：此处指宗庙祭祀所用的玉制礼器。　㉝ 申胥乞师于嬴氏：春秋时，伍子胥率吴国军队攻打楚国，楚昭王出逃，伍子胥掘楚平王墓鞭尸复仇。楚国大夫申包胥为求救岳，在秦国宫廷外哭了七天七夜，秦哀公大为感动，发兵救楚，吴国退兵。　㉞ 芈(mǐ)氏：楚国国君为芈姓熊氏。　㉟ 矧(shěn)：况且。　㊱ 缀旒：国势危急。《后汉书·张衡传》："夫战国交争，戎车竞驱，君若缀旒，人无所丽。"

㊲ 蠢尔黎元：无知蠢动的人民。　㊳ 咸京八水：渭、泾、沣、涝、潏、滈、浐、灞八条河水穿流、围绕长安城。　㊴ 鹰扬：威武的官兵。

㊵ 冯夷：水神，河伯。《淮南子·齐俗训》："昔者冯夷得道，以潜大川。"

㊶ 巨灵：劈开华山的河神。晋代干宝《搜神记》："二华之山，其本一山也，当河，河水过之而曲流。河神巨灵，以手擘开其上，以足蹈离其下，中分为两，以利河流。今观手迹于华岳上，指掌之形具在。"　㊷ 子胥：伍子胥，春秋时楚国人。任吴国大夫，因小人谗言而被赐自杀，其

尸首被裹在革囊里,投入钱塘江,据说其魂魄化为潮神。　㊽阳侯:波涛之神。《楚辞·九章·哀郢》:"凌阳侯之泛滥兮,忽翱翔之焉薄。"　㊽列缺:霹雳,雷霆。　㊺丰隆:雷神。《淮南子·天文训》:"季春三月,丰隆乃出,以将其雨。"　㊻污潴(zhū):积水的洼地。将宅院变成污池,也是一种严厉的惩罚。　㊼泾阳君与洞庭外祖:此处用《柳毅传》故事。　㊽怀山襄陵:洪水包围山峦,漫过丘陵。　㊾晡(bū):申时,即午后15点至17点。　㊿翼日:翌日,第二天。　51劳止:辛劳。　52制胜关:原州七关之一,控制陇西,在今宁夏泾源。　53衔:列队,排列。　54相仍:相继。　55吹尘之梦:得贤良之臣的吉兆。西晋皇甫谧《帝王世纪》曰:"黄帝梦大风,吹天下之尘垢皆去。又梦人执千钧之弩,驱羊数万群。帝寤而叹曰:'风为号令,执政者。垢去土解,清治者。天下岂有姓风名后者也哉?夫千钧之弩,异力能运者也。驱羊数万群,是能善牧者也。天下岂有姓力名牧者也?'于是,依二梦之占而求之,得风后于海隅,登以为相。得力牧于大泽,进以为将。"　56南阳故事:诸葛亮隐居于南阳,刘备三顾茅庐请他出山辅佐。　57国步:国家命运。　58橐鞬(jiàn):盛弓箭的器具。　59临戎之具:上阵打仗所用的兵器用具。　60腰金拖紫、曳金攒(cuán)簪:腰挂金鱼袋,穿着紫色袍,组绶佩着官印,发簪别在冠上,这是高官的装束。　61大校:军队的将领。　62孤惸(qióng):孤独。九娘子是丧偶状态,故自称孤惸。　63锡(cì)赉(lài):赏赐。　64汰:骄矜。　65搦(nuò)战:挑战。　66赏赉有差:依照功劳大小依次赏赐。　67息国不言之妇:据《左传·庄公十四年》,春秋时楚文王灭息国,废息侯,夺其夫人息妫。息妫痛伤息国之亡,终生不与楚文王言。　68耸:怂恿,此处是推的意思。　69机钤入用:以机谋被任用。　70薄效粗立:初步取得了一些小功劳。　　⑦"摧太山以压卵"两句：摧毁泰山以压碎鸡蛋,决开东海以熄灭萤火,形容以极大的力量做极小的事情,但能有作为,一切在所不惜。　　⑦分襟：分袂,分手。　　⑦瞥如：短暂出现,闪现。

崔玄微

唐 段成式

【题解】

选自《太平广记》卷416,注"出《酉阳杂俎》及《博异记》"。段成式《酉阳杂俎·续集》卷3《支诺皋下》。段成式(803—863),字柯古。晚唐文人,与李商隐、温庭筠齐名,三人俱排行十六,故并称"三十六"。《博异记》旧题谷神子纂,或为郑还古或裴铏。《崔玄微》讲述处士崔玄微保护花木免遭恶风摧残,得花仙回报而长生不老的故事。文中依据花与风的自然特征,描述各位仙子,红衣的石榴花阿措尤其精灵可爱。文末所附牡丹小人之事,文字极短,却颇有画面感,令人浮想联翩。

唐天宝中,处士崔玄微洛东有宅。耽道①,饵术及茯苓三十载②。因药尽,领僮仆辈入嵩山采芝③,一年方回。宅中无人,蒿莱满院。时春季夜间,风清月朗,不睡,独处一院,家人无故辄不到。

三更后,有一青衣云:"君在院中也。今欲与一两女伴过,至上东门表姨处④,暂借此歇,可乎?"玄微许之。须臾,乃有十余人,青衣引入。有绿裳者前曰:"某姓杨。"指一人,曰:"李氏。"又一人,曰:"陶氏。"又指一绯小女⑤,

曰："姓石，名阿措。"各有侍女辈。玄微相见毕，乃坐于月下，问行出之由。对曰："欲到封十八姨⑥，数日云欲来相看，不得⑦，今夕众往看之。"坐未定，门外报："封家姨来也。"坐皆惊喜出迎。杨氏云："主人甚贤，只此从容不恶，诸亦未胜于此也⑧。"玄微又出见封氏，言词泠泠，有林下风气⑨。遂揖入坐。色皆殊绝。满座芳香，馥馥袭人。诸人命酒，各歌以送之，玄微志其二焉。有红裳人与白衣送酒，歌曰："皎洁玉颜胜白雪，况乃当年对芳月。沉吟不敢怨春风，自叹容华暗消歇。"又白衣人送酒，歌曰："绛衣披拂露盈盈，淡染胭脂一朵轻。自恨红颜留不住，莫怨春风道薄情。"至十八姨持盏，性颇轻佻，翻酒污阿措衣。阿措作色曰："诸人即奉求，余即不知奉求耳。"拂衣而起。十八姨曰："小女弄酒！"皆起，至门外别。十八姨南去，诸人西入苑中而别。玄微亦不知异。

明夜又来，云："欲往十八姨处。"阿措怒曰："何用更去封妪舍，有事只求处士，不知可乎？"阿措又言曰："诸侣皆住苑中，每岁多被恶风所挠，居止不安，常求十八姨相庇。昨阿措不能依回⑩，应难取力。处士倘不阻见庇，亦有微报耳。"玄微曰："某有何力，得及诸女？"阿措曰："但处士每岁岁日⑪，与作一朱幡，上图日月五星之文⑫，于苑东立之，则免难矣。今岁已过，但请至此月二十一日平旦⑬，微有东风，即立之，庶夫免患也。"玄微许之。乃齐声谢曰："不敢忘德。"拜而去。玄微于月中随而送之，逾苑墙，乃入苑中，各失所在。依其言，至此日立幡。是日东风振地，自洛南折树飞沙，而苑中繁花不动。玄微乃悟：

诸女曰姓杨、李、陶，及衣服颜色之异，皆众花之精也；绯衣名阿措，即安石榴也⑭；封十八姨，乃风神也。后数夜，杨氏辈复至愧谢。各裹桃李花数斗，劝崔生："服之可延年却老。愿长如此住，卫护某等，亦可致长生。"至元和初，玄微犹在，可称年三十许人。

又尊贤坊田弘正宅⑮，中门外有紫牡丹成树，发花千余朵。花盛时，每月夜，有小人五六，长尺余，游于花上。如此七八年。人将掩之⑯，辄失所在。

【注释】

① 耽道：沉迷道术。　② 饵：服用。术（zhú）：白术，中草药。茯苓：中草药。　③ 嵩山：五岳中的中岳。　④ 上东门：洛阳城东面有三门，靠北的叫"上东门"。　⑤ 绯小女：红衣少女。　⑥ 封十八姨：封谐音"风"，十八为"木"。此名字暗寓风吹树木之意。　⑦ 不得：封十八姨说要来，结果一直没来。　⑧ 诸亦未胜于此：结合上句，评价在崔玄微处相聚就很好，别的地方未必更好。　⑨ 林下风气：女子风度潇洒。出自《世说新语·贤媛》："王夫人神情散朗，故有林下风气。"乃评价才女谢道韫。谢道韫嫁给了王羲之的儿子王凝之。　⑩ 依回：顺承，奉承。　⑪ 岁日：元旦，元日。　⑫ 五星：太白、岁星、辰星、荧惑、镇星，即金、木、水、火、土五行星。　⑬ 平旦：清晨。⑭ 安石榴：石榴，汉代由西域传入内地。　⑮ 尊贤坊：洛阳城里的坊。田弘正：魏博节度使田承嗣之侄，唐宪宗时曾任魏博、成德等处节度使。　⑯ 掩：偷袭。

王　榭

宋　佚名

【题解】

　　选自宋代刘斧《青琐高议·别集》卷4,作者姓名不可考。唐代刘禹锡《乌衣巷》诗中"旧时王谢堂前燕,飞入寻常百姓家",以平常景物,传达盛衰今昔的感慨,令人称道不已。《王榭》却说此"王谢"不是你们理解的王、谢世家,而是一个叫王榭的人。他船舶失事,漂流到乌衣国,被翁姬热情招待,并将女儿嫁给他。王榭被飞兜送回大唐后,才明白乌衣国的翁姬是他家的燕子。而燕子少女伤情别离,终生不再北飞。于是,王榭堂前不再有燕来。这个故事想象奇特,叙述宛转,所描绘的乌衣国俨然世外桃源。

　　唐王榭,金陵人。家巨富,祖以航海为业。一日,榭具大舶,欲之大食国[①]。行逾月,海风大作,惊涛际天,阴云如墨,巨浪走山。鲸鳌出没,鱼龙隐现,吹波鼓浪,莫知其数。然风势益壮,巨浪一来,身若上于九天。大浪既回,舟如堕于海底。举舟之人,兴而复颠,颠而又仆。不久,舟破,独榭一板之附,又为风涛飘荡。开目则鱼怪出其左,海兽浮其右,张目呀口,欲相吞噬,榭闭目待死而已。

三日，抵一洲，舍板登岸。行及百步，见一翁媪，皆皂衣服②，年七十余，喜曰："此吾主人郎也！何由至此？"榭以实对，乃引到其家。坐未久，曰："主人远来，必甚馁。"进食，□肴皆水族。月余，榭方平复，饮食如故。翁曰："□吾国者，必先见君。向以郎□倦，未可往，今可矣。"榭诺。

翁乃引行三里，过阛阓民居③，亦甚烦会④。又过一长桥，方见宫室台榭，连延相接，若王公大人之居。至大殿门，阍者入报。不久，一妇人出，服颇美丽，传言曰："王召君入见。"王坐大殿，左右皆女人立。王衣皂袍乌冠。榭即殿阶。王曰："君北渡人也，礼无统制⑤，无拜也。"榭曰："既至其国，岂有不拜乎？"王亦折躬劳谢。王喜，召榭上殿，赐坐，曰："卑远之国，贤者何由及此？"榭以风涛破舟，不意及此，惟祈王见矜⑥。曰："君舍何处？"榭曰："见居翁家。"王令急召来，翁至，□曰："此本乡主人也，凡百无令其不如意。"王曰："有所须但论。"乃引去，复寓翁家。

翁有一女，甚美色。或进茶饵，帘牖间偷视私顾，亦无避忌。翁一日召榭饮，半酣，白翁曰："某身居异地，赖翁母存活。旅况如不失家，为德甚厚。然万里一身，怜悯孤苦，寝不成寐，食不成甘，使人郁郁。但恐成疾伏枕，以累翁也。"翁曰："方欲发言，又恐轻冒。家有小女，年十七，此主人家所生也。欲以结好，少适旅怀，如何？"榭答："甚善。"翁乃择日备礼，王亦遗酒肴彩礼，助结姻好。

成亲，榭细视女，俊目狭腰，杏脸绀鬟，体轻欲飞，妖姿多态。榭询其国名,曰:"乌衣国也。"榭曰:"翁常目我为主人郎,我亦不识者,所不役使,何主人云也?"女曰:"君久即自知也。"后常饮宴衽席之间,女多泪眼畏人,愁眉蹙黛。榭曰:"何故?"女曰:"恐不久睽别⑦。"榭曰:"吾虽萍寄,得子亦忘归,子何言离意?"女曰:"事由阴数⑧,不由人也。"

王召榭,宴于宝墨殿,器皿陈设俱黑,亭下之乐亦然。杯行乐作,亦甚清婉,但不晓其曲耳。王命玄玉杯劝酒曰:"至吾国者,古今止两人:汉有梅成⑨,今有足下,愿得一篇,为异日佳话。"给笺,榭为诗曰:"基业祖来兴大舶,万里梯航惯为客。今年岁运顿衰零,中道偶然罹此厄。巨风迅急若追兵,千叠云阴如墨色。鱼龙吹浪洒面腥,全舟灵葬鱼龙宅。阴火连空紫焰飞,直疑浪与天相拍。鲸目光连半海红,鳌头波涌掀天白。桅樯倒折海底开,声若雷霆以分别。随我神助不沉沧,一板漂来此岸侧。君恩虽重赐宴频,无奈旅人自凄侧。引领乡原涕泪零⑩,恨不此身生羽翼。"

王览诗欣然曰:"君诗甚好!无苦怀家,不久令归。虽不能羽翼,亦令君跨烟雾。"宴回,各人作□诗。女曰:"末句何相讥也?"榭亦不晓。

不久,海上风和日暖,女泣曰:"君归有日矣!"王遣人谓曰:"君某日当回,宜与家人叙别。"女置酒,但悲泣不能发言,雨洗娇花,露沾弱柳,绿惨红愁,香消腻瘦。榭亦悲感。女作别诗曰:"从来欢会惟忧少,自古恩情到底稀。此夕孤帏千载恨,梦魂应逐北风飞。"又曰:"我自此不复北渡矣。使君见我非今形容，且将憎恶之，何暇怜爱？我见君亦有嫉妒之情。今不复北渡，愿老死于故乡。此中所有之物，郎俱不可持去，非所惜也。"令侍中取丸灵丹来，曰："此丹可以召人之神魂，死未逾月者，皆可使之更生。其法用一明镜，致死者胸上，以丹安于项。以东南艾枝作柱，灸之，立活。此丹海神秘惜，若不以昆仑玉盒盛之，即不可逾海。"适有玉盒，并付以系榭左臂，大恸而别。

王曰："吾国无以为赠。"取笺，诗曰："昔向南溟浮大舶，漂流偶作吾乡客。从兹相见不复期，万里风烟云水隔。"榭辞拜。王命取"飞云轩"来，既至，乃一乌毡兜子耳。命榭入其中，复命取化羽池水，洒之其毡乘。又召翁妪扶持榭回。王戒榭曰："当闭目，少息即至君家。不尔，即堕大海矣。"榭合目，但闻风声怒涛。

既久开目，已至其家，坐堂上，四顾无人，惟梁上有双燕呢喃。榭仰视，乃知所止之国，燕子国也。须臾，家人出相劳问，俱曰："闻为风涛破舟死矣，何故遽归？"榭曰："独我附板而生。"亦不告所居之国。

榭惟一子，去时方三岁。不见，乃问家人，曰："死已半月矣！"榭感泣，因思灵丹之言，命开棺取尸，如法灸之，果生。

至秋，二燕将去，悲鸣庭户之间。榭招之，飞集于臂，乃取纸细书一绝，系于尾，云："误到华胥国里来[11]，玉人终日重怜才。云轩飘去无消息，泪洒临风几百回。"

来春，燕来，径泊榭臂，尾有小束，取视，乃诗也。□

有一绝云："昔日相逢真数合,而今睽隔是生离。来春纵有相思字,三月天南无燕飞。"榭深自恨。明年,亦不来。

其事流传众人口,因目榭所居处为乌衣巷。刘禹锡《金陵五咏》有《乌衣巷》诗云："朱雀桥边野草花,乌衣巷口夕阳斜。旧时王榭堂前燕,飞入寻常百姓家。"即知王榭之事非虚矣。

【注释】

① 大食国:唐代对阿拉伯帝国的称呼。　② 皂:黑色。　③ 阛(huán)阓(huì):街道店铺等。　④ 烦会:繁会,繁华。　⑤ 礼无统制:礼仪没有统一的规范。　⑥ 矜:怜悯,怜惜。　⑦ 睽(kuí)别:离别。　⑧ 阴数:天数,命运。　⑨ 梅成:梅成事迹无考。汉代姓梅且升仙的人物为梅福,字子真,九江寿春人。　⑩ 引领:伸长脖子眺望。　⑪ 华胥国:出自《列子·黄帝》:"(黄帝)昼寝,而梦游于华胥氏之国。"此处指在乌衣国的经历犹如梦幻。

五 鬼

崔 炜

唐 裴铏

【题解】

　　选自《太平广记》卷34，注"出《传奇》"。《崔炜》讲述了崔炜得奇艾，先后帮助僧人、任翁，却被任翁加害，逃跑中落入洞穴，又为大蛇灸艾。大蛇驮着崔炜来到地下宫室，崔炜得到南越王赠送的宝珠，又得南越王相助，聘娶田夫人。故事奇幻而曲折，移步换景：任翁家中的凶险，洞底与大蛇对峙的紧张，玄宫之内的华丽古雅，羊城使者沟通内外的神奇……无不引人入胜。直到最后方才揭晓所有的谜底。原来，南越王、田夫人、任翁等都是古时的人。那么崔炜所遇，仙耶？ 鬼耶？

　　贞元中，有崔炜者，故监察向之子也①。向有诗名于人间，终于南海从事②。炜居南海，意豁然也，不事家产，多尚豪侠。不数年，财业殚尽，多栖止佛舍。

　　时中元日，番禺人多陈设珍异于佛庙③，集百戏于开元寺。炜因窥之，见乞食老妪，因蹶而覆人之酒瓮，当垆者殴之，计其直仅一缗耳。炜怜之，脱衣为偿其所直，妪不谢而去。异日又来告炜曰："谢子为脱吾难。吾善灸赘疣，今有越井冈艾少许奉子④。每遇疣赘，只一炷耳，不独愈苦，兼获美艳。"炜笑而受之。妪倏亦不见。

后数日，因游海光寺，遇老僧赘于耳。炜因出艾试灸之，而如其说。僧感之甚，谓炜曰："贫道无以奉酬，但转经以资郎君之福祐耳。此山下有一任翁者，藏镪巨万⑤，亦有斯疾，君子能疗之，当有厚报。请为书导之。"炜曰："然。"任翁一闻喜跃，礼请甚谨。炜因出艾，一爇而愈。任翁告炜曰："谢君子痊我所苦，无以厚酬，有钱十万奉子。幸从容，无草草而去。"炜因留彼。

炜善丝竹之妙，闻主人堂前弹琴声，诘家童。对曰："主人之爱女也。"因请其琴而弹之，女潜听而有意焉。时任翁家事鬼曰独脚神，每三岁必杀一人飨之。时已逼矣，求人不获。任翁俄负心，召其子计之曰："门下客既不来，无血属⑥，可以为飨。吾闻大恩尚不报，况愈小疾耳。"遂令具神馔。夜将半，拟杀炜，已潜扃炜所外之室，而炜莫觉。女密知之，潜持刃于窗隙间，告炜曰："吾家事鬼，今夜当杀汝而祭之。汝可持此破窗遁去，不然者，少顷死矣。此刃亦望持去，无相累也。"炜恐悸汗流，挥刃携艾，断窗棂跃出，拔键而走。任翁俄觉，率家童十余辈，持刃秉炬追之六七里，几及之。

炜因迷道，失足坠于大枯井中，追者失踪而返。炜虽坠井，为槁叶所藉而无伤。及晓视之，乃一巨穴，深百余丈，无计可出。四旁嵌空宛转，可容千人。中有一白蛇盘屈，可长数丈。前有石臼，岩上有物滴下，如饴蜜，注臼中，蛇就饮之。炜察蛇有异，乃叩首祝之曰："龙王，某不幸，坠于此，愿王悯之，幸不相害。"因饮其余，亦不饥渴。细视蛇之唇吻，亦有疣焉。炜感蛇之见悯，欲为灸之，奈无从得火。既久，有遥火飘入于穴。炜乃燃艾，启蛇而灸之，是赘应手坠地。蛇之饮食久妨碍，及去，颇以为便，遂吐径寸珠酬炜。炜不受而启蛇曰："龙王能施云雨，阴阳莫测，神变由心，行藏在己，必能有道，拯援沉沦，傥赐挈维⑦，得还人世，则死生感激，铭在肌肤，但得一归，不愿怀宝。"蛇遂咽珠，蜿蜒将有所适。炜遂载拜⑧，跨蛇而去。

不由穴口，只于洞中行，可数十里，其中幽暗若漆，但蛇之光烛两壁，时见绘画古丈夫，咸有冠带。最后触一石门，门有金兽啮环，洞然明朗。蛇低首不进，而卸下炜，炜将谓已达人世矣。入户，但见一室，空阔可百余步。穴之四壁，皆镌为房室，当中有锦绣帏帐数间，垂金泥紫，更饰以珠翠，炫晃如明星之连缀。帐前有金炉，炉上有蛟龙鸾凤、龟蛇鸾雀，皆张口喷出香烟，芳芬蓊郁。傍有小池，砌以金璧，贮以水银凫鹥之类，皆琢以琼瑶而泛之。四壁有床，咸饰以犀象。上有琴瑟笙簧、毂鼓柷敔⑨，不可胜记。炜细视，手泽尚新⑩。

炜乃恍然，莫测是何洞府也。良久，取琴试弹之。四壁户牖咸启，有小青衣出而笑曰："玉京子已送崔家郎君至矣。"遂却走入。须臾，有四女，皆古环髻，曳霓裳之衣，谓炜曰："何崔子擅入皇帝玄宫耶？"炜乃舍琴再拜，女亦酬拜，炜曰："既是皇帝玄宫，皇帝何在？"曰："暂赴祝融宴尔⑪。"遂命炜就榻鼓琴，炜乃弹《胡笳》⑫。女曰：

"何曲也？"曰："《胡笳》也。"曰："何为《胡笳》？吾不晓也。"炜曰："汉蔡文姬，即中郎邕之女也⑬，没于胡中，及归，感胡中故事，因抚琴而成斯弄，像胡中吹笳哀咽之韵。"女皆怡然曰："大是新曲。"

遂命酌醴传觞。炜乃叩首，求归之意颇切。女曰："崔子既来，皆是宿分，何必匆遽，幸且淹驻。羊城使者少顷当来，可以随往。"谓崔子曰："皇帝已许田夫人奉箕帚，便可相见。"崔子莫测端倪，不敢应答。遂命侍女召田夫人，夫人不肯至，曰："未奉皇帝诏，不敢见崔家郎也。"再命不至。谓炜曰："田夫人淑德美丽，世无俦匹，愿君子善奉之，亦宿业耳。夫人即齐王女也。"崔子曰："齐王何人也？"女曰："王讳横⑭，昔汉初亡齐而居海岛者。"

逡巡，有日影入照坐中。炜因举首，上见一穴，隐隐然睹人间天汉耳。四女曰："羊城使者至矣。"遂有一白羊，自空冉冉而下，须臾至座。背有一丈夫，衣冠俨然，执大笔，兼封一青竹简，上有篆宁，进于香几上。四女命侍女读之曰："广州刺史徐绅死，安南都护赵昌充替。"女酌醴饮使者曰："崔子欲归番禺，愿为挈往。"使者唱喏，回谓炜曰："他日须与使者易服缉宇⑮，以相酬劳。"炜但唯唯。

四女曰："皇帝有敕，令与郎君国宝阳燧珠。将往至彼，当有胡人具十万缗而易之。"遂命侍女开玉函，取珠授炜。炜载拜捧受，谓四女曰："炜不曾朝谒皇帝，又非亲族，何遽睨遗如是？"女曰："郎君先人有诗于越台，感悟徐绅，遂见修缉。皇帝媿之，亦有诗继和。赍珠之意，已露诗中，不假仆说，郎君岂不晓耶？"炜曰："不识皇帝何

诗。"女命侍女书题于羊城使者笔管上云："千岁荒台隳
路隅，一烦太守重椒涂。感君拂拭意何极，报尔美妇与明
珠。"炜曰："皇帝原何姓字？"女曰："已后当自知耳。"
女谓炜曰："中元日⑯，须具美酒丰馔于广州蒲涧寺静室，
吾辈当送田夫人往。"炜遂再拜告去，欲蹑使者之羊背。
女曰："知有鲍姑艾，可留少许。"炜但留艾，即不知鲍姑
是何人也，遂留之。

瞬息而出穴，履于平地，遂失使者与羊所在。望星汉，
时已五更矣。俄闻蒲涧寺钟声，遂抵寺。僧人以早糜见饷⑰，
遂归广州。

崔子先有舍税居，至日往舍询之，曰："已三年矣。"
主人谓崔炜曰："子何所适，而三秋不返？"炜不实告。
开其户，尘榻俨然，颇怀凄怆。问刺史，则徐绅果死而赵
昌替矣。乃抵波斯邸，潜鬻是珠，有老胡人一见，遂匍匐礼
手曰："郎君的入南越王赵佗墓中来⑱，不然者，不合得斯
宝。"盖赵佗以珠为殉故也。崔子乃具实告，方知皇帝是
赵佗，佗亦曾称南越武帝故耳。遂具十万缗易之。崔子请
胡人曰："何以辨之？"曰："我大食国宝阳燧珠也。昔汉
初，赵佗使异人梯山航海，盗归番禺，今仅千载矣。我国有
能玄象者，言来岁国宝当归。故我王召我，具大舶重资，抵
番禺而搜索，今日果有所获矣。"遂出玉液而洗之，光鉴一
室。胡人遽泛舶归大食去。

炜得金，遂具家产。然访羊城使者，竟无影响。后有
事于城隍庙，忽见神像有类使者，又睹神笔上有细字，乃
侍女所题也。方具酒脯而奠之，兼重粉缋⑲，及广其宇。

是知羊城即广州城,庙有五羊焉。又征任翁之室,则村老云:"南越尉任嚣之墓耳⑳。"又登越王殿台,睹先人诗云:"越井冈头松柏老,越王台上生秋草。古墓多年无子孙,野人踏践成官道。"兼越王继和诗,踪迹颇异。乃询主者,主者曰:"徐大夫绅因登此台,感崔侍御诗,故重粉饰台殿,所以焕赫耳。"

　　后将及中元日,遂丰洁香馔甘醴,留蒲涧寺僧室。夜将半,果四女伴田夫人至,容仪艳逸,言旨雅淡。四女与崔生进觞谐谑,将晓告去。崔子遂再拜讫,致书达于越王,卑辞厚礼,敬荷而已。遂与夫人归室。

　　炜诘夫人曰:"既是齐王女,何以配南越人?"夫人曰:"某国破家亡,遭越王所虏为嫔御。王崩,因以为殉,乃不知今是几时也。看烹郦生㉑,如昨日耳。每忆故事,辄一潸然。"炜问曰:"四女何人?"曰:"其二瓯越王摇所献㉒,其二闽越王无诸所进㉓,俱为殉者。"又问曰:"昔四女云鲍姑何人也?"曰:"鲍靓女,葛洪妻也㉔。多行灸于南海。"炜方叹骇昔日之妪耳。又曰:"呼蛇为玉京子何也?"曰:"昔安期生长跨斯龙而朝玉京㉕,故号之玉京子。"

　　炜因在穴饮龙余沫,肌肤少嫩,筋力轻健。后居南海十余载,遂散金破产,栖心道门,乃挈室往罗浮,访鲍姑。后竟不知所适。

【注释】

① 监察:监察御史。《太唐六典》:"掌分察百僚,巡按郡县,纠视刑狱,

肃整朝仪。" ② 南海：南海郡，今广东广州。 ③ 番(pān)禺：今广州番禺区。 ④ 越井冈：广东越王山折向西北，称为越井冈，此处有南越王赵佗所凿井。 ⑤ 镪(qiǎng)：成串的钱，也指银锭。 ⑥ 血属：此处指有鲜血的人或动物。 ⑦ 傥赐挈维：倘若能提携帮助。 ⑧ 载拜：再拜，拜了又拜，形容恭敬。 ⑨ 鼗(táo)鼓：一种有柄的小鼓。柷(zhù)敔(yǔ)：乐器名，开始奏乐时击柷，终止时敲敔。也可用于和乐。 ⑩ 手泽：此处指触碰的痕迹。 ⑪ 祝融：传说中的火神。 ⑫ 胡笳：琴曲《胡笳弄》。 ⑬ 中郎邕：蔡邕(133—192)，字伯喈，陈留郡(今河南开封)人。东汉文学家、书法家，曾任左中郎将，世称蔡中郎。其女儿蔡琰，字文姬，是历史上著名的才女。 ⑭ 王讳横：齐王田横，原为齐国贵族，秦末起义，占据齐地称王。汉高祖刘邦统一天下后，田横率五百部属逃往海岛。后田横被迫赴京城，途中在首阳山自杀。海岛上的五百部属，听到田横死讯后，亦全部自杀。 ⑮ 易服缉宇：换衣服、修房屋。 ⑯ 中元日：农历七月十五，佛教称为盂兰盆节，是祭祀亡故亲人的日子。 ⑰ 糜(mí)：粥。 ⑱ 赵佗：南越武帝，恒山真定(今河北正定)人。原为秦朝将领，与任嚣南下攻打百越。后秦朝灭亡，任嚣也病亡，赵佗兼并桂林、象郡，在岭南创建南越国，以番禺为都城，后臣服汉朝，成为其藩属国。南越国延续了五代后，被汉朝灭掉。 ⑲ 粉缋(huì)：粉绘，粉刷装饰。 ⑳ 任嚣：秦朝将领，首任南海郡尉，管理南海、象郡、桂林三郡，开始修筑番禺城，为广州城的起始。后病重，委托赵佗代理岭南事务，随即卒于番禺。 ㉑ 烹郦生：郦食其说服齐王田横撤退兵守，臣服于汉。而韩信夜发兵偷袭齐。田横听说汉兵来攻打，以为郦食其出卖了自己，就把他烹了。 ㉒ 瓯越：百越的一支，曾分布在今浙江瓯江流域一带。越，也写作"粤"。 ㉓ 闽越：百越的一支，曾分布在今福

建北部和浙江南部一带。　㉔葛洪(284—364)：字稚川,自号抱朴子,
东晋时代丹阳句容(今江苏句容)人。精通炼丹术和道术,传说他止于广
东罗浮山炼丹。　㉕安期生：秦末汉初的齐人,传说他成为海上的
神仙。

圆 观

唐 袁郊

【题解】

选自《太平广记》卷387,注"出《甘泽谣》"。在中国文学史上,"三生石"的首次出现,就在《圆观》中。佛教有前生、今生、来生的说法,因果前定,循环不已。《圆观》即讲述了这样缘定三生、不离不弃的真情。公卿之子李源与僧人圆观是至交。圆观在三峡转世,与李源约定十二年后杭州天竺寺重逢。重逢之际,却是阴阳殊途,难以接近。圆观又约定勤修不堕,定然再相见。

　　圆观者,大历末洛阳惠林寺僧。能事田园,富有粟帛。梵学之外①,音律贯通。时人以"富僧"为名,而莫知所自也。李谏议源,公卿之子。当天宝之际,以游宴歌酒为务。父憕居守②,陷于贼中。乃脱粟布衣③,止于惠林寺,悉将家业为寺公财,寺人日给一器食一杯饮而已。不置仆使,绝其知闻,唯与圆观为忘言交,促膝静话,自旦及昏,时人以清浊不伦④,颇招讥诮。如此三十年。

　　二公一旦约游蜀州,抵青城、峨嵋,同访道求药。圆观欲游长安,出斜谷⑤;李公欲上荆州,出三峡。争此两途,半年未决。李公曰:"吾已绝世事,岂取途两京?"圆观曰："行固不由人，请出从三峡而去。"

遂自荆江上峡。行次南浦，维舟山下，见妇女数人，襕达锦裆⑥，负瓮而汲。圆观望而泣下曰："某不欲至此，恐见其妇人也。"李公惊问曰："自此峡来，此徒不少，何独泣此数人？"圆观曰："其中孕妇姓王者，是某托身之所，逾三载尚未娩怀，以某未来之故也。今既见矣，即命有所归。释氏所谓'循环'也。"谓公曰："请假以符咒，遣其速生，少驻行舟，葬某山下。浴儿三日，亦访临。若相顾一笑，即其认公也。更后十二年，中秋月夜，杭州天竺寺外⑦，与公相见之期也。"

李公遂悔此行，为之一恸。遂召妇人，告以方书，其妇人喜跃还家。顷之，亲族毕至，以枯鱼酒献于水滨，李公往为授朱字⑧。圆观具汤沐，新其衣装。是夕，圆观亡而孕妇产矣。李公三日往观新儿，襁褓就明，果致一笑。李公泣下，具告于王，王乃多出家财，厚葬圆观。

明日，李公回棹，言归惠林。询问观家，方知已有理命。

后十二年秋八月，直诣余杭，赴其所约。时天竺寺山雨初晴，月色满川，无处寻访。忽闻葛洪川畔有牧竖歌《竹枝词》者，乘牛叩角，双髻短衣，俄至寺前，乃圆观也。李公就谒曰："观公健否？"却向李公曰："真信士矣。与公殊途，慎勿相近。俗缘未尽，但愿勤修。勤修不堕，即遂相见。"李公以无由叙话，望之潸然。圆观又唱《竹枝》，步步前去，山长水远，尚闻歌声。词切韵高，莫知所诣。

初到寺前歌曰："三生石上旧精魂，赏月吟风不要论。惭愧情人远相访，此身虽异性常存。"又歌曰："身前身后事茫茫,欲话因缘恐断肠。吴越溪山寻已遍,却回烟棹上瞿塘。"

后三年,李公拜谏议大夫⑨。二年亡。

【注释】

① 梵学:佛学,古印度佛教的典籍多用梵文。　② 父憕(chéng)居守:李憕,并州文水(今山西文水)人。历任监察御史、河南少尹、尚书右丞等。天宝十四载(755),李憕任东都留守。当年十一月,安禄山在范阳起兵反叛,直奔洛阳。李憕誓死不降,被叛军杀害。玄宗追赠他为"司徒"。至德二载(758),肃宗又追赠其为忠烈公。　③ 脱粟:只去壳未精制的糙米粮食。　④ 清浊不伦:李源是公卿之子,读书士人,圆观是出家的僧人,两人身份不同,不应该天天在一起。　⑤ 斜谷:秦岭中的山谷,也称褒斜谷,全长四百多里,是关中通往蜀地的军事要道。　⑥ 篠(tiáo)达锦铛:疑为负水女人的装扮和工具。　⑦ 杭州天竺寺:杭州天竺山的寺庙,清代上、中、下三天竺寺被命名为法喜寺、法净寺、法镜寺。　⑧ 朱字:红字符咒。　⑨ 李公拜谏议大夫:父亲殉国后,李源无心仕进,终身不娶妻、不食酒肉,依洛阳惠林寺斋戒。唐穆宗任命他为谏议大夫,赏赐绯袍、牙笏、绢帛等。李源坚决推辞,随后卒于寺。

浮梁张令

唐 李玫

【题解】

选自《太平广记》卷350，注"出《纂异记》"。《新唐书·艺文志》著录"李玫《纂异记》一卷(大中时人)"。《浮梁张令》讲述了一个跌宕起伏的"鬼"故事，展现人心之贪婪险恶。张某为了延寿，许诺给西岳神丰厚的供品。当他得到福祉后，又立刻反悔。张某竟敢欺骗鬼神，当然下场凄惨。不过，这个过程中，也生动地呈现了连鬼神都要请托关系、收受贿赂的场景。

浮梁张令①，家业蔓延江淮间，累金积粟，不可胜计。秩满，如京师，常先一程致顿，海陆珍美毕具。

至华阴，仆夫施幄幕，陈樽罍②。庖人炙羊方熟，有黄衫者，据盘而坐，仆夫连叱，神色不挠。店妪曰："今五坊弋罗之辈③，横行关内，此其流也，不可与竞。"仆夫方欲求其帅以责之，而张令至，具以黄衫者告。张令曰："勿叱。"召黄衫者问曰："来自何方？"黄衫但唯唯耳。促暖酒，酒至，令以大金钟饮之。虽不谢，似有愧色。饮讫，顾炙羊，著目不移。令自割以劝之，一足尽，未有饱色。令又以食中馋十四五啖之，凡饮二斗余。

酒酣，谓令曰："四十年前，曾于东店得一醉饱，以至今日。"令甚讶，乃勤恳问姓氏，对曰："某非人也，盖直送关中死籍之吏耳④。"令惊问其由，曰："太山召人魂⑤，将死之籍付诸岳，俾其捕送耳。"令曰："可得一观乎？"曰："便窥亦无患。"于是解革囊，出一轴，其首云"太山主者牒金天府⑥"，其第二行云"贪财好杀，见利忘义人，前浮梁县令张某"，即张君也。令见名，乞告使者曰："修短有限，谁敢惜死？但某方强仕，不为死备，家业浩大，未有所付，何术得延其期？某囊橐中，计所直不下数十万，尽可以献于执事。"使者曰："一饭之恩，诚宜报答，百万之贶，某何用焉？今有仙官刘纲，谪在莲花峰。足下宜匍匐径往，哀诉奏章，舍此则无计矣。某昨闻金天王与南岳博戏不胜，输二十万，甚被逼逐。足下可诣岳庙，厚数以许之，必能施力于仙官。纵力不及，亦得路于莲花峰下。不尔，荆榛蒙密，川谷阻绝，无能往者。"

令于是赍牲牢，驰诣岳庙，以千万许之。然后直诣莲花峰，得幽径，凡数十里，至峰下。转东南，有一茅堂，见道士隐几而坐，问令曰："腐骨秽肉、魂亡神耗者，安得来此？"令曰："钟鸣漏尽，露晞顷刻⑦。窃闻仙官能复精魂于朽骨，致肌肉于枯骸，既有好生之心，岂惜奏章之力？"道士曰："吾顷为隋朝权臣一奏，遂谪居此峰。尔何德于予，欲陷吾为寒山之叟乎？"令哀祈愈切，仙官神色甚怒。

俄有使者，赍一函而至，则金天王之书札也。仙官览书，笑曰："关节既到，难为不应。"召使者反报，曰："莫又为上帝谴责否？"乃启玉函，书一通，焚香再拜以遣之。凡食顷，天符乃降，其上署"彻"字。仙官复焚香再拜以启之。云："张某弃背祖宗，窃假名位，不顾礼法，苟窃官荣，而又鄙僻多藏，诡诈无实。百里之任[8]，已是叨居。千乘之富，全因苟得。今按罪已实，待戮余魂。何为奏章，求延厥命？但以扶危拯溺者，大道所尚；纾刑宥过者[9]，玄门是宗[10]。狗尔一氓[11]，我全弘化。希其悛恶[12]，庶乃自新。贪生者量延五年，奏章者不能无罪。"仙官览毕，谓令曰："大凡世人之寿，皆可致百岁。而以喜怒哀乐，汩没心源[13]。爱恶嗜欲，伐生之根。而又扬己之能，掩彼之长。颠倒方寸，顷刻万变。神倦思怠，难全天和。如彼淡泉，汩于五味。欲致不坏，其可得乎？勉导归途，无堕吾教。"令拜辞，举首已失所在。

复寻旧路，稍觉平易。行十余里，黄衫吏迎前而贺。令曰："将欲奉报，愿知姓字。"吏曰："吾姓钟，生为宣城县脚力，亡于华阴，遂为幽冥所录。递符之役，劳苦如旧。"令曰："何以免执事之困？"曰："但酬金天王愿曰：请置予为阍人，则吾饱神盘子矣[14]。天符已违半日，难更淹留，便与执事别。"入庙南柘林三五步而没。

是夕，张令驻车华阴，决东归。计酬金天王愿，所费数逾二万，乃语其仆曰："二万可以赡吾十舍之资粮矣，安可以受祉于上帝，而私谒于土偶人乎？"明旦，遂东至偃师，止于县馆。见黄衫旧吏，赍牒排闼而进，叱张令曰："何虚妄之若是？今祸至矣。由尔偿三峰之愿不果[15]，俾吾答一饭之恩无始终。悒悒之怀，如痛毒螫。"言讫，失所在。顷刻,张令有疾,留书遗妻子,未讫而终。

【注释】

① 浮梁:今江西浮梁。　② 樽罍(léi):酒杯和酒坛,泛指酒具。
③ 五坊弋罗之辈:唐代宫中设五坊,即雕坊、鹘坊、鹰坊、鹞坊、狗坊,豢
养猛禽猎犬以备皇帝玩乐。其中供职的人员,常耀武扬威,为非作歹。
④ 直:当值,值班。　⑤ 太山:东岳泰山,据说泰山掌管幽冥。　⑥ 金
天府:金天王的官府。先天二年(713),唐玄宗封西岳华山神为金天
王。　⑦“钟鸣漏尽”两句:计时结束,露水马上干,形容寿命将结
束。晞(xī),干燥。　⑧ 百里之任:指县令,一县之地约百里。
⑨ 纾刑宥过:宽缓刑罚,原谅过错。　⑩ 玄门是宗:玄门崇尚的原
则。玄门,指道门、道教。《老子》:“玄之又玄,众妙之门。”　⑪ 徇
(xùn)尔一氓(méng):依从你这一个小民。徇,同“徇”。　⑫ 悛
(quān)恶:改正恶行为。　⑬ 汩(gǔ)没:淹没。　⑭ 饱神盘子:
饱吃供神的祭品。　⑮ 三峰:古人称华山三峰,南峰落雁、东峰朝阳、
西峰莲花,高耸鼎峙。

庐江冯媪

唐 李公佐

【题解】

选自《太平广记》卷343，题为《庐江冯媪》，注"出《异闻录》"。《异闻录》即《异闻集》，又名《异闻记》《异闻集传》等。《庐江冯媪》体现了唐代人多样的鬼神观。在这个故事中，人死之后，有不变的一面，如依然保有原来的形貌，身处原来的社会关系，并没有转世投胎，或者去其他世界，而是老老实实住在自己的坟墓里。还有变化的一面，董江别娶，他死去妻子的主妇权利就被剥夺了，可是她孝敬公婆、抚养幼儿的义务并未减少。故事通过冯媪见闻，娓娓叙来，无任何异界幽冥之感，而是一位人间弃妇的心酸写照。

冯媪者，庐江里中啬夫之妇①，穷寡无子，为乡民贱弃。元和四年，淮楚大歉②。媪逐食于舒③，途经牧犊墅，暝值风雨，止于桑下。

忽见路隅一室，灯烛荧荧。媪因诣求宿，见一女子，年二十余，容服美丽，携三岁儿，倚门悲泣。前又见老叟与媪，据床而坐，神气惨戚，言语咕嗫④，有若征索财物追逐之状。见冯媪至，叟媪默然舍去。女久乃止泣，入户备饩食⑤,理床榻,邀媪食息焉。

媪问其故。女复泣曰:"此儿父,我之夫也。明日别娶。"媪曰:"向者二老人,何人也,于汝何求而发怒?"女曰:"我舅姑也。今嗣子别娶,征我筐筥刀尺祭祀旧物⑥,以授新人。我不忍与,是有斯责。"媪曰:"汝前夫何在?"女曰:"我淮阴令梁倩女,适董氏七年,有二男一女,男皆随父,女即此也。今前邑中董江,即其人也。江官为酇丞⑦,家累巨产。"发言不胜呜咽。媪不之异,又久困寒饿,得美食甘寝,不复言。女泣至晓。

媪辞去,行二十里,至桐城县。县东有甲第,张帘帷,具羔雁,人物纷然,云今夕有官家礼事。媪问其郎,即董江也。媪曰:"董有妻,何更娶焉?"邑人曰:"董妻及女亡矣。"媪曰:"昨宵我遇雨,寄宿董妻梁氏舍,何得言亡?"邑人询其处,即董妻墓也。询其二老容貌,即董江之先父母也。

董江本舒州人,里中之人皆得详之。有告董江者,董以妖妄罪之,令部者迫逐媪去。媪言于邑人,邑人皆为感叹。是夕,董竟就婚焉。

元和六年夏五月,江淮从事李公佐使至京,回次汉南,与渤海高钺、天水赵儹、河南宇文鼎会于传舍⑧。宵话征异,各尽见闻。钺具道其事,公佐因为之传。

【注释】

① 庐江:今安徽庐江。啬夫:此处指农夫。   ② 淮楚:淮河流域的

楚国之地。大歉：庄稼收成极其不好。　　③ 舒：舒州，今安徽怀宁一带。　　④ 咕（tiè）嗫（niè）：低声说话，咕咕哝哝的意思。　　⑤ 饩（xì）食：食物。　　⑥ 筐筥刀尺祭祀旧物：古代士大夫家庭，主妇参与祭祀、主持祭品的制作陈设等事宜。筐筥为祭祀用具，刀尺为女红用品，都象征着女性在家庭中的地位和职责。　　⑦ 鄮（zàn）丞：鄮城的县丞。⑧ 传（zhuàn）舍：驿站。

六 妖

补江总白猿传

唐 佚名

【题解】

选自《太平广记》卷444，题为《欧阳纥》，注"出《续江氏传》"。《新唐书·艺文志》著录《补江总白猿传》一卷。《补江总白猿传》作者不详，沿袭了汉魏以来的猿猴盗劫美女主题。如汉代焦延寿《易林·坤之剥》所说："南山大玃，盗我媚妾。怯不敢逐，退然独宿。"《补江总白猿传》是唐代初年第一篇真正的传奇作品，情节完整而曲折，有核心人物，有故事主线，其写作技法明显比前代志怪类作品更成熟。文中说欧阳纥的儿子欧阳询实际是白猿之子。欧阳询是初唐著名书法家，相貌较丑，长孙无忌曾嘲谑他："耸膊成山字，埋肩不出头。谁家麟阁上，画此一猕猴。"

梁大同末①，遣平南将军蔺钦南征，至桂林，破李师古、陈彻。别将欧阳纥略地至长乐②，悉平诸洞③，深入险阻。纥妻纤白，甚美，其部人曰："将军何为挈丽人经此？地有神，善窃少女，而美者尤所难免，宜谨护之。"纥甚疑惧,夜勒兵环其庐,匿妇密室中,谨闭甚固,而以女奴十余伺守之。尔夕④,阴风晦黑,至五更,寂然无闻。守者怠而假寐,忽若有物惊悟者,即已失妻矣。关扃如故⑤,莫知所出。出门山险,咫尺迷闷,不可寻逐。迨明,绝无其迹。

纥大愤痛,誓不徒还。因辞疾,驻其军,日往四遐⑥,即深凌险以索之。既逾月,忽于百里之外丛箐上⑦,得其妻绣履一只,虽雨浸濡,犹可辨识。纥尤凄悼,求之益坚。选壮士三十人,持兵负粮,岩栖野食。又旬余⑧,远所舍约二百里⑨,南望一山,葱秀迥出⑩。至其下,有深溪环之,乃编木以渡。绝岩翠竹之间,时见红彩,闻笑语音。扪萝引絙⑪,而陟其上⑫,则嘉树列植,间以名花,其下绿芜,丰软如毯,清迥岑寂,杳然殊境。东向石门,有妇人数十,帔服鲜泽⑬,嬉游歌笑,出入其中,见人皆慢视迟立⑭。至则问曰:"何因来此?"纥具以对。相视叹曰:"贤妻至此月余矣,今病在床,宜遣视之。"入其门,以木为扉,中宽辟若堂者三。四壁设床,悉施锦荐⑮。其妻卧石榻上,重茵累席⑯,珍食盈前。纥就视之,回眸一睇,即疾挥手令去。

诸妇人曰:"我等与公之妻,比来久者十年。此神物所居,力能杀人,虽百夫操兵⑰,不能制也。幸其未返,宜速避之。但求美酒两斛⑱,食犬十头,麻数十斤,当相与谋杀之。其来必以正午后,慎勿太早,以十日为期。"因促之去,纥亦遽退。遂求醇醪与麻犬,如期而往。妇人曰:"彼好酒,往往致醉。醉必骋力,俾吾等以彩练缚手足于床⑲,一踊皆断。尝纫三幅,则力尽不解,今麻隐帛中束之,度不能矣⑳。遍体皆如铁,唯脐下数寸,常护蔽之,此必不能御兵刃。"指其傍一岩曰："此其食廪㉑，当隐于是，静而伺之。酒置花下，犬散林中，待吾计成，招之即出。"如其言，屏气以俟。日晡㉒，有物如匹练㉓，自他山下，透至若飞㉔，径入洞中，少选㉕，有美髯丈夫长六尺余，白衣曳杖，拥诸妇人而出。见犬惊视，腾身执之，披裂吭咀，食之致饱。妇人竞以玉杯进酒，谐笑甚欢。既饮数斗，则扶之而去，又闻嘻笑之音。良久，妇人出招之，乃持兵而入，见大白猿，缚四足于床头，顾人蹙缩，求脱不得，目光如电。竞兵之，如中铁石。刺其脐下，即饮刃㉖，血射如注。乃大叹咤曰："此天杀我，岂尔之能？然尔妇已孕，勿杀其子。将逢圣帝，必大其宗。"言绝乃死。

搜其藏，宝器丰积，珍羞盈品，罗列几案。凡人世所珍，靡不充备。名香数斛，宝剑一双。妇人三十辈，皆绝其色，久者至十年。云："色衰必被提去，莫知所置。"又捕采唯止其身，更无党类。旦盥洗，著帽，加白袷㉗，被素罗衣，不知寒暑。遍身白毛，长数寸。所居常读木简，字若符篆，了不可识；已，则置石蹬下。晴昼或舞双剑，环身电飞，光圆若月。其饮食无常，喜啖果栗，尤嗜犬，咀而饮其血。日始逾午，即欻然而逝，半昼往返数千里，及晚必归，此其常也。所须无不立得，夜就诸床嬲戏㉘，一夕皆周，未尝寐。言语淹详㉙，华旨会利㉚。然其状，即猳玃类也㉛。今岁木叶之初㉜，忽怆然曰：'吾为山神所诉，将得死罪。亦求护之于众灵，庶几可免。'前月哉生魄㉝，石磴生火，焚其简书，怅然自失曰：'吾已千岁而无子，今有子，死期至矣。'因顾诸女，汍澜者久，且曰：'此山峻绝，未尝有人至。上高而望,绝不见樵者,下多虎狼怪兽,今能至者,非天假之,何耶?'"

纥取宝玉珍丽及诸妇人以归,犹有知其家者。纥妻周岁生一子,厥状肖焉㉞。后纥为陈武帝所诛。素与江总善㉟,爱其子聪悟绝人,常留养之,故免于难。及长,果文学善书,知名于时。

【注释】

① 大同:南朝梁武帝萧衍的年号,535年至546年,共11年。　② 别将:主力部队之外的部队将领。欧阳纥:字奉圣,潭州临湘(今长沙)人。少年时就随父欧阳颁征战。南朝陈天嘉年间,袭爵阳山郡公,出任大都督,军功显赫,进号轻车将军。后因受皇帝疑忌而起兵造反,兵败被杀。其子欧阳询年幼,由欧阳纥的好友江总教养长大。略地:占领土地。长乐:今福建福州长乐区一带。　③ 诸洞:南方少数民族的聚居地多称洞。　④ 尔夕:当天晚上。　⑤ 关扃(jiōng):关闭,封锁。　⑥ 四迥:四周极远的地方。　⑦ 丛筱(xiǎo):茂密的小竹林。　⑧ 旬:十天,一个月分三旬。　⑨ 所舍:所驻扎的地方。　⑩ 迥(jiǒng)出:超出,高出。　⑪ 绠(gēng):粗壮的绳子。　⑫ 陟(zhì):登高。　⑬ 帔(pèi):披在身上的装饰性服饰。　⑭ 慢视:轻视。此处"慢视迟立",是指这些女人惊讶于欧阳纥来到,都站起来看他。　⑮ 荐:垫子,席子。　⑯ 重茵:重褥,双重的垫褥,形容垫子、褥子的精美考究。　⑰ 兵:武器。　⑱ 斛(hú):唐代之前,一斛即一石,为十斗。　⑲ 俾(bǐ):使,让。　⑳ 度(duó):推测,估计。　㉑ 廪(lǐn):仓库。　㉒ 晡(bū):申

时，即午后15点至17点。 ㉓ 匹练：白色丝绸，可理解为长条状的白绢。 ㉔ 透至：指透空而来，形容其迅捷。 ㉕ 少选：一会儿，不久。 ㉖ 饮刃：锋刃没入身体。 ㉗ 白袷（jiá）：白色夹层的衣服，此处指外套素罗衣里面的衣服。 ㉘ 嬲（niǎo）戏：狎弄游戏。 ㉙ 淹详：渊博详尽。 ㉚ 华旨：精采的见解。会利：指表达流利。 ㉛ 猳（jiā）玃（jué）：猿猴类动物。 ㉜ 木叶之初：初秋。屈原《九歌·湘夫人》："袅袅兮秋风，洞庭波兮木叶下。" ㉝ 哉生魄：农历每月十六日，这一天开始月光减少、月魄增多。魄，月黑无光的部分。 ㉞ 厥状：形状，形象。肖：相似。 ㉟ 江总（519—594）：字总持，济阳考城（今河南兰考、民权一带）人。南朝陈时的官员、文学家。在陈后主当政时任宰相，无大作为。陈灭亡后，又入隋为官。

任氏传

唐 沈既济

【题解】

选自《太平广记》卷452，题为《任氏》。作者沈既济，苏州人，被赞誉为"良史才"。唐德宗时，历任左拾遗、史馆修撰、礼部员外郎等，撰《建中实录》等。《任氏传》在文学史上首次塑造了"情狐"形象，虽为妖，却有情有义。任氏对郑六忠贞不二，仅仅因为郑六不嫌弃其妖物身份。有意思的是，郑六并非男主角，连个名字都没有。韦崟才是事实上的男主角，他极爱任氏美色，甘愿承包她所有的花费，却能尊重任氏本人的意愿，止步于调笑。任氏则投桃报李，为韦崟诱骗其他美女。任氏作为"妖"的特点，一是无与伦比的美貌，再是小有预知能力，其他的本领就没有了，甚至力气还比不上平常人。因此，倘若抛开那些对"狐"身份的强调，任氏就是一位身处下贱又美貌的弱女子，在贵公子对女性的玩弄中，竭力抓住一点自以为是的真情。

任氏，女妖也。

有韦使君者[①]，名崟，第九，信安王祎之外孙[②]。少落拓，好饮酒。其从父妹婿曰郑六，不记其名，早习武艺，亦好酒色，贫无家，托身于妻族。与崟相得，游处不间。

天宝九年夏六月,崟与郑子偕行于长安陌中,将会饮于新昌里。至宣平之南,郑子辞有故,请间去③,继至饮所。崟乘白马而东,郑子乘驴而南,入升平之北门。偶值三妇人行于道中,中有白衣者,容色姝丽。郑子见之惊悦,策其驴,忽先之,忽后之,将挑而未敢。白衣时时盼睐,意有所受,郑子戏之曰:"美艳若此,而徒行,何也?"白衣笑曰:"有乘不解相假,不徒行何为?"郑子曰:"劣乘不足以代佳人之步,今辄以相奉。某得步从,足矣。"相视大笑。同行者更相眩诱,稍已狎昵。郑子随之东至乐游园④,已昏黑矣。见一宅,土垣车门,室宇甚严。白衣将入,顾曰"愿少踟蹰"而入。女奴从者一人,留于门屏间,问其姓第,郑子既告,亦问之,对曰:"姓任氏,第二十。"

少顷,延入,郑絷驴于门⑤,置帽于鞍。始见妇人年三十余,与之承迎,即任氏姊也。列烛置膳,举酒数觞,任氏更妆而出,酣饮极欢。夜久而寝,其妍姿美质,歌笑态度,举措皆艳,殆非人世所有。将晓,任氏曰:"可去矣。某兄弟名系教坊⑥,职属南衙⑦,晨兴将出,不可淹留。"乃约后期而去。

既行,及里门,门扃未发。门旁有胡人鬻饼之舍,方张灯炽炉。郑子憩其帘下,坐以候鼓⑧,因与主人言。郑子指宿所以问之曰:"自此东转,有门者,谁氏之宅?"主人曰:"此隤墉弃地⑨,无第宅也。"郑子曰:"适过之,曷以云无?"与之固争。主人适悟,乃曰:"吁!我知之矣。此中有一狐,多诱男子偶宿,尝三见矣,今子亦遇乎?"郑子赧而隐曰:"无。"质明,复视其所,见土垣车门如故,窥其中,皆榛荒及废圃耳。既归，见崟，崟责以失期，郑子不泄，以他事对。然想其艳冶，愿复一见之，心尝存之不忘。

经十许日，郑子游，入西市衣肆，瞥然见之，曩女奴从。郑子遽呼之，任氏侧身周旋于稠人中以避焉。郑子连呼前迫，方背立，以扇障其后，曰："公知之，何相迫焉？"郑子曰："虽知之，何患？"对曰："事可愧耻，难施面目。"郑子曰："勤想如是，忍相弃乎？"对曰："安敢弃也，惧公之见恶耳。"郑子发誓，词旨益切。任氏乃回眸去扇，光彩艳丽如初，谓郑子曰："人间如某之比者非一，公自不识耳，无独怪也。"郑子请之与叙欢。对曰："凡某之流，为人恶忌者，非他，为其伤人耳。某则不然，若公未见恶，愿终己以奉巾栉。"郑子许与谋栖止。任氏曰："从此而东[10]，大树出于栋间者，门巷幽静，可税以居。前时自宣平之南，乘白马而东者，非君妻之昆弟乎？其家多什器，可以假用。"是时崟伯叔从役于四方，三院什器，皆贮藏之。

郑子如言访其舍，而诣崟假什器。问其所用，郑子曰："新获一丽人，已税得其舍，假具以备用。"崟笑曰："观子之貌，必获诡陋，何丽之绝也。"崟乃悉假帷帐榻席之具，使家僮之惠黠者，随以觇之。俄而奔走返命，气吁汗洽。崟迎问之："有乎？"又问："容若何？"曰："奇怪也！天下未尝见之矣。"崟姻族广茂，且夙从逸游，多识美丽。乃问曰："孰若某美？"僮曰："非其伦也。"崟遍比其佳者四五人，皆曰："非其伦。"是时吴王之女有第六者[11]，则崟之内妹，秾艳如神仙，中表素推第一[12]。崟问曰："孰与吴王家第六女美？"又曰："非其伦也。"崟抚手大骇曰："天下岂有斯人乎？"遽命汲水澡颈，巾首膏唇而往。

　　既至，郑子适出。崟入门，见小僮拥篲方扫，有一女奴在其门，他无所见。征于小僮，小僮笑曰："无之。"崟周视室内，见红裳出于户下。迫而察焉，见任氏戢身匿于扇间⑬。崟引出，就明而观之，殆过于所传矣。崟爱之发狂，乃拥而凌之，不服。崟以力制之，方急，则曰："服矣。请少回旋。"既从，则捍御如初，如是者数四。崟乃悉力急持之，任氏力竭，汗若濡雨。自度不免，乃纵体不复拒抗，而神色惨变。崟问曰："何色之不悦？"任氏长叹息曰："郑六之可哀也！"崟曰："何谓？"对曰："郑生有六尺之躯，而不能庇一妇人，岂丈夫哉！且公少豪侈，多获佳丽，遇某之比者众矣。而郑生，穷贱耳。所称惬者，唯某而已。忍以有余之心，而夺人之不足乎？哀其穷馁，不能自立，衣公之衣，食公之食，故为公所系耳。若糠糗可给⑭，不当至是。"崟豪俊有义烈，闻其言，遽置之，敛衽而谢曰："不敢。"俄而郑子至，与崟相视咍乐⑮。

　　自是，凡任氏之薪粒牲饩，皆崟给焉。任氏时有经过，出入或车马舆步，不常所止。崟日与之游，甚欢。每相狎暱，无所不至，唯不及乱而已。是以崟爱之重之，无所恡惜⑯，一食一饮，未尝忘焉。任氏知其爱己，因言以谢曰："愧公之见爱甚矣。顾以陋质，不足以答厚意。且不能负郑生，故不得遂公欢。某，秦人也，生长秦城。家本伶伦，中表姻族，多为人宠媵⑰，以是长安狭斜，悉与之通。或有姝丽，悦而不得者，为公致之可矣。愿持此以报德。"崟曰："幸甚！"

　　廛中有鬻衣之妇曰张十五娘者，肌体凝洁。崟常悦之，因问任氏识之乎。对曰："是某表娣妹，致之易耳。"
旬余，果致之，数月厌罢。任氏曰："市人易致，不足以展
效。或有幽绝之难谋者，试言之，愿得尽智力焉。"鉴曰：
"昨者寒食，与二三子游于千福寺，见刁将军缅张乐于
殿堂，有善吹笙者，年二八，双鬟垂耳，娇姿艳绝，当识之
乎？"任氏曰："此宠奴也。其母，即妾之内姊也。求之
可也。"鉴拜于席下，任氏许之。乃出入刁家。月余，鉴促
问其计。任氏愿得双缣以为赂，鉴依给焉。后二日，任氏
与鉴方食，而缅使苍头控青骊以迓任氏^⑱。任氏闻召，笑谓
鉴曰："谐矣。"初，任氏加宠奴以病，针饵莫减。其母与
缅忧之方甚，将征诸巫。任氏密赂巫者，指其所居，使言
从就为吉。及视疾，巫曰："不利在家，宜出居东南某所，
以取生气。"缅与其母详其地，则任氏之第在焉。缅遂请
居。任氏谬辞以逼狭，勤请而后许。乃辇服玩，并其母偕
送于任氏。至，则疾愈。未数日，任氏密引鉴以通之，经月
乃孕。其母惧，遽归以就缅，由是遂绝。

　　他日，任氏谓郑子曰："公能致钱五六千乎？将为谋
利。"郑子曰："可。"遂假求于人，获钱六千。任氏曰：
"鬻马于市者，马之股有疵，可买以居之。"郑子如市，果
见一人牵马求售者，眚在左股^⑲。郑子买以归。其妻昆弟
皆嗤之，曰："是弃物也，买将何为？"无何，任氏曰："马
可鬻矣，当获三万。"郑子乃卖之。有酬二万，郑子不与。
一市尽曰："彼何苦而贵买，此何爱而不鬻？"郑子乘之
以归。买者随至其门，累增其估，至二万五千也。不与，
曰："非三万不鬻。"其妻昆弟聚而诟之。郑子不获已，遂

卖，卒不登三万。既而密伺买者，征其由，乃昭应县之御马疵股者，死三岁矣，斯吏不时除籍⑳，官征其估，计钱六万，设其以半买之，所获尚多矣。若有马以备数，则三年刍粟之估㉑，皆吏得之，且所偿盖寡，是以买耳。

任氏又以衣服故弊，乞衣于崟。崟将买全彩与之㉒，任氏不欲，曰："愿得成制者。"崟召市人张大为买之，使见任氏，问所欲。张大见之，惊谓崟曰："此必天人贵戚，为郎所窃。且非人间所宜有者，愿速归之，无及于祸。"其容色之动人也如此。竟买衣之成者而不自纫缝也，不晓其意。

后岁余，郑子武调，授槐里府果毅尉㉓，在金城县。时郑子方有妻室，虽昼游于外，而夜寝于内，多恨不得专其夕。将之官，邀与任氏俱去。任氏不欲往，曰："旬月同行，不足以为欢。请计给粮饩，端居以迟归。"郑子恳请，任氏愈不可。郑子乃求崟资助，崟与更劝勉，且诘其故。任氏良久，曰："有巫者言某是岁不利西行，故不欲耳。"郑子甚惑也，不思其他，与崟大笑曰："明智若此，而为妖惑，何哉！"固请之，任氏曰："倘巫者言可征，徒为公死，何益？"二子曰："岂有斯理乎？"恳请如初。任氏不得已，遂行。崟以马借之，出祖于临皋㉔，挥袂别去。

信宿，至马嵬。任氏乘马居其前，郑子乘驴居其后，女奴别乘，又在其后。是时西门圉人教猎狗于洛川㉕，已旬日矣。适值于道，苍犬腾出于草间。郑子见任氏欻然坠于地，复本形而南驰。苍犬逐之，郑子随走叫呼，不能止，里余，为犬所获。郑子衔涕出囊中钱，赎以瘗之，削木为记。回睇其马，啮草于路隅，衣服悉委于鞍上，履袜犹悬于镫间,若蝉蜕然。唯首饰坠地,余无所见,女奴亦逝矣。

旬余,郑子还城。鉴见之喜,迎问曰:"任子无恙乎?"郑子泫然对曰:"殁矣。"鉴闻之亦恸,相持于室,尽哀。徐问疾故,答曰:"为犬所害。"鉴曰:"犬虽猛,安能害人?"答曰:"非人。"鉴骇曰:"非人,何者?"郑子方述本末,鉴惊讶叹息不能已。明日命驾,与郑子俱适马嵬,发瘗视之,长恸而归。追思前事,唯衣不自制,与人颇异焉。

其后郑子为总监使㉖,家甚富,有枥马十余匹。年六十五,卒。

大历中,沈既济居钟陵㉗,尝与鉴游,屡言其事,故最详悉。后鉴为殿中侍御史,兼陇州刺史,遂殁而不返。

嗟乎,异物之情也有人道焉! 遇暴不失节,狥人以至死㉘,虽今妇人,有不如者矣。惜郑生非精人,徒悦其色而不征其情性。向使渊识之士,必能揉变化之理,察神人之际,著文章之美,传要妙之情,不止于赏玩风态而已。惜哉!

建中二年,既济自左拾遗与金吾将军裴冀、京兆少尹孙成、户部郎中崔需、右拾遗陆淳,皆谪居东南,自秦徂吴,水陆同道。时前拾遗朱放,因旅游而随焉。浮颍涉淮㉙,方舟沿流㉚,昼宴夜话,各征其异说。众君子闻任氏之事,共深叹骇,因请既济传之,以志异云。沈既济撰。

【注释】

① 韦使君:使君是对太守、刺史的美称。下文讲韦鉴(yín)做了陇州刺史。　② 信安王祎:唐代的信安郡王李祎,是李世民的曾孙,在唐中

宗、睿宗、玄宗朝为官，曾任多地刺史，并指挥石堡城之战、抱白山之战，军功卓著。　③ 间（jiàn）去：离开一下。　④ 乐游园：乐游原，唐代长安城里地势最高的游览胜地，在曲江北侧、大雁塔东北。　⑤ 絷（zhí）：拴。　⑥ 兄弟：教坊里的女优以兄弟相称，将对方的丈夫称为新妇或嫂。唐代崔令钦《教坊记》："坊中诸女，以气类相似，约为香火兄弟。每多至十四五人，少不下八九辈。有儿郎聘之者，辄被以妇人名号。即所聘者，兄见呼为新妇，弟见呼为嫂也。"　⑦ 职属南衙：由南衙管理。此处南衙指禁卫军。　⑧ 候鼓：等候街鼓敲响。唐代实行宵禁制度，晚上街鼓响，闭城门、坊门；早上鼓响，再开门。　⑨ 隤（tuí）墉（yōng）：倒塌毁坏的墙。　⑩ "从此而东"后面，《太平广记》原文有缺失。　⑪ 吴王：唐代的吴王是李世民之子李恪、李恪之子李琨，李琨之子信安王李祎，也被追封吴王。此处讲吴王女是韦崟表妹，前文讲韦崟是信安王外孙，亲戚关系不相符。故本文中的人物，属于伪托，不必与历史一致。　⑫ 中表：内外亲戚，包括父族、母族。⑬ 戢（jí）身：敛身，藏身。　⑭ 糗糒（qiǔ）：粗粮，此处指基本的生活需求。　⑮ 咍（hāi）乐：欢乐。　⑯ 悋（lìn）惜：吝惜。　⑰ 宠媵（yìng）：宠妾。　⑱ 迓（yà）：迎接。　⑲ 眚（shěng）：毛病，缺陷。　⑳ 斯吏不时除籍：马死了三年，可是，养马的小吏没有及时把马的登记信息销掉。　㉑ 三年刍粟之估：喂马三年的粮草钱。㉒ 全彩：整匹布料。　㉓ 槐里府：军府的名称。果毅尉：果毅都尉，唐代各折冲都尉府中的军官。　㉔ 祖：出行时祭奠路神，引申为饯别。　㉕ 圉（yǔ）人：掌管养马放牧的人。　㉖ 总监使：掌管闲厩、五坊、宫苑、营田、栽接等事务的官员。　㉗ 钟陵：今江西进贤一带。　㉘ 狥人：徇人，依顺别人。　㉙ 浮颍涉淮：在颍水、淮水上行船。　㉚ 方舟：两船相并。

孙　恪

唐　裴　铏

【题解】

选自《太平广记》卷445，注"出《传奇》"。《孙恪》的故事结构，或许启发了明代冯梦龙《白娘子永镇雷峰塔》。其大致脉络为：遇到美女——与美女成婚——小有法术者指出美女为妖——借给男主角除妖法器——女妖视法器如无物。《孙恪》的写作年代晚于《任氏传》，与任氏相比，袁氏作为妖，除了极其美艳这个基本属性外，又增添了强大的本领，她能徒手寸折宝剑。大概是因为这种区别，任氏只能做教坊妓，衣食全依赖别人，明知道有生命危险，也不能太违逆恩主，以至于白白丢了性命。袁氏却可以独立门户，甚至养个丈夫。当然，《孙恪》是在尽力美化袁氏，将她描述为极贤惠的妻子和母亲，最后因思念山林而回归猿群的设定，也为她的形象增添了诗意。由此可见，《孙恪》一文与《任氏传》具有相同的示范意义，就是所塑造的女妖无任何害人之心，反而有意帮助人。

广德中^①，有孙恪秀才者，因下第，游于洛中。至魏王池畔，忽有一大第，土木皆新，路人指云："斯袁氏之第也。"恪径往叩扉，无有应声。户侧有小房，帘帷颇洁，谓伺客之所。恪遂褰帘而入。

良久，忽闻启关者，一女子光容鉴物，艳丽惊人，珠初涤其月华，柳乍含其烟媚，兰芬灵濯，玉莹尘清。恪疑主人之处子，但潜窥而已。女摘庭中之萱草，凝思久立，遂吟诗曰："彼见是忘忧[2]，此看同腐草。青山与白云，方展我怀抱。"吟讽惨容。后因来褰帘，忽睹恪，遂惊惭入户，使青衣诘之曰："子何人，而夕向于此？"恪乃语以税居之事。曰："不幸冲突，颇益惭骇，幸望陈达于小娘子。"青衣具以告，女曰："某之丑拙，况不修容，郎君久盼帘帷，当尽所睹，岂敢更回避耶？愿郎君少伫内厅，当暂饰装而出。"恪慕其容美，喜不自胜，诘青衣曰："谁氏之子？"曰："故袁长官之女，少孤，更无姻戚，唯与妾辈三五人，据此第耳。小娘子见求适人，但未售也。"良久，乃出见恪，美艳愈于向者所睹。命侍婢进茶果曰："郎君即无第舍，便可迁囊橐于此厅院中。"指青衣谓恪曰："少有所须，但告此辈。"恪愧荷而已。

恪未室，又睹女子之妍丽如是，乃进媒而请之，女亦忻然相受，遂纳为室。袁氏赡足，巨有金缯。而恪久贫，忽车马焕若，服玩华丽，颇为亲友之疑讶，多来诘恪，恪竟不实对。恪因骄倨，不求名第，日洽豪贵，纵酒狂歌，如此三四岁，不离洛中。

忽遇表兄张闲云处士，恪谓曰："既久睽间，颇思从容。愿携衾裯[3]，一来宵话。"张生如其所约。及夜半将寝，张生握恪手，密谓之曰："愚兄于道门曾有所授，适观弟词色，妖气颇浓，未审别有何所遇？事之巨细，必愿见陈。不然者，当受祸耳。"恪曰："未尝有所遇也。"张生又曰："夫人禀阳精，妖受阴气，魂掩魄尽④，人则长生；魄掩魂消，人则立死。故鬼怪无形而全阴也，仙人无影而全阳也。阴阳之盛衰，魂魄之交战，在体而微有失位，莫不表白于气色。向观弟神采，阴夺阳位，邪干正腑⑤，真精已耗，识用渐隳⑥，津液倾输，根蒂荡动，骨将化土，颜非渥丹⑦，必为怪异所铄⑧，何坚隐而不剖其由也？"恪方惊悟，遂陈娶纳之因。张生大骇曰："只此是也，其奈之何？"恪曰："弟忖度之，有何异焉？"张曰："岂有袁氏海内无瓜葛之亲哉！又辨慧多能，足为可异矣。"遂告张曰："某一生遭迍⑨，久处冻馁，因滋婚娶，颇似苏息，不能负义，何以为计？"张生怒曰："大丈夫未能事人，焉能事鬼！传云：'妖由人兴，人无衅焉，妖不自作。'且义与身孰亲？身受其灾，而顾其鬼怪之恩义，三尺童子，尚以为不可，何况大丈夫乎？"张又曰："吾有宝剑，亦干将之俦亚也⑩。凡有魑魅，见者灭没。前后神验，不可备数。诘朝奉借⑪，傥携密室，必睹其狼狈，不下昔日王君携宝镜而照鹦鹉也⑫。不然者，则不断恩爱耳。"明日，恪遂受剑。张生告去，执手曰："善伺其便。"

　　恪遂携剑，隐于室内，而终有难色。袁氏俄觉，大怒而责恪曰："子之穷愁，我使畅泰。不顾恩义，遂兴非为，如此用心，则犬彘不食其余，岂能立节行于人世也？"恪既被责，惭颜惕虑，叩头曰："受教于表兄，非宿心也，愿以饮血为盟，更不敢有他意。"汗落伏地。袁氏遂搜得其剑，寸折之，若断轻藕耳。恪愈惧，似欲奔进，袁氏乃笑曰：

"张生一小子，不能以道义诲其表弟，使行其凶险，来当辱之。然观子之心，的应不如是。然吾匹君已数岁也，子何虑哉！"恪方稍安。后数日，因出遇张生，曰："无何使我撩虎须，几不脱虎口耳！"张生问剑之所在，具以实对。张生大骇曰："非吾所知也。"深惧而不敢来谒。

后十余年，袁氏已鞠育二子，治家甚严，不喜参杂。后恪之长安，谒旧友人王相国缙，遂荐于南康张万颅大夫，为经略判官^⑬，挈家而往。袁氏每遇青松高山，凝睇久之，若有不快意。到端州^⑭，袁氏曰："去此半程，江壖有峡山寺^⑮，我家旧有门徒僧惠幽，居于此寺。别来数十年，僧行夏腊极高^⑯，能别形骸，善出尘垢。倘经彼设食，颇益南行之福。"恪曰："然。"遂具斋蔬之类。及抵寺，袁氏欣然，易服理妆，携二子诣老僧院，若熟其径者，恪颇异之。遂将碧玉环子以献僧曰："此是院中旧物。"僧亦不晓。

及斋罢，有野猿数十，连臂下于高松，而食于生台上，后悲啸扪萝而跃。袁氏恻然，俄命笔题僧壁曰："刚被恩情役此心，无端变化几湮沉。不如逐伴归山去，长啸一声烟雾深。"乃掷笔于地，抚二子咽泣数声，语恪曰："好住好住！吾当永诀矣。"遂裂衣化为老猿，追啸者跃树而去，将抵深山而复返视。恪乃惊惧，若魂飞神丧。良久，抚二子一恸。乃询于老僧，僧方悟："此猿是贫道为沙弥时所养。开元中，有天使高力士经过此，怜其慧黠，以束帛而易之。闻抵洛京，献于天子。时有天使来往，多说其慧黠过人，长驯扰于上阳宫内。及安史之乱，即不知所之。于戏！不期今日更睹其怪异耳。碧玉环者，本诃陵胡人所施^⑰，当时亦随猿颈而往。今方悟矣。"

恪遂惆怅，舣舟六七日^⑱，携二子而回棹，不复能之任也。

【注释】

① 广德：唐代宗李豫的年号，763年至764年。　② 忘忧：《诗经·卫风·伯兮》："焉得萱草，言树之背。"毛苌解释说："萱草令人忘忧。背，北堂也。"　③ 衾裯（chóu）：被褥床单等。　④ 魂掩魄尽：根据古人的观念，人体有魂有魄。魂为气之神，约等于精神思维的活动。魄为附体之灵，约等于四肢五官的活动。人死之后，魂上升飞扬而消，魄随体入土而散。魂对应神，魄对应鬼。　⑤ 邪干正腑：邪气干扰正常的脏腑。　⑥ 隳（huī）：毁坏。　⑦ 渥丹：光艳的朱砂，形容脸色红润。　⑧ 铄（shuò）：消损。　⑨ 邅（zhān）迍（zhūn）：困顿。　⑩ 俦亚：同类。　⑪ 诘朝：诘旦，早晨。　⑫ 王君携宝镜而照鹦鹉：王度《古镜记》所记录的奇闻异事，拿出古镜，妖怪立刻现原形而死亡。鹦鹉是一狸妖的名字。　⑬ 经略判官：经略使的属官，唐代曾在边疆地区设置经略使，掌管军事。　⑭ 端州：在今广东肇庆。　⑮ 江壖（ruán）：江边。　⑯ 夏腊：出家人的岁数，以夏腊计算年岁，犹如平常人用春秋记年龄。　⑰ 诃陵：古代南海的诃陵国，大约位于今印度尼西亚爪哇岛或苏门答腊岛。　⑱ 舣舟：靠岸泊船。

王　生

唐　张荐

【题解】

选自《太平广记》卷453，注"出《灵怪录》"。《灵怪录》应为《灵怪集》。张荐（744—804），字孝举，深州陆泽（今河北深州一带）人。大历、贞元时，历任史馆修撰、左拾遗、工部侍郎等。《旧唐书》本传曰："荐自拾遗至侍郎，仅二十年，皆兼史馆修撰。三使绝域，皆兼宪职。以博洽多能、敏于占对被选。有文集三十卷，及所撰《五服图》《宰辅略》《灵怪集》《江左寓居录》等，并传于时。"《王生》一文中，王生无故弹伤狐狸，不仁；夺天书不归还，不义。对付如此不仁不义之人，狐狸也只有使出手段，设计了环环相扣的骗局，一步步诱使王生上当，终使其破财亡家。此文的节奏感非常好。作者已经明确告知狐狸要报复了，却因情节推进得流畅自然，读者不知不觉身处迷雾，看到两张白纸信时，以为谜底揭晓。没想到结尾处，弟忽化为狐狸，才是彻底干净地收结。

杭州有王生者，建中初，辞亲之上国[①]。收拾旧业，将投于亲知，求一官耳。行至圃田，下道，寻访外家旧庄[②]。日晚，柏林中见二野狐倚树如人立，手执一黄纸文书，相对言笑,旁若无人。生乃叱之,不为变动。生乃取弹,因引满弹之,且中其执书者之目,二狐遗书而走。王生遽往,得其书,才一两纸,文字类梵书而莫究识,遂缄于书袋中而去。

其夕,宿于前店,因话于主人。方讶其事,忽有一人携装来宿,眼疾之甚,若不可忍,而语言分明,闻王之言曰:"大是异事,如何得见其书?"王生方将出书,主人见患眼者一尾垂下床,因谓生曰:"此狐也。"王生遽收书于怀中,以手摸刀逐之,则化为狐而走。一更后,复有人扣门,王生心动,曰:"此度更来,当与刀箭敌汝矣。"其人隔门曰:"尔若不还我文书,后无悔也!"

自是更无消息。王生秘其书,缄縢甚密③。行至都下,以求官伺谒之事,期方赊缓④,即乃典贴旧业田园⑤,卜居近坊,为生生之计。月余,有一僮自杭州而至,缞裳入门⑥,手执凶讣。王生迎而问之,则生已丁家难数日⑦,闻之恸哭。生因视其书,则母之手字云:"吾本家秦,不愿葬于外地。今江东田地物业,不可分毫破除,但都下之业,可一切处置,以资丧事。备具皆毕,然后自来迎接。"

王生乃尽货田宅,不候善价,得其资,备涂刍之礼⑧,无所欠少。既而复篮舁东下⑨,以迎灵舆。及至扬州,遥见一船子,上有数人,皆喜笑歌唱。渐近视之,则皆王生之家人也。意尚谓其家货之,今属他人矣。须臾,又有小弟妹搴帘而出,皆彩服笑语。惊怪之际,则其家人船上惊呼,又曰:"郎君来矣,是何服饰之异也?"王生潜令人问之,乃见其母惊出。生遽毁其缞绖,行拜而前。母迎而问之,其母骇曰:"安得此理?"王生乃出母送遗书,乃一张空纸耳。母又曰："吾所以来此者，前月得汝书云，近得一官，令吾尽货江东之产，为入京之计。今无可归矣。"及母出王生所寄之书，又一空纸耳。王生遂发使入京，尽毁其凶丧之具。因鸠集余资⑩，自淮却扶侍，且往江东。所有十无一二，才得数间屋，至以庇风雨而已。

有弟一人，别且数岁，一旦忽至，见其家道败落，因征其由。王生具话本末，又述妖狐事，曰："但应以此为祸耳。"其弟惊嗟，因出妖狐之书以示之。其弟才执其书，退而置于怀中，曰："今日还我天书。"言毕，乃化作一狐而去。

【注释】

① 上国：京城长安。　② 外家旧庄：外祖父家的旧庄。下文王生母亲的信中讲道"吾家本秦"。　③ 缄縢：捆扎的绳子，此处指捆扎封装。　④ 期方赊缓：希望从长计议，慢慢来。　⑤ 典贴：抵押。⑥ 缞（cuī）裳：粗麻布做的丧服。　⑦ 丁家难：丁忧，此处指母亲去世。　⑧ 涂刍：泥做的涂车，草扎的人马刍灵，泛指送葬用品。　⑨ 篮舁：篮舆，一种靠人抬着走的坐具。　⑩ 鸠集：纠集，聚集。

七　物

古镜记

隋末唐初　王度

【题解】

　　选自《太平广记》卷230,题为《王度》,注"出《异闻集》"。《古镜记》讲述王度得到一面古镜,古镜具有种种神异之处。此文体现出志怪体向传奇体过渡的性质。其文章篇幅虽然长,却没有主线矛盾,也不围绕主体事件或主要人物展开,而是一个个志怪小故事的串联。

　　隋汾阴侯生①,天下奇士也。王度常以师礼事之②。临终,赠度以古镜,曰:"持此则百邪远人。"度受而宝之。镜横径八寸③,鼻作麒麟蹲伏之象,绕鼻列四方④,龟龙凤虎,依方陈布。四方外又设八卦⑤,卦外置十二辰位而具畜焉⑥。辰畜之外,又置二十四字,周绕轮廓,文体似隶,点画无缺,而非字书所有也。侯生云:"二十四气之象形。"承日照之,则背上文画,墨入影内,纤毫无失。举而扣之,清音徐引,竟日方绝。嗟乎,此则非凡镜之所同也。宜其见赏高贤,自称灵物。侯生常云:"昔者吾闻黄帝铸十五镜，其第一横径一尺五寸，法满月之数也。以其相差，各校一寸，此第八镜也。"虽岁祀攸远，图书寂寞，而高人所述，不可诬矣。昔杨氏纳环，累代延庆[7]；张公丧剑，其身亦终[8]。今度遭世扰攘，居常郁怏，王室如毁，生涯何地？宝镜复去，哀哉！今具其异迹，列之于后。数千载之下，倘有得者，知其所由耳。

大业七年五月，度自御史罢归河东，适遇侯生卒，而得此镜。至其年六月，度归长安，至长乐坡，宿于主人程雄家。雄新受寄一婢，颇甚端丽，名曰鹦鹉。度既税驾[9]，将整冠履，引镜自照。鹦鹉遥见，即便叩头流血，云："不敢住。"度因召主人问其故，雄云："两月前，有一客携此婢从东来。时婢病甚，客便寄留，云还日当取。比不复来[10]，不知其婢由也。"度疑精魅，引镜逼之。便云："乞命，即变形。"度即掩镜，曰："汝先自叙，然后变形，当舍汝命。"婢再拜自陈云："某是华山府君庙前长松下千岁老狸，大行变惑，罪合至死。遂为府君捕逐，逃于河渭之间，为下邽陈思恭义女，蒙养甚厚。嫁鹦鹉与同乡人柴华，鹦鹉与华意不相惬，逃而东，出韩城县，为行人李无傲所执。无傲，粗暴丈夫也，遂将鹦鹉游行数岁。昨随至此，忽尔见留，不意遭逢天镜，隐形无路。"度又谓曰："汝本老狸，变形为人，岂不害人也？"婢曰："变形事人，非有害也。但逃匿幻惑，神道所恶，自当至死耳。"度又谓曰："欲舍汝，可乎？"鹦鹉曰："辱公厚赐，岂敢忘德？然天镜一照，不可逃形。但久为人形，羞复故体。愿缄于匣，许尽醉而终。"度又谓曰："缄镜于匣，汝不逃乎？"鹦鹉笑曰："公适有美言，尚许相舍。缄镜而走，岂不终恩？但天镜一临，窜迹无路。惟希数刻之命，以尽一生之欢耳。"度登时为匣镜，又为致酒，悉召雄家邻里，与宴谑。婢顷大醉，奋衣起舞而歌曰："宝镜宝镜，哀哉予命！自我离形，而今几姓？生虽可乐，死必不伤。何为眷恋，守此一方！"歌讫，再拜，化为老狸而死，一座惊叹。

大业八年四月一日，太阳亏。度时在台直，昼卧厅阁，觉日渐昏，诸吏告度以日蚀甚。整衣时，引镜出，自觉镜亦昏昧，无复光色。度以宝镜之作，合于阴阳光景之妙，不然，岂合以太阳失曜而宝镜亦无光乎？叹怪未已。俄而光彩出，日亦渐明。比及日复[11]，镜亦精朗如故。自此之后，每日月薄蚀，镜亦昏昧。

其年八月十五日，友人薛侠者获一铜剑，长四尺，剑连于靶，靶盘龙凤之状。左文如火焰，右文如水波，光彩灼烁，非常物也。侠持过度[12]，曰："此剑侠常试之，每月十五日，天地清朗，置之暗室，自然有光，傍照数丈。侠持之有日月矣。明公好奇爱古，如饥如渴，愿与君今夕一试。"度喜甚。其夜，果遇天地清霁，密闭一室，无复脱隙，与侠同宿。度亦出宝镜，置于座侧，俄而镜上吐光，明照一室，相视如昼，剑横其侧，无复光彩。侠大惊曰："请内镜于匣[13]。"度从其言，然后剑乃吐光，不过一二尺耳。侠抚剑，叹曰："天下神物，亦有相伏之理也。"是后，每至月望，则出镜于暗室，光尝照数丈。若月影入室，则无光也，岂太阳太阴之耀，不可敌也乎？

其年冬，兼著作郎，奉诏撰国史，欲为苏绰立传[14]。度家有奴曰豹生，年七十矣，本苏氏部曲^⑮，频涉史传，略解属文。见度传草，因悲不自胜。度问其故，谓度曰："豹生常受苏公厚遇，今见苏公言验，是以悲耳。郎君所有宝镜，是苏公友人河南苗季子所遗苏公者，苏公爱之甚。苏公临亡之岁，戚戚不乐。常召苗生谓曰：'自度死日不久^⑯，不知此镜当入谁手，今欲以蓍筮一卦^⑰，先生幸观之也。'便顾豹生取蓍，苏生自揲布卦^⑱。卦讫，苏公曰：'我死十余年，我家当失此镜，不知所在。然天地神物，动静有征。今河汾之间往往有宝气，与卦兆相合，镜其往彼乎？'季子曰：'亦为人所得乎？'苏公又详其卦，云：'先入侯家，复归王氏。过此以往，莫知所之也。'"豹生言讫涕泣。度问苏氏，果云旧有此镜，苏公薨后亦失所在，如豹生之言。故度为苏公传，亦具其事于末篇，论苏公蓍筮绝伦，默而独用，谓此也。

大业九年正月朔旦^⑲，有一胡僧，行乞而至度家。弟勣出见之^⑳，觉其神彩不俗，更邀入室，而为具食，坐语良久。胡僧谓曰："檀越家似有绝世宝镜也^㉑，可得见耶？"勣曰："法师何以得知之？"僧曰："贫道受明录秘术^㉒，颇识宝气。檀越宅上，每日常有碧光连日、绛气属月^㉓，此宝镜气也。贫道见之两年矣，今择良日，故欲一观。"勣出之，僧跪捧欣跃，又谓勣曰："此镜有数种灵相，皆当未见。但以金膏涂之，珠粉拭之，举以照日，必影彻墙壁。"僧又叹息曰："更作法试，应照见腑脏，所恨卒无药耳。但以金烟熏之，玉水洗之，复以金膏珠粉如法拭之，藏之泥中，亦不晦矣。"遂留金烟玉水等法。行之，无不获验，而胡僧遂不复见。

其年秋，度出兼芮城令㉔。令厅前有一枣树，围可数丈，不知几百年矣。前后令至，皆祠谒此树，否则殃祸立及也。度以为妖由人兴，淫祀宜绝，县吏皆叩头请度，度不得已，为之以祀。然阴念此树当有精魅所托，人不能除，养成其势，乃密悬此镜于树之间。其夜二鼓许㉕，闻其厅前磊落有声，若雷霆者。遂起视之，则风雨晦暝，缠绕此树，雷光晃耀，忽上忽下。至明，有一大蛇，紫鳞赤尾，绿头白角，额上有王字，身被数创，死于树。度便下收镜，命吏出蛇，焚于县门外。仍掘树，树心有一穴，于地渐大，有巨蛇蟠泊之迹。既而坟之，妖怪遂绝。

其年冬，度以御史带芮城令，持节河北道，开仓粮，赈给陕东。时天下大饥，百姓疾病，蒲陕之间疠疫尤甚㉖。有河北人张龙驹，为度下小吏，其家良贱数十口，一时遇疾。度悯之，赍此入其家，使龙驹持镜夜照。诸病者见镜，皆惊起，云："见龙驹持一月来相照，光阴所及，如水著体，冷彻腑脏。"即时热定，至晚并愈。以为无害于镜，而所济于众，令密持此镜，遍巡百姓。其夜，镜于匣中泠然自鸣，声甚彻远，良久乃止。度心独怪。明早，龙驹来谓度曰："龙驹昨忽梦一人，龙头蛇身，朱冠紫服，谓龙驹：我即镜精也，名曰紫珍。常有德于君家，故来相托。为我谢王公，百姓有罪，天与之疾，奈何使我反天救物？且病至后月，当渐愈，无为我苦。"度感其灵怪，因此志之。至后月，病果渐愈，如其言也。

大业十年，度弟勣自六合丞弃官归，又将遍游山水，以为长往之策。度止之曰："今天下向乱，盗贼充斥，欲安之乎？且吾与汝同气，未尝远别。此行也，似将高蹈。昔尚子平游五岳[27]，不知所之。汝若追踵前贤，吾所不堪也。"便涕泣对勣。勣曰："意已决矣，必不可留。兄今之达人，当无所不体。孔子曰：'匹夫不夺其志矣。'人生百年，忽同过隙。得情则乐，失志则悲，安遂其欲，圣人之义也。"度不得已，与之决别。勣曰："此别也，亦有所求。兄所宝镜，非尘俗物也。勣将抗志云路，栖踪烟霞[28]，欲兄以此为赠。"度曰："吾何惜于汝也。"即以与之。勣得镜，遂行，不言所适。

至大业十三年夏六月，始归长安，以镜归，谓度曰：此镜真宝物也。辞兄之后，先游嵩山少室[29]，降石梁，坐玉坛。属日暮，遇一嵌岩。有一石堂，可容三五人，勣栖息止焉。月夜二更后，有两人：一貌胡，须眉皓而瘦，称山公。一面阔，白须眉长，黑而矮，称毛生。谓勣曰："何人斯居也？"勣曰："寻幽探穴访奇者。"二人坐，与勣谈久，往往有异义出于言外。勣疑其精怪，引手潜后，开匣取镜，镜光出而二人失声俯伏，矮者化为龟，胡者化为猿。悬镜至晓，二身俱殒，龟身带绿毛，猿身带白毛。

即入箕山[30]，渡颍水，历太和，视玉井。井傍有池，水湛然绿色。问樵夫，曰："此灵湫耳，村间每八节祭之[31]，以祈福祐。若一祭有阙，即池水出黑云大雹，浸堤坏阜。"勣引镜照之，池水沸涌，有雷如震，忽尔池水腾出，池中不遗涓滴，可行二百余步，水落于地。有一鱼，可长丈余，粗细大于臂，首红额白，身作青黄间色，无鳞有涎，龙形蛇角，嘴尖,状如鲟鱼,动而有光,在于泥水,因而不能远去。勣谓蛟也,失水而无能为耳。刃而为炙,甚膏有味,以充数朝口腹。

遂出于宋汴,汴主人张琦家有女子患,入夜,哀痛之声实不堪忍。勣问其故,病来已经年岁,白日即安,夜常如此。勣停一宿,及闻女子声,遂开镜照之。痛者曰:"戴冠郎被杀。"其病者床下,有大雄鸡死矣,乃是主人七八岁老鸡也。

游江南,将渡广陵扬子江,忽暗云覆水,黑风波涌。舟子失容,虑有覆没。勣携镜上舟,照江中数步,明朗彻底。风云四敛,波涛遂息,须臾之间,达济天堑^㉜。

跻摄山^㉝,趋芳岭。或攀绝顶,或入深洞。逢其群鸟环人而噪,数熊当路而蹲,以镜挥之,熊、鸟奔骇。

是时利涉浙江^㉞,遇潮出海,涛声振吼,数百里而闻。舟人曰:"涛既近,未可渡南。若不回舟,吾辈必葬鱼腹。"勣出镜照,江波不进,屹如云立,四面江水豁开五十余步。水渐清浅,鼋鼍散走,举帆翩翩,直入南浦。然后却视,涛波洪涌,高数十丈,而至所渡之所也。遂登大台,周览洞壑。夜行佩之山谷,去身百步,四面光彻,纤微皆见。林间宿鸟,惊而乱飞。

还履会稽,逢异人张始鸾,授勣《周髀》《九章》及明堂六甲之事^㉟。与陈永同归,更游豫章,见道士许藏秘,云是旌阳七代孙^㊱,有咒登刀履火之术。说妖怪之次,更言丰城县仓督李敬家^㊲,有三女遭魅病,人莫能识,藏秘疗之无效。勣故人曰赵丹,有才器,任丰城县尉。勣因过之，丹命祗承人指勖停处。勖请曰："欲得仓督李敬家居止。"丹遽命敬为主礼。勖因问其故，敬曰："三女同居堂内阁子，每至日晚，即靓妆袨服。黄昏后，即归所居阁子，灭灯烛。听之，窃与人言笑声。及其晓眠，非唤不觉。日日渐瘦，不能下食。制之不令妆梳，即欲自缢投井，无奈之何。"谓敬曰："引示阁子之处。"其阁东有窗，恐其门闭固而难启，遂昼日先刻断窗棂四条，却以物支拄之如旧。至日暮，敬报勖曰："妆梳入阁矣。"至一更，听之，言笑自然。勖拔窗棂子，持镜入阁照之，三女叫云："杀我婿也。"初不见一物，悬镜至明，有一鼠狼，首尾长一尺三四寸，身无毛齿。有一老鼠，亦无毛齿，其肥大可重五斤。又有守宫[38]，大如人手，身披鳞甲，焕烂五色，头上有两角，长可半寸，尾长五寸已上，尾头一寸色白。并于壁孔前死矣，从此疾愈。

其后寻真至庐山，婆娑数月，或栖息长林，或露宿草莽，虎豹接尾，豺狼连迹，举镜视之，莫不窜伏。庐山处士苏宾，奇识之士也，洞明《易》道，藏往知来，谓勖曰："天下神物，必不久居人间。今宇宙丧乱，他乡未必可止。吾子此镜尚在，足下卫，幸速归家乡也。"勖然其言，即时北归。

便游河北，夜梦镜谓勖曰："我蒙卿兄厚礼，今当舍人间远去，欲得一别，卿请早归长安也。"勖梦中许之，及晓，独居思之，恍恍发悸，即时西首秦路[39]。今既见兄，不负诺矣，终恐此灵物亦非兄所有。数月，勖还河东。

大业十三年七月十五日，匣中悲鸣，其声纤远，俄而渐大，若龙咆虎吼，良久乃定。开匣视之，即失镜矣。

【注释】

① 汾阴:汉代县名,在汾水之南,今山西万荣一带。 ② 王度:由《古镜记》可知,王度初仕隋,为御史。大业七年(611)五月,罢归河东。八年四月,在御史台。其年冬,兼著作郎,奉诏撰国史。九年秋,出兼芮城令。其年冬,以御史带芮城令,持节河北道。 ③ 横径:直径。 ④ 四方:东西南北四方位。 ⑤ 八卦:乾、坤、巽、震、坎、离、艮、兑八个卦象,分别代表天、地、风、雷、水、火、山、泽。 ⑥ 十二辰位而具畜:十二辰是从东向西将周天划为十二等分,用十二地支来命名,即:子、丑、寅、卯、辰、巳、午、未、申、酉、戌、亥。古镜图案是用具体的兽畜来代表十二支,即俗称的十二生肖。 ⑦ "杨氏纳环"两句:据南朝梁吴均《续齐谐记》,东汉弘农杨宝九岁时,在华阴山见一黄雀为鸱枭所搏,坠于树下。杨宝将雀带回家,细心照料。后黄雀痊愈飞走。当晚,有黄衣童子自称西王母使者,赠送杨宝四枚白玉环,曰:"令君子孙洁白,且从登三公,事如此环矣。"后弘农杨氏子孙果然兴旺发达。 ⑧ "张公丧剑"两句:据《晋书·张华传》,西晋张华望见剑气直冲斗牛,令雷焕发掘,得二宝剑龙泉、太阿,两人各佩其一。后张华被诛杀,宝剑亦失踪。 ⑨ 税驾:脱驾,卸车马休息。 ⑩ 比:近来。 ⑪ 比及:等到。 ⑫ 过:拜访。 ⑬ 内:纳。 ⑭ 苏绰(498—546):字令绰,京兆武功(今陕西武功)人。北朝西魏名臣,博览群书,尤精算术,历任大行台左丞、大行台度支尚书兼司农卿等,封美阳伯。因积劳成疾去世。 ⑮ 部曲:世家大族的私人军队。 ⑯ 度(duó):忖度,推测。 ⑰ 著筮:用著草的茎占卜。 ⑱ 自揲(shé)布卦:亲自数著草的数目,以排卦占卜吉凶。 ⑲ 朔旦:初一。 ⑳ 弟勣:或为隋末唐初的诗人王绩。

王绩曾任隋朝六合县丞,后弃官。唐武德年间,曾待诏门下省。他嗜酒,因太乐署小吏善酿酒而求任太乐丞,后辞官隐居。王绩的兄长王凝曾任隋朝的著作郎。故有学者认为,王凝或许就是本文作者王度。　㉑ 檀越:梵文"施主"的音译。　㉒ 明录秘术:一种法术,具体出处不详。　㉓ 属(zhǔ):接连。　㉔ 芮城:今山西芮城。　㉕ 其夜二鼓许:夜晚二更左右,21点至23点。　㉖ 蒲陕之间:蒲州(今山西永济一带)、陕州(今河南三门峡陕州区一带)之间。　㉗ 尚子平:向子平。据《后汉书·逸民列传》,向长,字子平,是西汉末的隐士,与友人禽庆遍游五岳名山,后不知所终。　㉘ "抗志云路"两句:以探索入云之路为志向,栖息在烟霞里,指寻访山水。　㉙ 嵩山少室:中岳嵩山由太室山和少室山组成,位于今河南登封。　㉚ 箕山:属秦岭东部山地系统,在今河南禹州、郏县一带。　㉛ 八节:立春、立夏、立秋、立冬、春分、夏至、秋分、冬至。　㉜ 达济天堑:渡过天险扬子江。　㉝ 跻(jī):登。摄:慑,令人害怕。　㉞ 利涉浙江:乘舟渡钱塘江。　㉟ 《周髀》《九章》及明堂六甲之事:算学《周髀算经》《九章算术》和术数方面的知识。　㊱ 旌阳:许逊,字敬之,豫章(今江西南昌)人。晋代著名道士,曾任四川旌阳县令。后隐居南昌,创立净明道派。　㊲ 丰城:今江西丰城。仓督:县里掌管仓粮出纳的吏。李敬:《太平广记》原文此处名字前后不统一,李慎、李敬慎各出现一次,多处用"敬",故统一为李敬。　㊳ 守宫:壁虎。　㊴ 西首:向西前行。

叶　限

唐　段成式

【题解】

　　选自段成式《酉阳杂俎·续集》卷1《支诺皋上》，原无题目。《叶限》是目前所见年代最早的"灰姑娘"故事，核心情节已经全部具备：被后母欺负的孤女；有求必应的灵物；穿华丽的衣服参加集会，落下一只鞋子；所有人都穿不上这只鞋，只有叶限可以；国王把她接走做上妇。在遥远的年代，民间故事仿佛蒲公英的种子，不知道借着哪一阵风，吹落到哪块土地，就此生根了。

　　南人相传，秦汉前有洞主吴氏，土人呼为"吴洞"。娶两妻，一妻卒，有女名叶限，少惠，善淘金，父爱之。末岁父卒，为后母所苦，常令樵险汲深。时尝得一鳞，二寸余，赪鳍金目①，遂潜养于盆水。日日长，易数器，大不能受，乃投于后池中。女所得余食，辄沉以食之。女至池，鱼必露首枕岸。他人至，不复出。

　　其母知之，每伺之，鱼未尝见也。因诈女曰："尔无劳乎？吾为尔新其襦。"乃易其弊衣。后令汲于他泉，计里数里也。母徐衣其女衣，袖利刃，行向池呼鱼，鱼即出首，因斫杀之。鱼已长丈余，膳其肉，味倍常鱼，藏其骨于郁栖之下②。逾日，女至向池，不复见鱼矣，乃哭于野。忽有人被发粗衣，自天而降，慰女曰："尔无哭，尔母杀尔鱼矣！骨在粪下。尔归，可取鱼骨藏于室，所须第祈之③，当随尔也。"女用其言，金玑衣食，随欲而具。

及洞节，母往，令女守庭果。女伺母行远，亦往，衣翠纺上衣，蹑金履。母所生女认之，谓母曰："此甚似姊也。"母亦疑之。女觉，遽反，遂遗一只履，为洞人所得。母归，但见女抱庭树眠，亦不之虑。

其洞邻海岛，岛中有国名陀汗，兵强，王数十岛，水界数千里。洞人遂货其履于陀汗国，国主得之，命其左右履之，足小者履减一寸。乃令一国妇人履之，竟无一称者。其轻如毛，履石无声。陀汗王意其洞人以非道得之，遂禁锢而拷掠之④，竟不知所从来。乃以是履弃之于道旁，即遍历人家捕之，若有女履者，捕之以告。

陀汗王怪之，乃搜其室，得叶限，令履之而信。叶限因衣翠纺衣，蹑履而进，色若天人也。始具事于王，载鱼骨与叶限俱还国。其母及女，即为飞石击死。洞人哀之，埋于石坑，命曰"懊女冢"。洞人以为禖祀⑤，求女必应。陀汗王至国，以叶限为上妇。

一年，王贪求，祈于鱼骨，宝玉无限。逾年，不复应。王乃葬鱼骨于海岸，用珠百斛藏之，以金为际⑥。至征卒叛时，将发以赡军。一夕，为海潮所沦。

成式旧家人李士元所说。士元本邕州洞中人⑦，多记得南中怪事。

【注释】

① 赪(chēng)：红色。　② 郁栖：粪壤。　③ 第：只管,尽管。
④ 拷掠：拷打。　⑤ 禖(méi)祀：求子女的祭祀。　⑥ 际：边界,
边缘。　⑦ 邕州：今广西南宁。

八 梦

枕中记

唐 沈既济

【题解】

　　选自《太平广记》卷82，题为《吕翁》，注"出《异闻集》"。《文苑英华》卷833题为《枕中记》，并署作者沈既济。两个版本情节相同，文字表述也大体相同，但是遣词造句颇有差异，尤其《太平广记》版明确用"黄粱"一词，而《文苑英华》版用"黍"。本书所选文本依据前者，但题目沿用更为人熟知的《枕中记》。卢生昼寝，此时店家正在做黄粱米饭。卢生梦中进入道士吕翁的枕头，经历了仕宦浮沉。他波澜壮阔的梦中一生过完，醒来一看，店家的黄粱饭还没熟。由此故事，产生了成语"黄粱一梦"，形容富贵荣华的欲望是不能实现的梦。《幽明录》中的"焦湖庙巫"，是这个故事的原型。

　　开元十九年①，道者吕翁，经邯郸道上邸舍中②，设榻施席，担囊而坐。俄有邑中少年卢生，衣短裼，乘青驹，将适于田，亦止邸中，与翁接席③，言笑殊畅。

　　久之，卢生顾其衣装敝褻，乃叹曰："大丈夫生世不谐,而困如是乎？"翁曰："观子肤极腴,体胖无恙,谈谐方适,而叹其困者,何也？"生曰："吾此苟生耳,何适之为？"翁曰："此而不适,而何为适？"生曰："当建功树名,出将入相,列鼎而食,选声而听,使族益茂而家用肥,然后可以言其适。吾志于学而游于艺,自惟当年朱紫可拾④。今已过壮室⑤,犹勤田亩,非困而何？"言讫,目昏思寐。是时主人蒸黄粱为馔⑥,翁乃探囊中枕以授之曰："子枕此,当令子荣适如志。"

其枕瓷而窍其两端⑦,生俛首就之⑧。寐中,见其窍大而明朗可处,举身而入,遂至其家。数月,娶清河崔氏女,女容甚丽而产甚殷⑨,由是衣裘服御,日已华侈。明年,举进士,登甲科⑩,释褐授校书郎⑪,应制举⑫,授渭南县尉,迁监察御史、起居舍人,为制诰⑬。三载即真⑭,出典同州⑮,寻转陕州。生好土功,自陕西开河八十里以济不通,邦人赖之,立碑颂德,迁汴州,领河南道采访使⑯,入京为京兆尹。是时神武皇帝方事夷狄⑰,吐蕃新诺罗、龙莽布攻陷瓜、沙⑱,节度使王君㚟与之战于河隍,败绩⑲。帝思将帅之任,遂除生御史中丞⑳、河西陇右节度使,大破戎虏七千级㉑,开地九百里,筑三大城以防要害,北边赖之,以石纪功焉。归朝策勋㉒,恩礼极崇,转御史大夫、吏部侍郎,物望清重㉓,群情翕习㉔。大为当时宰相所忌,以飞语中之,贬端州刺史。三年征还,除户部尚书,未几,拜中书侍郎同中书门下平章事,与中令嵩、裴侍中光庭同掌大政。十年,嘉谟密命,一日三接,献替启沃㉕,号为贤相。同列者害之,遂诬与边将交结,所图不轨。下狱,府吏引徒至其门㉖,追之甚急。生惶骇不测,泣其妻子曰:"吾家本山东,良田数顷,足以御寒馁,何苦求禄,而今及此?思复衣短褐、乘青驹,行邯郸道中,不可得也!"引刃欲自裁,其妻救之得免。共罪者皆死,生独有中人保护㉗,得减死论,出授骧牧㉘。数岁,帝知其冤,复起为中书令,封赵国公,恩旨殊渥,备极一时。生有五子:俭、侗、俭、位、倚。俭为考功员外,俭为侍御史,位为太常丞,季子倚最贤,年二十四,为右补阙。其姻媾皆天下族望。有孙十余人。

凡两窜岭表,再登台铉㉙,出入中外,徊翔台阁㉚,三十余年间,崇盛赫奕,一时无比。末节颇奢荡㉛,好逸乐,后庭声色皆第一,前后赐良田、甲第、佳人、名马,不可胜数。后年渐老,屡乞骸骨㉜,不许。及病,中人候望,接踵于路,名医上药毕至焉。将终,上疏曰:"臣本山东书生,以田圃为娱。偶逢圣运,得列官序。过蒙荣奖,特受鸿私㉝。出拥旄钺㉞,入升鼎辅。周旋中外,绵历岁年。有忝恩造,无裨圣化。负乘致寇㉟,履薄战兢㊱,日极一日,不知老之将至。今年逾八十,位历三公。钟漏并歇,筋骸俱弊。弥留沉困,殆将溘尽㊲。顾无成效,上答休明㊳。空负深恩,永辞圣代,无任感恋之至。谨奉表称谢以闻。"诏曰:"卿以俊德,作余元辅。出雄藩垣,入赞缉熙㊴。升平二纪,实卿是赖。比因疾累,日谓痊除。岂遽沉顿,良深悯默。今遣骠骑大将军高力士就第候省,其勉加针灸,为余自爱,㽞冀无妄,期丁有喜。"其夕卒。

卢生欠伸而寤,见方偃于邸中,顾吕翁在傍,主人蒸黄粱尚未熟,触类如故,蹶然而兴曰㊵:"岂其梦寐耶?"翁笑谓曰："人世之事，亦犹是矣。"生然之，良久谢曰："夫宠辱之数，得丧之理，生死之情，尽知之矣。此先生所以窒吾欲也^㊶，敢不受教！"再拜而去。

【注释】

① 开元：唐玄宗李隆基的年号，713年至741年。开元十九年是731年。　② 邯郸道：经过邯郸的道路，因为这个故事，"邯郸道"后来比喻虚幻的仕途之路。邸舍：客店，客栈。　③ 接席：坐席相接，形容坐得近。　④ 朱紫：功名。唐代五品以上官员着红色官服，三品以上着紫色官服。　⑤ 壮室：三十岁，有妻室的年纪。《礼记·曲礼上》："三十曰壮，有室。"　⑥ 黄粱：粟米，黄色的优质小米。　⑦ 窍其两端：瓷枕两端有孔窍。　⑧ 俛(fǔ)首：低头。　⑨ 产甚殷：资产丰厚。　⑩ 甲科：此处指进士考试。　⑪ 释褐：脱去粗布衣服，指获得官职，由平民服饰换成官员服饰。校书郎：唐代秘书省掌管图书典籍整理、校勘的官员。　⑫ 制举：制科，唐代科举考试的一种，不定期举行，根据实际需要来设置考试项目，选拔相应的人才，只要及第就授予官职。　⑬ 制诰：草拟皇帝的诏令。担任此职的官员文才出众。　⑭ 即真：此处指由无权力的文职官员转为有实际权力的地方大员。　⑮ 出典：出掌，职掌。　⑯《太平广记》为"迁汴州岭南道采访使"，汴州属河南道，故改。采访使：唐代贞观年间全国分十道，开元二十一年分为十五道，每道设采访处置使，简称采访使，负责检查刑狱、监察州县官吏。　⑰ 神武皇帝：唐玄宗李隆基，他生前的尊号是"开元天宝圣文神武皇帝"。　⑱ 瓜：瓜州，治所晋昌，在今甘肃安西一带。沙：沙州，今甘肃敦煌一带。　⑲《太平广记》原文为

"新被叙投河隍战恐"，明钞本为"与之战于河隍败绩"。河隍：即河湟，黄河与湟水之间的地方，今青海与甘肃交界处的部分地区。败绩：军队溃败。　⑳ 除：任命。　㉑ 级：首级，斩人头立功晋级。七千级即七千个首级。　㉒ 策勋：把功勋记录在竹木简册上，指记功行赏。　㉓ 物望：声名，威望。　㉔ 翕习：翕然跟从，此处指得到众人的敬服。　㉕ 献替：献可替否，指大臣对君主进谏，进献可行的，规劝、废掉不可行的。启沃：臣子忠诚坦率，以治国之道教导君主。　㉖ 徒：此处指随从、兵士。　㉗ 中人：宦官。　㉘ 骥（huān）牧：骥州刺史。骥州在今越南演州一带，属于唐代岭南道。　㉙ 台铉（xuàn）：台鼎，古代称三公或宰相为台鼎。铉，鼎耳，代指鼎。　㉚ 台阁：尚书台称台阁，此处指宰相等高官。　㉛ 末节：晚年。　㉜ 乞骸骨：乞求使骸骨归葬故乡，指官员请求退休。　㉝ 鸿私：鸿恩。　㉞ 旄钺（yuè）：白旄、黄钺，代指军权。《尚书·牧誓》："王左杖黄钺，右秉白旄以麾。"　㉟ 负乘致寇：背负财物，乘坐马车，招来贼寇抢掠，比喻才能不够却身居高位，易招致祸患。　㊱ 履薄：行走在薄冰上，比喻处境危险，小心谨慎。　㊲ 溘（kè）尽：死亡。　㊳ 休明：明君盛世。　㊴ 缉熙：光明，光辉。　㊵ 蹶（jué）然而兴：突然起身。　㊶ 窒（zhì）：阻塞，阻挡。

南柯太守传

唐 李公佐

【题解】

选自《太平广记》卷475，题为《淳于棼》，注"出《异闻录》"。中唐李肇《国史补》："有传蚁穴而称者，李公佐《南柯太守》。"本文沿用通行篇名。《南柯太守传》讲述了淳于棼梦中入蚁穴的故事。他被招为槐安国驸马，出守南柯郡，尽享尊荣。后公主去世，淳于棼被送还人世，方悟是梦。由此故事，产生了成语"南柯一梦"，形容不能实现的想法，犹如一场幻梦。

东平淳于棼①，吴楚游侠之士②。嗜酒使气，不守细行。累巨产，养豪客。曾以武艺补淮南军裨将③，因使酒忤帅，斥逐落魄，纵诞饮酒为事。家住广陵郡东十里，所居宅南有大古槐一株，枝干修密，清阴数亩。淳于生日与群豪大饮其下。

唐贞元七年九月④，因沉醉致疾。时二友人于坐扶生归家，卧于堂东庑之下⑤。二友谓生曰："子其寝矣，余将秣马濯足⑥，俟子小愈而去。"生解巾就枕，昏然忽忽，仿佛若梦。见二紫衣使者，跪拜生曰："槐安国王遣小臣致命奉邀。"生不觉下榻整衣，随二使至门。见青油小车，驾以四牡⑦，左右从者七八，扶生上车，出大户，指古槐穴而去，使者即驱入穴中。生意颇甚异之，不敢致问。忽见山川风候，草木道路，与人世甚殊。前行数十里，有郛郭城堞⑧，车舆人物，不绝于路。生左右传车者传呼甚严，行者亦争辟于左右。又入大城，朱门重楼，楼上有金书，题曰"大槐安国"。执门者趋拜奔走，旋有一骑传呼曰："王以驸马远降，令且息东华馆。"因前导而去。

俄见一门洞开，生降车而入⑨。彩槛、雕楹、华木、珍果，列植于庭下。几案、茵褥、帘帏、肴膳，陈设于庭上。生心甚自悦。复有呼曰："右相且至。"生降阶祗奉⑩。有一人紫衣象简前趋，宾主之仪敬尽焉。右相曰："寡君不以弊国远僻，奉迎君子，托以姻亲。"生曰："某以贱劣之躯，岂敢是望。"右相因请生同诣其所。行可百步，入朱门，矛戟斧钺，布列左右，军吏数百，辟易道侧⑪。

生有平生酒徒周弁者，亦趋其中，生私心悦之，不敢前问。右相引生升广殿，御卫严肃，若至尊之所。见一人长大端严，居王位，衣素练服，簪朱华冠。生战栗，不敢仰视，左右侍者令生拜。王曰："前奉贤尊命，不弃小国，许令次女瑶芳奉事君子。"生但俯伏而已，不敢致词。王曰："且就宾宇，续造仪式。"有旨，右相亦与生偕还馆舍。生思念之，意以为父在边将，因殁虏中，不知存亡。将谓父北蕃交通而致兹事。心甚迷惑，不知其由。是夕，羔雁币帛，威容仪度，妓乐丝竹，肴膳灯烛，车骑礼物之用，无不咸备。

有群女，或称华阳姑，或称青溪姑，或称上仙子，或称下仙子,若是者数辈。皆侍从数千,冠翠凤冠,衣金霞帔,彩碧金钿,目不可视。遨游戏乐,往来其门,争以淳于郎为戏弄。风态妖丽,言词巧艳,生莫能对。复有一女谓生曰:"昨上巳日,吾从灵芝夫人过禅智寺,于天竺院观石延舞《婆罗门》⑫。吾与诸女坐北牖石榻上,时君少年,亦解骑来看。君独强来亲洽,言调笑谑。吾与穷英妹结绛巾,挂于竹枝上,君独不忆念之乎?又七月十六日,吾于孝感寺侍上真子,听契玄法师讲《观音经》。吾于讲下舍金凤钗两只⑬,上真子舍水犀合子一枚。时君亦讲筵中,于师处请钗合视之,赏叹再三,嗟异良久。顾余辈曰:"人之与物,皆非世间所有。"或问吾氏,或访吾里,吾亦不答。情意恋恋,瞩盼不舍,君岂不思念之乎?"生曰:"中心藏之,何日忘之!"群女曰:"不意今日与君为眷属。"

复有三人,冠带甚伟,前拜生曰:"奉命为驸马相者⑭"。中一人与生且故,生指曰:"子非冯翊田子华乎⑮?"田曰:"然。"生前,执手叙旧久之。生谓曰:"子何以居此?"子华曰:"吾放游,获受知于右相武成侯段公,因以栖托。"生复问曰:"周弁在此,知之乎?"子华曰:"周生,贵人也。职为司隶⑯,权势甚盛。吾数蒙庇护。"言笑甚欢。俄传声曰:"驸马可进矣。"三子取剑佩冕服更衣之。子华曰:"不意今日获睹盛礼,无以相忘也。"有仙姬数十,奏诸异乐,婉转清亮,曲调凄悲,非人间之所闻听。有执烛引导者亦数十。左右见金翠步障,彩碧玲珑,不断数里。生端坐车中,心意恍惚,甚不自安,田子华数言笑以解之。向者群女姑娣,各乘凤翼辇,亦往来其间。至一门,号"修仪宫"。群仙姑姊亦纷然在侧，令生降车辈拜，揖让升降，一如人间。撤障去扇⑰，见一女子，云号"金枝公主"。年可十四五，俨若神仙。交欢之礼，颇亦明显。

生自尔情义日洽，荣曜日盛，出入车服，游宴宾御，次于王者。王命生与群僚备武卫，大猎于国西灵龟山。山阜峻秀，川泽广远，林树丰茂，飞禽走兽，无不蓄之。师徒大获，竟夕而还。

生因他日启王曰："臣顷结好之日⑱，大王云奉臣父之命，臣父顷佐边将，用兵失利，陷没胡中，尔来绝书信十七八岁矣。王既知所在，臣请一往拜觐。"王遽谓曰："亲家翁职守北土，信问不绝，卿但具书状知闻，未用便去。"遂命妻致馈贺之礼，一以遣之。数夕还答，生验书本意，皆父平生之迹，书中忆念教诲，情意委曲，皆如昔年。复问生亲戚存亡，闾里兴废。复言路道乖远，风烟阻绝。词意悲苦，言语哀伤。又不令生来觐，云："岁在丁丑，当与汝相见。"生捧书悲咽，情不自堪。

他日，妻谓生曰："子岂不思为政乎？"生曰："我放荡，不习政事。"妻曰："卿但为之，余当奉赞⑲。"妻遂白于王。累日，谓生曰："吾南柯政事不理，太守黜废，欲藉卿才，可曲屈之⑳，便与小女同行。"生敦受教命㉑。王遂敕有司备太守行李。因出金玉锦绣，箱奁、仆妾、车马列于广衢，以饯公主之行。

生少游侠，曾不敢有望，至是甚悦，因上表曰："臣将门余子，素无艺术㉒，猥当大任㉓，必败朝章。自悲负乘，坐致覆𫗧㉔，今欲广求贤哲，以赞不逮。伏见司隶颍川周弁^㉕，忠亮刚直，守法不回^㉖，有毗佐之器^㉗。处士冯翊田子华，清慎通变，达政化之源。二人与臣有十年之旧，备知才用，可托政事。周请署南柯司宪^㉘，田请署司农^㉙，庶使臣政绩有闻，宪章不紊也。"王并依表以遣之。

其夕，王与夫人饯于国南。王谓生曰："南柯，国之大郡，土地丰壤，人物豪盛，非惠政不能以治之。况有周、田二赞，卿其勉之，以副国念。"夫人戒公主曰："淳于郎性刚好酒，加之少年，为妇之道，贵乎柔顺，尔善事之，吾无忧矣。南柯虽封境不遥，晨昏有间^㉚，今日睽别^㉛，宁不沾巾。"生与妻拜首南去，登车拥骑，言笑甚欢，累夕达郡。郡有官吏、僧道、耆老、音乐车舆、武卫銮铃^㉜，争来迎奉。人物阗咽^㉝，钟鼓喧哗，不绝十数里。见雉堞台观，佳气郁郁。入大城门，门亦有大榜，题以金字，曰"南柯郡城"。见朱轩棨户^㉞，森然深邃。

生下车，省风俗^㉟，疗病苦，政事委以周、田，郡中大理。自守郡二十载，风化广被，百姓歌谣，建功德碑，立生祠宇。王甚重之，赐食邑锡爵，位居台辅。周、田皆以政治著闻，递迁大位。生有五男二女，男以门荫授官，女亦聘于王族，荣耀显赫，一时之盛，代莫比之。是岁，有檀萝国者，来伐是郡，王命生练将训师以征之。乃表周弁将兵三万，以拒贼之众于瑶台城。弁刚勇轻进，师徒败绩，弁单骑裸身潜遁，夜归城，贼亦收辎重铠甲而还。生因囚弁以请罪，王并舍之。

是月，司宪周弁疽发背^㊱，卒。生妻公主遘疾，旬日又薨^㊲，生因请罢郡，护丧赴国，王许之。便以司农田子华行南柯太守事。生哀恸发引[38]，威仪在途，男女叫号，人吏奠馔，攀辕遮道者，不可胜数。遂达于国，王与夫人素衣哭于郊，候灵舆之至。谥公主曰"顺仪公主"。备仪仗羽葆鼓吹，葬于国东十里盘龙冈。是月，故司宪子荣信亦护丧赴国。生久镇外藩，结好中国，贵门豪族，靡不是洽。自罢郡还国，出入无恒，交游宾从，威福日盛。王意疑惮之，时有国人上表云："玄象谪见[39]，国有大恐。都邑迁徙，宗庙崩坏。衅起他族，事在萧墙[40]。"时议以生侈僭之应也[41]，遂夺生侍卫，禁生游从，处之私第。生自恃守郡多年，曾无败政，流言怨悖，郁郁不乐。王亦知之，因命生曰："姻亲二十余年，不幸小女夭枉，不得与君子偕老，良用痛伤。"夫人因留孙自鞠育之，又谓生曰："卿离家多时，可暂归本里，一见亲族。诸孙留此，无以为念。后三年，当令迎卿。"生曰："此乃家矣，何更归焉？"王笑曰："卿本人间，家非在此。"

　　生忽若昏睡，瞢然久之[42]，方乃发悟前事，遂流涕请还。王顾左右以送生。生再拜而去，复见前二紫衣使者从焉。至大户外，见所乘车甚劣，左右亲使御仆，遂无一人，心甚叹异。生上车，行可数里，复出大城。宛是昔年东来之途，山川原野，依然如旧。所送二使者，甚无威势，生逾怏怏。生问使者曰："广陵郡何时可到？"二使讴歌自若，久之乃答曰："少顷即至。"

　　俄出一穴，见本里闾巷，不改往日，潸然自悲，不觉流涕。二使者引生下车，入其门，升其阶，已身卧于堂东庑之下。生甚惊畏，不敢前近，二使因大呼生之姓名数声，生遂发寤如初。见家之僮仆拥篲于庭^⑬，二客濯足于榻，斜日未隐于西垣，余樽尚湛于东牖。梦中倏忽，若度一世矣。

生感念嗟叹，遂呼二客而语之，惊骇。因与生出外，寻槐下穴。生指曰："此即梦中所惊入处。"二客将谓狐狸、木媚之所为祟^⑭，遂命仆夫荷斤斧，断拥肿^⑮，折查枿^⑯，寻穴究源。旁可袤丈^⑰，有大穴，根洞然明朗，可容一榻，上有积土壤，以为城郭台殿之状。有蚁数斛，隐聚其中。中有小台，其色若丹。二大蚁处之，素翼朱首，长可三寸，左右大蚁数十辅之，诸蚁不敢近。此其王矣。即槐安国都也。又穷一穴：直上南枝，可四丈，宛转方中，亦有土城小楼，群蚁亦处其中，即生所领南柯郡也。又一穴：西去二丈，磅礴空朽^⑱，嵌窅异状^⑲。中有一腐龟壳，大如斗。积雨浸润，小草丛生，繁茂翳荟^⑳，掩映振壳，即生所猎灵龟山也。又穷一穴：东去丈余，古根盘屈，若龙虺之状^㉑。中有小土壤，高尺余，即生所葬妻盘龙冈之墓也。追想前事，感叹于怀，披阅穷迹，皆符所梦。不欲二客坏之，遽令掩塞如旧。是夕，风雨暴发，旦视其穴，遂失群蚁，莫知所去。故先言"国有大恐，都邑迁徙"，此其验矣。

复念檀萝征伐之事，又请二客访迹于外。宅东一里有古涸涧，侧有大檀树一株，藤萝拥织，上不见日。旁有小穴，亦有群蚁隐聚其间。檀萝之国，岂非此耶？嗟呼！蚁之灵异，犹不可穷，况山藏木伏之大者所变化乎？

时生酒徒周弁、田子华，并居六合县^㉒，不与生过从旬日矣。生遽遣家僮疾往候之，周生暴疾已逝，田子华亦寝疾于床。生感南柯之浮虚，悟人世之倏忽，遂栖心道门，绝弃酒色。后三年，岁在丁丑，亦终于家。时年四十六，将符宿契之限矣^㊾。

公佐贞元十八年秋八月，自吴之洛，暂泊淮浦，偶觌淳于生梦^㊿，询访遗迹，翻覆再三，事皆摭实^㊿，辄编录成传，以资好事。虽稽神语怪^㊿，事涉非经^㊿，而窃位著生^㊿，冀将为戒。后之君子，幸以南柯为偶然，无以名位骄于天壤间云。

前华州参军李肇赞曰^㊿：贵极禄位，权倾国都。达人视此^㊿，蚁聚何殊！

【注释】

① 东平：东平郡，今山东东平一带，此处指淳于棼的郡望。　② 吴楚：春秋战国时期的吴国和楚国，在今天长江中下游地区。　③ 淮南军裨（pí）将：淮南节度使属下的副将。　④ 贞元：唐德宗李适的年号，785年至805年。贞元七年为791年。　⑤ 庑（wǔ）：堂屋两侧的厢房、廊房。　⑥ 秣（mò）：牲口的饲料，此处指喂马。　⑦ 牡（mǔ）：雄马。　⑧ 郭（fú）郭：外城。百姓居住在外城，即郭之内；统治者居住在内城，即郭内的"城"里。城堞：城垛，代指城墙。　⑨ 降车：下车。　⑩ 祗（zhī）奉：敬奉，此处指恭敬等候。　⑪ 辟（bì）易：退避，退让。　⑫《太平广记》作"右延"，根据语意改为"石延"。《婆罗门》是外来舞蹈，擅长跳舞的胡人多来自昭武九姓的国家，他们往往以国家名为姓，如石、安、康、史等。石延，或许是来自石国的歌舞伎人。　⑬ 舍：施舍。　⑭ 相：傧相，婚礼中陪伴新郎接引酬对的人。　⑮ 冯（píng）翊（yì）：冯翊郡，在今陕西韩城一带。　⑯ 司

隶：官职名，汉代时负责京畿地区的治安，唐代废除。此处采取了汉代意义，指巡察京畿地区的官员。　⑰ 撤障去扇：唐代婚礼中，新娘一直用障子、扇、花等遮掩着，新郎作《却扇诗》《去花诗》后，才能撤去障、扇等，露出新娘子的美丽面容。　⑱ 顷：不久之前。　⑲ 奉赞：帮忙。用"奉"字更加有礼貌，犹如奉达、奉告等词语的构成。　⑳ 曲屈：委屈，客气话，"这个职位委屈您了"的意思。　㉑ 敦受：诚恳接受。　㉒ 艺术：才艺，政术。　㉓ 猥（wěi）：谦虚用词，表示自己卑下。　㉔ "自悲负乘"两句：担心自己背负财物、乘坐马车，招来覆灭的祸患，比喻才能不足却担当重任，可能做不好。悚（sù），鼎中的食物。覆悚，打翻鼎中的美味，比喻把事情做坏了。　㉕ 颍川：颍川郡，在今河南登封一带。　㉖ 不回：正直，不做邪僻之事。　㉗ 毗（pí）佐：辅助。　㉘ 司宪：掌管司法事务的官员，如唐代郡府属下的法曹参军。　㉙ 司农：掌管谷物钱粮的官员。　㉚ 晨昏有间（jiàn）：与父母有距离。晨昏，晨昏定省（xǐng），或昏定晨省，早晚向父母问安、服侍父母。　㉛ 暌（kuí）别：分别。　㉜ 音乐车舆、武卫銮铃：指前述诸人乘坐各式各样的华丽马车，前来迎接新太守。　㉝ 阗（tián）咽：拥挤，热闹。　㉞ 棨户：列有棨戟的门户。棨戟是官员出行时的仪仗用具，也可架设在官署、宫殿门前，以示威严。唐代三品以上官员的私宅，门前也可列棨戟。　㉟ 省（xǐng）：考察。　㊱ 疽（jū）：毒疮。　㊲ 薨（hōng）：指贵族、诸侯、有爵位的高官去世。　㊳ 发引：启动灵车，出殡。　㊴ 玄象：天象，日月星辰等在天上运行的状态和轨迹。谪见：象征灾变的异常天象出现。　㊵ 萧墙：宫室内做屏障的矮墙，代指内部。　㊶ 侈僭（jiàn）：奢侈过度。　㊷ 瞢（méng）然：稀里糊涂的样子。　㊸ 篲（huì）：同"彗"，扫帚。　㊹ 木媚：树木变成的妖精。　㊺ 拥肿：隆起，不平直，此处指树根。

㊻ 查枿(niè):树木砍伐之后的再生枝条,此处指树枝。枿,同"蘖"。 ㊼ 袤(mào)丈:一丈多长。 ㊽《太平广记》为"空朽",现在的多种通行本作"空圬"。磅礴空朽:指洞穴很大,中空。 ㊾ 嵌窞(dàn):凹陷。 (50) 翳(yì)荟:草木繁茂,形成障蔽。 (51) 虺(huǐ):泛指蛇类。 (52) 六合县:广陵郡下辖的县,在今江苏南京六合区一带。 (53) 宿契:过去的约定,指淳于棼的父亲所说"岁在丁丑,当与汝相见",以及槐安国王所说"后三年,当令迎卿"。 (54) 偶觌淳于生棼:此处指偶然看到有关淳于棼的事迹。觌(dí),相见,见面。 (55) 摭(zhí)实:据实,采纳事实。 (56) 稽(jī)神语怪:谈论神奇怪异的事。 (57) 非经:不正经,不正常。 (58) 窃位著生:没有才能而占据高位、享有名声。 (59) 赞:题赞,写在字画上,或附在文章后面,表达感慨、欣赏等。 (60) 达人:通达事理的人。